斯继东

1973年生，浙江绍兴人，中国作家协会会员。现为《野草》杂志主编，绍兴市作协主席。小说散见《收获》《人民文学》《小说选刊》《小说月报》等刊，入选《中国短篇小说年选》《中国年度短篇小说》《中国最佳短篇小说》《中国当代文学经典必读》等年度选本，进入中国小说学会排行榜和花地文学榜，并被译成德文推介。著有小说集《今夜无人入眠》《你为何心虚》等。

白牙

斯继东 著

安徽文艺出版社

图书在版编目（ＣＩＰ）数据

白牙/斯继东著.—合肥：安徽文艺出版社,2018.9
（中坚代书系）
ISBN 978-7-5396-6399-9

Ⅰ．①白… Ⅱ．①斯… Ⅲ．①中篇小说－小说集－中国－当代②短篇小说－小说集－中国－当代 Ⅳ．①I247.7

中国版本图书馆 CIP 数据核字(2018)第 131062 号

出 版 人：朱寒冬
责任编辑：汪爱武　　　　装帧设计：观止堂_未氓　孔舒琴

出版发行：时代出版传媒股份有限公司　www.press-mart.com
　　　　　安徽文艺出版社　　www.awpub.com
地　　址：合肥市翡翠路 1118 号　邮政编码：230071
营 销 部：(0551)63533889
印　　制：安徽新华印刷股份有限公司　　(0551)65859551

开本：880×1230　1/32　印张：9.625　字数：200 千字
版次：2018 年 9 月第 1 版　2018 年 9 月第 1 次印刷
定价：36.00 元

（如发现印装质量问题，影响阅读，请与出版社联系调换）

版权所有，侵权必究

目录 CONTENTS

白牙	001
你为何心虚	025
同床共读	050
蔷薇花开	098
我知道我犯了死罪	127
永和九年	158
打白竹	196
合欢	210
枪毙爱情	229
今夜无人入眠	250
西凉	281

白牙

其实，那个春天和紧挨着的夏天，我们有过很多计划。比如，去上海大剧院正儿八经看一场歌剧，找一家衡山路的酒吧烂醉如泥一个晚上，带上帐篷睡袋沿徽杭古道登顶清凉峰，或者在地图上找个有意思的地名，坐慢船坐高铁坐飞机反正坐什么都成，就两个人痛痛快快地逃离这世界一次。这都没什么难的，最多也就是旷两天课。但事实是，那几个月我们哪儿也没去成，一直到盛夏结束我离开上海。

这似乎是桩诡异的事，很难说清是什么在牵绊我们。阿檬漂在上海，单身住一套公寓。而我的所有烦心事都在千里以外的北方小城。想出门，根本不用计划。

阿檬说："我也真是，你来趟大上海不容易，总得带你去哪转转啊，要不——"

"别要不了,你都要不多少回了?"我抬起头回了她一句,"就这样待着——挺好!"

我坐着,我在翻一本书。阿檬站着,她在削一个苹果。这会儿她就蹭到我身边,用带着苹果汁的手拉扯我的脸:"瞧瞧,你笑起来多好看啊,知道吗大叔?你以后得多笑。"对我,阿檬有很多个称呼,由着她的心境随时切换。这会儿她叫的是"大叔"。

关于我的笑容,不只阿檬,好多跟我上过床的女人都这么说。但我一般能免则免,特别是对着镜头。二十多年烟龄,牙哪能清白?

"老男人,把你的嘴张开。"阿檬命令我。她之前半倚在我身上,现在干脆整个人翻了上来,跪在沙发上,腿贴腿,脸对脸。

"干吗?"我有点紧张,我已经猜到她要干吗了。我把嘴闭得紧紧的。我讨厌镜子里那个露着一嘴黑牙的蠢货。

"让我查查你的牙口。"她很干脆。

"不行!"我态度坚决,"你问我借什么都行,包括钱和信用卡。但内裤和牙刷不行,这是我的底线。"

"为什么不行啊?"阿檬说。

"就是不行。"我说。我的门牙其实挺齐整的,除了黑一点。但是一张口,整个一惨不忍睹。单位一年一体检,我最烦的就是牙科:什么烟斑、牙龈炎,什么右上6缺失、左下7残冠、右上8残根,什么牙结石Ⅲ度。

"哟,大叔还害羞啊?"阿檬说,"去!你身上什么东东(西)我没检查过啊?"这倒是实话。腻在床上时,阿檬没事就爱在我身上扒拉,翻过来拨过去的,就差一面放大镜了。我挺不习惯,跟她义正词严。我说:"你得尊重它。"可阿檬不吃我这一套,她说:"哎哟哟——看看还不行啊?要自己有谁还稀罕你的呢?再说了,本姑娘不近男色好多年了,你要理解嘛。"没辙,80后就这么厚颜无耻。

"那行。"阿檬换了种方式,"让你先看我的吧——"

阿檬仰起头,张开了嘴,看得出她在努力把脸部肌肉朝后收。

唇红齿白。一副好牙。

一副我不得不面对的好牙,细碎,但是完整、匀称,一颗颗骄傲地泛着玉白的光,如同阿檬此刻裸着的身体,娇小,但是饱满、光洁,最关键的是自信,要命的自信。

我抱着阿檬,如同捧了一件瓷。

瓷突然动了,伸出长长的芯子舔了一下我的鼻子。没等我回过神,阿檬已经鱼一样滑下了身。

"不闹了,哥,吃苹果吧。"阿檬把半个苹果递给我。这会儿她叫的是"哥"。

阿檬在一家外企做网站,只需隔三岔五去单位露一下脸。而我的培训说穿了就是总公司给各地营销人员的福利,课爱上不上也没人较真。大多数时间,我们就这样待在屋子里。做爱。说话。看书。拉和听小提琴。一块洗澡。偶尔做点吃的。

那感觉很奇怪,不像恋爱,当然更非夫妻。

似乎有点像疯狂恋爱过的一男一女,好多年后凑巧碰上并同居在了一起。这样说当然不确切。真实情况是,在我来上海之前,我们的关系只止步于网络,说得再具体一点,也就是因为豆瓣网上的几部电影和几本书,文字上有过交流,让彼此信赖,有了好感。

那么,信赖和好感深处还有些什么吗?这似乎也是件说不清的事。几部破电影几本破书能让人了解对方多少呢?从后来事情演变的结果看,好感当然不仅仅是好感。但是,如果假设一下,比如我没去上海,或者我去了但是没冒昧约她吃饭,再或者客客气气见几次面,然后她没有在某个午夜发那条"月亮很好,想不想过来晒一晒"的短信,那么是不是可以说,之前的好感只止步于好感,它的背后并没什么更多的东西?当然,这样的假设很无聊,生活从不允许倒带。

"大叔,那时你真能扛啊,"阿檬说,"不会天天回宿舍撸管吧?"

"……"我愕然。

"别装了,我知道你没那么奥特。"阿檬说。她理解错了我的意思。

"其实,你是狡猾。我知道,你就等着我投怀送抱。"阿檬又说。

我接不了阿檬的这一句,只好续了上一句。

"一个姑娘,能不能别用那样的词?"我接受不了倒是真的。

"哎哎,同志,撸管怎么了?违反哪条哪款了?不破坏他人家庭,不违背妇女意愿,加上还环保。"阿檬来劲了。

"环保?"我一时不解。在阿檬面前,我的反应总是慢半拍。就像个脑筋急转弯。这不,二十分钟前,我和阿檬不是刚刚挺不环保地做过一次吗?对了,阿檬把那一次性橡胶制品掷哪了?

我被她逗乐了,一不小心就咧开了嘴。

阿檬不失时机又腻歪上来。

"哥,我还要。"阿檬色眯眯地说。

其实,我也想要。

当阿檬再一次把舌头搅进我嘴里时,出门的计划又一次成了计划。

其实,也有出门的时候。比如,饭点出去凑顿饭,看一场电影或者话剧,带上单反去周边街区遛遛,周末陪她坐地铁去汾阳路音乐学院那边上一堂小提琴课,然后再坐地铁回来。当然,这些都是即时行为,不在计划之列。该埋单时,如果阿檬事先说好请客,我去掏钱夹,阿檬会不高兴。有一次我就半开玩笑地跟阿檬说:"要不,我按月付房租吧。"可能那会阿檬正好给我配了一把公寓的钥匙。阿檬说:"对啊,我怎么忘了这事?你蹭吃蹭住挺久了,让我算算。"一会儿,阿檬却说,"可这租金怎么定啊?定太低,亏了本姑娘,自然不成;这万一定高了吧,显得咱上海人不地道,欺负外乡人。要不,这样吧——"阿檬忽闪着她的大眼睛,一字一顿地说,"你就当被、我、包、养、了吧——"

看我被惹恼,阿檬抢先逃开了。"过来啊,昆仑奴,来追我啊——"阿檬一丝不挂地站在不远处挑衅着,眼里是一汪清水。

阿檬喜欢裸着。是的,她总是裸着。裸着跟我说话,裸着看书,裸着刷牙,裸着拉小提琴,裸着在厨房洗刷,裸着在东边的小房间看日出,裸着在屋子里走过来走过去。阿檬的公寓在16楼,近距离的确没什么高楼。但是,你怎么就能保证不远处那些高楼里没住着个把变态,天天拿望远镜偷窥呢?阿檬刚刚从浴室里出来,正用干浴巾擦湿漉漉的长头发。阿檬说:"他偷窥他的,关我什么事?老娘就当演一回美剧,还顺带助人为乐一把。"然后她就盯上了我。一块进的浴室,我先出来。"你怎么又穿上了?等会还得脱,你就不嫌麻烦?"阿檬说。我无言以对。"我习惯穿一点,哪怕只是一点,哪怕就我一个人。这不是一天两天的事了。""为什么啊?"阿檬说,"咱就不能赤诚相见、肝胆相照吗?"你听听,这都什么话?我说:"这不男女有别吗?"阿檬可不答应。阿檬说:"脱了脱了。正因为男女有别,所以才要肝胆相照啊——你听说过肝肝相照或者胆胆相照吗?"你听听,这都什么歪理啊?

我知道,阿檬一直试图改变我。事实上,从进入这套公寓起,阿檬正一点一滴地改变着我。我学会了一天吃一个苹果。早餐桌上的油饼和挂面被换成了稀饭加腐乳和榨菜。因为定时排便,纠缠我多年的便秘奇迹般地消失了。我认识了五线谱和小提琴的琴颈。我那被伊利纯牛奶喂惯的胃开始慢慢适应据说营养价值高出十倍的总统牌奶酪。就像病毒一样,阿檬甚至侵入了我的大脑里。"你怎么能只喜欢契诃夫而不读伟大的托尔斯泰呢?"阿檬忽然一本正经起来。在大狗列夫·托尔斯泰面前,作为小狗的安·巴·契诃夫不得不羞愧地低下了头颅。

我在漱洗间刷牙,阿檬意外闯了进来。照理她该在卫生间如厕的。

对着我的满嘴白沫,阿檬夸张地惊叫起来。

"你就这样刷牙啊?"仿佛那谁发现了新大陆。

"怎么了?"我的牙刷停在了嘴里。

"你继续刷。"阿檬说。

我把牙刷换到另一边,看着阿檬又刷了两把,再两把,然后停下。

阿檬二话没说,拿起她的牙刷,挤上长长一柱牙膏,锵锵锵地示范开了。我瞪着阿檬,阿檬回瞪着我。阿檬刷牙的方式的确跟我有些不同。但是,这不奇怪。一千个人写一千个"牙"字,就算用同一支笔,填同一个米字格,一样正确的笔顺,出来的还是一千个不同的"牙"字。你怎么就能说你写对了我写错了呢？

但我还是站在一边虚心观摩着,眼睛跟着那支牙刷。刷子在她嘴里起起落落里里外外地足足倒腾了五分钟。最后,阿檬抢过我手上的牙杯(我一直没想到放下),仰起头痛痛快快地漱完了口。

阿檬再一次朝我咧开了嘴。芝麻开门,芝麻开门。四十大盗的山洞深邃无比,阿檬的一粒粒牙就像宝藏一样发出幽蓝幽蓝的光。

"看清楚没？"阿檬问。

"知道自己错在哪了吗？"幼稚园的保育阿姨更耐心了。

我摇摇头,因为没法说话。然后,我看见了镜子里那个滑稽的中年男人:满嘴白沫,叼着根牙刷,那神情就像一个智商明显低于他人的儿童。

第二天,阿檬居然带回家一张宣传画。"健康生活从牙齿开始"。阿檬真是疯了,她从哪弄来的这东西？"你别管这个。"阿檬说。阿檬立马逼着我从头至尾一字不落地学习了一遍。晚上刷牙看图作文。临睡前再温习一遍。说句实话,那宣传画做得不差,语言简洁、图文并茂。刷牙步骤 ABC：45°角倾斜,由内向外,牙床线里面外面牙面舌面,每天两次,每次三分钟,每三个月换一次牙刷,等等。事实证明,阿檬是对的,而我错了。我从没上过幼儿园,小学三年级前读的是村里的复式班(这个我解释了半天阿檬也没整明白),我初中第一学期单单英语老师就换了三个。是的,从来没人教过我如何刷牙,就像没人教过我怎样做爱。我无师自通地活了四十年:考大学,恋爱,失恋,参加工作,买房,结婚,换工作,买车,生小孩,再换工作,换车,换房子。这四十年,难免磕磕碰碰,但总体还算顺理成章。结果说不上满意,但至少自己已经认了。这么一说,我的牙跟我的人生挺像,虽然有点黑,也经不起深究和推敲,但总体还算齐整,至少门面过得去,也好歹应付得了撕扯和咀嚼。

但是现在,这个叫阿檬的女人居然说我错了,连刷牙都没学会。她是不是想说,如果打小正确刷牙,那么我现在的牙就不是这副德行,自然,我的人生也要精彩百倍?她想从牙齿开始,修理或重新规划我的人生吗?这个小妖精,她凭什么对我指手画脚?

我有点恼羞成怒。想发火,想搬回宿舍。但是,没有理由。阿檬只是个没心没肺的女孩,毫无心计可言。她乐呵呵地每月一次给我在携程网上订上海—青岛的机票。她给我发短信:"我忙着呢,没空想你。只是屋子有点空,就像你刚刚抽离后的身体。"她翻看我手机上的照片:"这么可爱的丫头,换谁都不忍伤害,回头好好宠她吧。"她只是个耐心的幼稚园阿姨,她无视我的恼羞成怒。"正确的刷牙步骤:45°角倾斜,由内向外,牙床线里面外面牙面舌面,每天至少两次,每次至少三分钟。"在她的就牙论牙面前,我有关牙齿和人生的臆想显得荒谬可笑。而事实上,她似乎只是单纯地迷恋我的身体,而牙齿也许正是她有待攻占的最后一个城池。

刷牙成了我生活中的头等大事。早上起床,刷牙。吃好饭,刷牙。回到家,刷牙。上床前,刷牙。那段时间,我特别想念我的朋友章鱼。章鱼从不刷牙,但他的牙口却好得像关汉卿。"那上面不是说一天两次吗?"我抗议。但是抗议无效。阿檬说:"什么两次?是至少两次。"其实阿檬也没闲着。每次我刷,她也跟着刷。那张宣传画被阿檬用透明胶贴在漱洗间的镜子边,看看镜子再看看画,随时都能校正。阿檬说这叫强化训练,坚持一段时间后,想错也错不了了。阿檬还说,她那叫陪练,就像小孩学琴必须家长陪着,小孩能不能坚持关键还是看家长能不能坚持。我从来都不是个乖孩子,但是不知为什么,在阿檬面前忽然就弃械了。

在阿檬的感召下,慢慢地我似乎也热爱上了刷牙。健康生活从牙齿开始。牙膏有营养,牙齿好喜欢。每天两次,外加约会前一次。牙好,胃口就好,身体倍儿棒,吃嘛嘛香。那段时间我还经常做梦,在梦里我开始第二次换牙,残根掉了,龋齿掉了,老黑牙掉了,然后新牙像雨后春笋样长了出来。正门牙,侧门牙,犬齿,第一小臼齿,第二小臼齿,第一大臼齿,第二大臼齿,第三大臼齿,我用舌头数了数,不多不少,正好三十二颗。一激动,我就醒了过来。月光透过飘窗落在床上,作为陪练的阿檬睡得挺香。我摸到漱洗间,打开灯,镜子又一次嘲讽般地亮出了一嘴黑牙。

"正确刷牙,只是第一步。"阿檬说。

我看着阿檬。阿檬依然裸着,就像一把紧过弦的小提琴。她又在削苹果了,她又一次成功地用苹果皮制成了一架旋转木梯。我知道阿檬想说什么,第二步应该是戒烟。是的,劝我戒烟。这事好多女人都在我身上干过,但是无一例外都失败了。跟她们一样,我也知道吸烟的坏处,但是,关于吸烟的好处,我知道,而她们不知道。顺便插一句,我之所以跟我现在的老婆结婚并延续至今,原因之一是她从没说过一句戒烟的废话。

阿檬没提戒烟的事。

阿檬说:"就拿你的Jeep作个比吧,这天天刷牙就像你日常给车子加个油、洗个澡、查查胎压什么的,这些你自己都干得了——"阿檬知道我有一辆带四驱的白色Jeep自由客,如同知道我有一份来之不易的工作和一个称得上幸福的家庭。

"但仅仅这样够吗?你不是还得定期把车开到4S店做保养吗?什么首保二保,什么半年或5000公里一次。这牙齿也一样,也得定期做保养,就是洗牙,专业术语叫龈上洁治术,专家建议也是半年一次。"阿檬说。

龈上洁治术?我是真没听说过。我只知道,厨房里的油污得用洗洁精加清洁球擦,厕所的陈年污垢得用马桶刷加威猛先生才能去除。

阿檬说，其实洗牙分手洗和机洗两种，但现在一般都是机洗。这倒容易理解，现在上点规模的洗车店也都机器换人了。阿檬说，那洗牙的机子叫超声洁牙机，基本原理就是将电能转换成超声，通过高频振荡将藏污纳垢于牙面上的烟斑、色斑、牙菌斑、老年斑和牙石等等去除，还牙一个清白。等等，有老年斑吗？阿檬说，那伸进嘴里的工作头挺好玩的，除了高频振荡还会同时喷水，就像洗车用的高压水枪。阿檬说，洗牙分消毒、洁治、喷砂、抛光四步，整个过程挺像给车身做保养。你们不是也得喷沫、冲洗、补漆、抛光和打蜡吗？阿檬说，在发达国家，洗牙已成为很普及的常规保健，人们每年至少两次定期找自己的牙医洗牙。阿檬说，洗过的牙齿会有点敏感，两周内不宜食冷、热、酸、甜等食品，但这暂时的酸痛症状通常会在一周左右消失。阿檬还说，许多人对洗牙有误解，其实即使每天认真刷牙也还得洗牙，其实洗牙的主要目的是为了防治口腔疾病，而不单纯是为了好看，其实洗牙对牙齿没有损害，更不会导致牙缝变大。阿檬甚至还说，有些人不适合超声洁治，如结核、乙肝抗原阳性、HIV 感染等传染病患者，又如呼吸抑制、慢性肺病和戴心脏起搏器的患者。阿檬说得很专业，仿佛半年前刚刚毕业于某著名医科大学的牙科专业。阿檬耐心得就像个保险推销员，似乎我的钱夹里有一份属于她的不菲的介绍费。

关于洗牙，我本来应该有许多问题，但是现在，阿檬都提前帮我解答了。事实上，我太想拥有一副好牙了，又白又亮，可以对着镜头咧嘴就笑或者张口就哭。另外,我得说实话,我没有呼吸抑制,不是结核、慢性肺病患者,乙肝表面抗原呈阴性,目前尚未感染 HIV,暂时也不需要戴心脏起搏器,所以,我的不二选择就是第二天乖乖地跟着阿檬去那家据说是全上海洗牙最专业的牙科医院。

阿檬不屑地朝我撇了撇嘴说:"大叔,你以为洗牙是上便利店买个套啊?人家生意可好了,得预约。"

"是吗?"我暗暗松了口气。

我一向拒绝别人塞东西给我,哪怕是食物,更受不了有异物进入嘴巴。所以,除非你奸了我,我绝对不会容忍有人妄图把我的口腔变成工地,变成采石场,变成实验室,变成喷沫、冲洗、补漆、抛光和打蜡一条龙的洗车场。

真心祝愿那家全上海最专业的牙科医院生意好些再好些,等着洗牙补牙拔牙镶牙种牙矫牙的哥们多些再多些。然后,等到阿檬替我排上队那天,我已经带着一嘴黑牙和铺盖离开了上海。

之后的一段时间,阿檬依然天天逼着我刷牙,却再也没提起洗牙的事。可能阿檬也只是说说而已,要不就是牙科医院的生意实在太好了。

培训过去了四分之三,班里的事也多了起来。筹划毕业晚会,张罗纪念品,师生间同学间相互吃请。有时晚上喝得胡天海天的,我就想留在自己的宿舍。给阿檬打电话,阿檬不纠缠。"行行,别磨叽了,你就留那边吧,我也好歹休养生息一晚。"阿檬说。阿檬的通情达理让我羞愧。事实上,酒喝得再高,打个车,总还不至于报错公寓的门牌号码。是的,盛宴就要结束,骨子里我是在想着如何慢慢收场。阿檬那么鬼精灵,不会看不出来。

有一晚,阿檬主动给我打来电话。

"还在喝吗?"阿檬问。我说:"是。""那晚上又不过来了吧?"阿檬问。我说:"现在不好说,可能还得夜宵呢。""那就别过来了。"阿檬说。

"跟你说个事。"阿檬又说。

"你说吧——"我有点惴惴,阿檬很少主动打电话的,她会在电话里说什么呢?

"你以后别再来了。"阿檬说。也许阿檬会说得更直接。"我们分手吧。"阿檬说,然后就把电话挂了。我甚至还给阿檬准备了更狗血的台词——"我有了,是你的。"阿檬说,然后在电话里沉默。我可真够无耻的。

"你没忘记洗牙的事吧?"阿檬说。

我松了口气,就像个死囚被宣判缓期执行。

"呵,洗牙——"我说。我当然没忘。我以为阿檬忘了,但阿檬也没有。

"医院来电话了,约好明天早上9点。"阿檬说。

"明天吗？"我说。

"你明天没空？"阿檬说，"对了，你到底想不想去啊？"

我当然不想去。我说了，除非你把我奸了，我绝对不会容忍有人妄图把我的口腔变成工地，变成采石场，变成实验室，变成喷沫、冲洗、补漆、抛光和打蜡一条龙的洗车场。可是，我却没勇气跟阿檬说这个。我不明白为什么说这么一句话会如此艰难。

"明天，明天我还真有事，已跟同学约好——"我撒了个谎。我居然开始跟阿檬撒谎了，够可怕的。

阿檬沉默了一会，说："那好吧。"就把电话挂了。

第三天，也许是第四天，再次见面，阿檬跟我说，那天她其实还是去了牙科医院。

"你自己去洗了？"我顺嘴问了句。我刚从卫生间出来。

"陪一同事。"阿檬说。阿檬在剥一块冰过的奶酪。

"男同事？不会是那个养殖系吧？"我愚蠢地追问了一句。问完我就后悔了。

我知道阿檬那男同事。阿檬曾经跟我在床上提起过几次，忘了姓啥，只记得读的是某海洋大学的养殖系。养殖系一直不紧不慢地追着阿檬，据阿檬说人不坏，长得也不赖。"那就嫁了吧。"我说。"呸，凭啥啊？"阿檬说。"你要没心，就得早点回了人家。"我说。"从不从是本姑娘的事，他爱追不追是他的事，扯不到一块。"阿檬说。"上过吗？"我问。"当然。你当我修女啊?"阿檬说。"就在这张床上?"我问。阿檬霍地从床上坐了起来:"哎哎,大叔,这可是我的家——你把我当什么了?"阿檬莫名其妙就生气了。

"谁让你没空啊?约那么久,浪费了多可惜。"阿檬说。阿檬把剥了一半的奶酪递给我。

是的,我不想去!——说出这句话为什么如此艰难?因为欢宴就要结束,我是难以启齿于跟阿檬道别。除了埋头抽烟,我找不到那句道别的话。有一天我走进了阿檬的公寓,但我不知道如何得体地走出去。没有人教过我这个。

阿檬本来可以随便敷衍我一下的。这算不上欺骗。但阿檬不会。

奶酪在我的嘴里慢慢融化,很酸,很涩,很难下咽。我的胃又开始抗拒,我猜它是想它的伊利纯牛奶了。

"一张要过期的电影票,给谁不是给啊?也就是把他领到那交个差,我是扭头就回,姑奶奶哪有耐心陪他磨蹭几个小时啊?"阿檬说。她看出我不高兴,算是赔了小心。换平日,阿檬准又得借机奚落几句:"你个北方人咋还这么小心眼啊?老男人你该不是吃醋了吧?"

这不挺好吗?我不想被那个工作头蹂躏,有个替死鬼主动张开了嘴,也不至于让阿檬为难。

这样想着,我到底还是把总统牌奶酪咽了下去。

离开的日子一天天近了,照例是阿檬在网上给我订了上海—青岛的机票。其实我已经学会了怎样订票,而且说实话,这一张票我是真的不想劳驾阿檬。但阿檬不答应。按照电脑提示,一步一步,阿檬又一次轻车熟路地输入了所有该输入的信息,包括我老婆的姓名(我钱夹里的信用卡户头是我老婆的),最后,按了确认键。做这些的时候,阿檬依然裸着。就像面对一个网络游戏,阿檬的脸上没有悲伤。如同我不在公寓的日子,阿檬的电话和短信里只有寂寞和饥渴,但是没有爱和思念。

一切都在按照开学时的计划有条不紊地进行。结业仪式。联欢晚会。散伙饭。最后,当然是哪来滚哪去。

联欢晚会上,本来我的节目是独唱——信乐团的《离歌》。班上的女同学一致公认,我的歌喉不赖。"想留不能留,才最寂寞,没说完温柔,只剩离歌。"我喜欢飙这两句。但那晚当主持人把话筒递给我时,我忽然改了主意。又不是生离死别,有必要搞得那么悲伤吗?我说我还是给大家朗诵一首诗吧,俞心焦的《墓志铭》。然后我就开始朗诵了:"在我的祖国/只有你还没有读过我的诗/只有你未曾爱过我/当你知道我葬身何处/请选择最美丽的春天/走最光明的道路/来向我认错/这一天要下的雨/请改日再下/这一天还未开放的紫云英/请它们提前开放。"

当我朗诵到这里时,手机在兜里振了一下。应该是一个短信。我当然不可能停下来,我继续朗诵:"在我阳光万丈的祖国/灯火家家户户的祖国/月亮千里的祖国/只有你还没读过我的诗/只有你未曾爱过我/你是我光明祖国唯一的阴影/你要向蓝天认错/向白云认错/向青山绿水认错/最后向我认错/最后说要是心焦还活着/该有多好。"

我从台上下来。短信是阿檬的。"大叔,我得出趟远门,帮我代管两天家吧。看来没法给你钱行了,实在抱歉。走时别忘把钥匙放小保安那。阿檬。"

台上的节目还在继续。我把短信一个字一个字地读了三遍,忽然悲从中来。我设想过很多种与阿檬分手的方式,但没有这一种。那么轻描淡写,那么有始无终,那么巧妙又那么绝情。我想我是爱上了阿檬。几个月里,我跟阿檬做过无数次爱,可从没说过这个词。因为,我不确定。

也许阿檬是对的,根本不用道别,因为这本来就是一场为了告别的聚会。现在,阿檬走了,轻轻巧巧地抽身而去。这没什么不好的,我再也不用为找那句道别的话而犯难了。作为培训班的一名学员,我接下来的任务是跟同学们道别,对了,还有老师。我想我知道怎样跟老师和同学道别。

吃散伙饭那晚,我不自觉地加入了抱头痛哭的行列。四个月是恰当的,正好熟到建立感情,又还没熟到发现彼此坏的一面。同学们哭是因为悲伤,分离的悲伤。而我的哭,除了悲伤,还有一份愧疚。因为阿檬,这些天来我疏忽了同学们的感情。

第二天是真正分离的日子,所有宿舍的门都敞开着,大家都在整理行囊,先行者与其他人一一拥抱,挥泪告别。而我,还有另一份行囊在阿檬的公寓里。在牛仔裤的表袋里,我摸到了阿檬给我的钥匙。那小口袋是叫表袋吗?以前我一直用来倒着插汽车钥匙。关于它的用途网上说法很多,有说放钢镚的,有说放打火机的,有说放 U 盘的,还有说用来装安全套,一次最多两个。我听到最离谱的一种说法是用来插大拇指——装×。

第一次,我用阿檬给我的钥匙打开了公寓的门。也是第一次,在没阿檬的情况下我走进了这间熟悉的屋子。

在客厅正中,我一眼看见了自己的拉杆箱。我的所有衣物阿檬都已经收拾好了。一向乱糟糟的屋子,现在窗明几净,物物井然。走之前,阿檬一定是细细打扫整理了一遍。客厅、厨房、卧室、卫生间、漱洗间、小房间、大房间,我小心翼翼又仔仔细细地巡视了一遍。似乎很熟悉,又忽然变得很陌生。恍恍惚惚中,我像是变成了一个即将入住的新房客。

让我回过神来的是阳台上晒着的一条内裤。我的内裤,阿檬的一个疏忽。它看上去是那么的刺眼,仿佛一件遗物,见证着我和阿檬三个多月的同居生活。

在过道上我停了下来,那里挂着阿檬的照片。旅途中的阿檬笑得很灿烂,唇红齿白。阿檬现在在哪?大概也在旅途中。阿檬去了哪?应该就是我们在地图上指指点点过的那几个地方,西藏?湘西?香格里拉?呼伦贝尔大草原?她不会是一个人去的。对了,一定是跟那个养殖系的一道,我实现不了的计划现在那个该死的养殖系正在代替我实现。

我颓然地在沙发上坐下,点了根烟。

用不着道别,因为这本来就是一场为了告别的聚会。我听见昆德拉说,滚蛋吧,老男人,先死者必须为后死者让路。昆德拉朝我大吼,谁让你没空啊?我听见阿檬说,浪费了多可惜。阿檬笑着说,当你抽离之后,随时会有一个顶替者插进来,没有一间出租房会因为前任房客的离开而空置着,这就是游戏规则。我看见阿檬笑起来的时候又露出了一嘴白牙。

下意识找烟灰缸的当儿,我在电话机旁边看到了一张纸条。熟悉的牙科医院和陌生的电话号码。

盯着那个号码,我慢慢滋生出一个奇怪的念头。就像阿檬说的,我来趟大上海不容易,总得干成一件什么事吧。徽杭古道没走成,上海大剧院的歌剧没看成,衡山路的酒吧也没泡成,那些个地图上的点有人替代了。曾经的一场恋情,因为女主角的提前退场,变得极为可疑。剩下的几个小时,也许正好够我去洗一次牙。

是啊,现在阿檬走了,再也没人逼着我了。我干吗不自己去洗一次牙呢?回到那个该死的北方小县城,当哥们问起我四个月的上海之行,至少我可以肯定地回答一句:我在上海滩最好的牙科医院洗了一次牙。

大堂,电梯,接待室,挂号窗,收费处,然后是一间十多平方米的半隔离的手术室。

大上海最好的牙科医院同时也是最仁慈的。我没提阿檬的预约。我在电话里说，我特别渴望洗一次牙，但今天是我留在上海的最后一天。五分钟之后，我居然得到了一个肯定的答案。

龈上洁治术的工作台比我臆想的简洁多了，走进来的医生一点也不像个刽子手，那个传说中的超声洁牙机的工作头比高压水枪不知小了多少号。

也许，一切都没有想象的那么可怕。我安慰自己。

躺下吧，有什么不适可以随时示意我。医生隔着口罩提醒我。

工作头伸了进来，随之而来的是一种很难形容的酸胀感。我闭上了眼睛，我得努力忘掉自己的口腔和那个工作头。然后，我就忆起了小时候也是我此生唯一的一次拔牙经历。当那根钢针粗暴地捅入我的龋齿中间时，我感觉全身的神经就像渔网一样被拎了起来。先得烂神经，然后拔牙，最后才是补牙，而中间是漫长的等待。到补牙那一环时，我死活不干了，母亲追着我，不会游泳的我义无反顾地跳进了村里的水塘。事实上，正是那家简陋的私人牙科诊所带给我对牙医根深蒂固的不信任。

不断有液体在朝我的喉咙口涌，那液体味道怪怪的，似乎来自石材加工厂的下水道，我的喉咙越来越痒。我实在受不了了——幸好边上就是一个水槽，还备着一杯漱口的清水。

重新躺下去的那一刻，我忽然看见了阿檬。隔着半透明的玻璃,阿檬在外面微笑着朝我招了招手,然后竖起了大拇指。往日飞扬跋扈的小妖精此刻看上去就像一头温顺的母兽。

也许阿檬并没有走,她一直都在外面陪着我。

我狂躁的内心慢慢安定下来。

的确,一切都没有想象的那么可怕。

中途,我甚至又睁开了一次眼睛。

玻璃外的阿檬消失了。

阿檬当然没在。阿檬正跟养殖系行进在甜蜜的旅途。

医生很投入,全神贯注又谨小慎微,看上去就像一位微雕艺术家。作为患者,我也很配合。我把我的嘴当成了膀胱,总是尽最大努力憋到不能再憋才遗憾地喷薄一次。我不知道时间已经过去了多久,我也没把握是不是还赶得上登机。但这些都不重要,重要的是——如何确保一次完整而又成功的龈上洁治术。

从牙科医院出来时,我看了一下手机。离登机还有一个半小时。有点悬。路不算堵,司机的车开得很溜。一路上,司机从骂狗娘养的油价开始,先扯到奥运会刘翔摔跤的事,接着谈了他对叙利亚制裁案中国投反对票的看法,然后又议论开了重庆枪击案和伊朗地震。但我对这些都不感兴趣,待了四个月就要离开,我有点伤感,我像是爱上了这个城市。可上海到底哪里值得我留恋啊?饮食、拥堵的交通、潮湿闷热的天气、南方口音浓重的喋喋不休的出租车司机,还有一场糊里糊涂的恋情。拐上虹桥路后,司机像是突然意识到了什么,猛刹住口,此后再也没吭一声。

从安检口进去,正好听到航班第一次呼叫登机。

我没迟到,航班也没误机。挺合理的安排。

没人他妈的希望我在上海多待一分钟。

匆匆闯进卫生间,锁上门,点上烟,我像往常一样摸出了手机。我习惯在登机前再抽一根。我还习惯在马桶上就着烟刷一把微博。

跳出来的却是阿檬的短信。

"很遗憾那么多计划都落空了。其实,我是多么想陪着你啊,哪怕只是陪你洗一次牙。没有什么养殖系。别了,我的爱人。阿檬。"

烟兀地迷蒙了眼,我发疯地回拨阿檬,关机关机还是关机。

航班开始再次呼叫登机。我把烟蒂掷进了便槽。如果没记错,那应该是我抽的最后一根香烟。

在自动感应龙头面前,我匆匆洗了把脸。就在即将离开的那一秒,我怔住了。我又一次看见了镜子里的那个男人,白牙在他嘴里像刀子一样晃了一下。

那一刻,我只想告诉阿檬,我去洗牙了,我还看见了陪在外面的她。

航班开始最后一次呼叫登机。

我走出了卫生间。我经过了检票口。我走上了长长的甬道。

  我没有回头。拉着拉杆箱,如同挽了阿檬的手,我义无反顾地踏上了那条逃离之路。

你为何心虚

1

　　不知是谁喊了声:"到家喽——"一车子女人像蚕宝宝一样睁开眼,深深浅浅地,就望见了窗外那个熟悉的古塔。小城背山面水,破败的风水塔就建在山尾。望见塔,车就快下高速,司机适时打开了车载视频。美美地打上一个盹,就要见着老公孩子,女人们的精气神又回来了。大多数人都在打电话,含蓄点的是发短信,车厢内闹腾腾的。一年一度的三八节,学校照例组织去了趟省城。其实也就离了一天一夜,但看看女人那眉眼,换上男人会这样吗?赵四不紧不慢喝了口水。

　　"嘻唰唰嘻唰唰……嘻唰唰……嘻唰唰……"视屏里正在

播那支叫《嘻唰唰》的歌,几个红男绿女蹦得很欢,"拿了我的给我送回来,吃了我的给我吐出来……欠了我的给我补回来,偷了我的给我交出来……"赵四听了半天也没咂出个子丑寅卯。

"也许女人天生就骨子轻。"赵四把矿泉水瓶塞回到前座后背那只网兜中。

赵四也是女人,赵四当然也想老公儿子。但不知从何时开始,她忽然就能这样身处事外地看其他女人了。好像自己不是女人。好像她学会了分身术,可以随时把身体掰成两半:一半依然混迹于人群,另一半则跳到半空冷眼旁观。

黄皮早上打来过电话,问几点到家、要不要来车站接什么的。赵四看了看表,只有11点多,比预计早了差不多一个小时。他忙就让他忙吧,反正叫司机顺路送一下也方便。拿出来的手机又被赵四塞回裤兜。自从前些年搞起那个领带加工厂之后,黄皮一直都很忙,经常到后半夜才拖着精疲力竭的身体回家。

大客车顺着新世纪大道驶进了市中心。大街上乱糟糟的,到处都是喇叭声。这些年私家车越来越多,都快把城市的花花肠子给挤破了。没谁礼让,大家都在抢道。

隔壁靠窗的小陈突然哇哇叫了起来。

"赵老师,快看快看,你家的车。"

女人们都脱壳鸭一样伸长脖子朝小陈指点的方向看。穷教书的,都还买不起车,看见别人的私家车难免眼馋。赵四就有点飘。

"在哪?"赵四慢腾腾地从座位上欠起身。她知道怎样把这份得意劲按捺着。其实这样问的时候,她已经看见了自家那辆白色的马自达 M6——就在大客车的左前方。

赵四拿出手机拨黄皮号码,手机通了,但没人接。再拨,还是没人接。难道黄皮没在车上?

"快,超上去。"带队的老滕自作主张地对司机说。老滕是学校里的副校长兼工会主席,车上就他与司机两个大男人。

转弯过东桥时,大客车超上了马自达。

两车并肩那一刻,赵四透过窗玻璃看见了黄皮。是他开的车。但副驾座上还坐了个女人,一个比赵四年轻的女人。他们在聊天,聊得很欢。也许黄皮讲了个什么段子,女人笑得花枝乱颤。赵四的心咯噔了一下。

另一个赵四就笑:真是的,不就顺路载个女人吗?

司机在老滕的指挥下,踩把刹车,将车靠到路边,同时打开了车门。赵四不慌不忙地拎上行李,朝大伙挥挥手,很淑女地下了大客车。

赵四绕过车头候在路口。马自达慢腾腾地迎面开过来。赵四很得体地朝黄皮招手。

先看见她的应该是那个女人。女人附身朝黄皮说了一句什么。马自达提速了。赵四继续招手。近了,更近了,就到眼前了,赵四继续招手。但马自达并没有停下,它瞎了眼似的贴着赵四身子驰过。像箭一样决绝,像泥鳅一样灵活,然后像屁一样消失得无影无踪。他看见了她！那个瞬间很短,短得电光火石,但赵四确确凿凿地捕捉到了——目光与目光的瞬间交汇。

赵四像个傻瓜一样站在路中央。来来往往的车都停了下来,喇叭声咒骂声响成一片,但赵四已经听不见了。

车上的女人都目睹了这一幕。大客车摇摇晃晃刚挪开步,不得不重新停下来。老滕把光秃秃的脑袋伸出车窗,朝赵四喊:"赵老师,赵老师。"但赵四什么都没听见。

大客车的门再次打开。老滕跑过去把赵四拉到了路边。

赵四终于醒过来,听见了老滕的话。

"上车吧,大伙都等着呢。"老滕说。老滕看上去很可怜。

赵四跟着老滕重新上了车,是老滕拿的行李。在老滕的帮助下,赵四找到了原来那个位子,她的旅行包也被塞回到了行李架上。赵四的脸煞白煞白的,像被谁一口气抽光了血。本来鸭棚一样的车厢突然安静下来。只有那几个红男绿女还在屏幕上蹦着:"嘻喇喇嘻喇喇嘻喇喇……伤啊伤……晃啊晃……装啊装……多可惜……哦……想啊想……藏啊藏……嚷啊嚷——"

2

赵四是最后一个下的车。

大客车在她家的小区门口停下。老滕紧跟着下了车。"要我陪你上去吗?"老滕看上去像个闯祸的孩子。"放心吧,我没事的。"赵四说。

赵四是真的没事了,她的大脑从来没像现在这样干净过。

小区入口进去,左拐第一幢,爬上四楼,打开右边那扇盼盼牌防盗门,就是她四室两厅一厨一卫共计一百四十平方米的家。黄皮现在就坐在客厅中间那个三人沙发上,他在耐心等她回家。他已经准备好了足够的花言巧语和甜言蜜语。事实证明,他有把故事编得天衣无缝、滴水不漏的本事。当然,这一切现在都没用了。那电光火石的一瞬,已经戳穿了所有的谎言,生活由此原形毕露。除了黄皮,赵四知道那个小保姆也在等着,她有着比猎狗更灵敏的嗅觉,她已经擦干那双手,随时准备为一场好戏卖力鼓掌。

我不能回家。赵四对自己说。她的脑子清醒得就像用洗手液洗了两遍。生活是一个巨大的阴谋,它正下好套等着人朝里钻。去做那个砸东西、撕脸皮、哭哭啼啼、大打出手的泼妇吗?这样只会让黄皮的计划得逞,让保姆看成一场好戏。绝对不能回家!赵四对自己说。

于是赵四离开小区走上了大街。

但是,不回家,去哪呢?天可真热,该戴一顶太阳帽出来的。我的太阳帽呢?对了,一定是落在大客车上了。现在向左还是向右?我已经整整一天没吃东西了,也许该先去吃一碗热气腾腾的水饺,至少得先去买瓶矿泉水。我还拎着这个旅行包干吗?无论如何都得先找一个垃圾筒。就这样一直走下去吗?春天到了,油菜花开了,我看上去一定像个花痴。

满大街是灿烂的阳光和不怀好意的笑容。赵四茫然地走在大街上,脑袋瓜就像沉甸甸的旅行包,塞满了许多不着边际的念头。

在大街转弯的一家鲜花店门口,赵四终于看到了一个垃圾筒。整整一天一夜,赵四一直在买东西,直到包鼓得不能再鼓。包里的东西,赵四一样样都报得出来:一套六件装的夏季床上用品,一件红色T恤,一条牛仔裤,两套童装(一套是巴布豆,一套是巴拉巴拉),一把剃须刀,一瓶男士专用香水,一只ZIPPO打火机加一罐专用煤油,三张黄皮喜欢听的王菲的CD,一套儿子想要的美国动画片《猫和老鼠》。对了,还有一条花边内裤。

走到垃圾桶边,就要把包掷进去时,赵四愣了一下。她突然间发现,包里那一件件东西,不是替丈夫购的,就是为儿子买的,或者为这个家添置的。她跑到省城逛了一天一夜的街,只给自己带回了一样东西,就是那条快被遗忘的花边内裤。一条内裤,还带花边。生活可真够幽默的。

一辆车子悄无声息地停到赵四身边。

黄皮从驾驶室走了出来。白色的西装,整整齐齐的头发,一尘不染的皮鞋。一个清花水落的男人。他的目光是那么的无辜,他的表情是那么的清白。你敢说他刚刚跟另外一个女人干过,还没来得及把他的家当洗一洗吗?绝对是污蔑。没人会相信这一点的。对。夏天快到了,作为他的妻子,应该做的事情就是:给他添一些更时新的衣服(比如一件红色T恤、一条牛仔裤),把他的胡须剃得再干净一些(家里那把剃须刀不利索了,得换一把新的),出门前千万别忘记为他喷洒一点香水(家里缺少一瓶正宗法国产的男士专用香水),然后好好洗个热水澡,换上那条带花边的内裤,耐心地躺在床上……

阳光灿烂。大街上人头攒动。赵四看见男人朝女人走去,并伸手接她的旅行包。赵四看见女人的手高高拎起,就像一根高尔夫球杆,在半空中划出一条无比漂亮的弧线。

耳光响亮。

3

赵四在海蓝云天等到了吴小莉。

那只旅行包最终没被掷掉。赵四拎着它钻进了一辆的士。那辆的士也是凑上来看热闹的。"小姐去哪儿?"司机很小心地问。但赵四不知道去哪。"你先开吧。"赵四说。的士开始在大街上兜圈子,司机一直都在后视镜里偷偷地看她。赵四把想得出来的名字、可以落脚的地方都在脑子里过了一遍。那么多的同学,那么多的朋友,那么多的小姐妹,一茬一茬过来,曾经是多么亲密啊,有什么话不能说,有什么事需隐瞒?可自从嫁给黄皮后,她们一个个都疏远了,生分了,消失了。赵四发现,除了黄皮,除了这个家,她已经什么都没有了。

赵四最后想到了吴小莉。

"你的脸色怎么这么难看？出什么事了？你不是去省城了吗？"吴小莉的嘴比刀子还快。吴小莉是赵四的小姨，就大了她几个月。从换鞋、取牌子、脱衣服、拿毛巾和手机袋，到光着身子扎进热水池，赵四一直都紧闭着嘴，她不知道怎么跟她说。

她与黄皮的事吴小莉一开始就反对。"他这人看着不踏实。"吴小莉说。"你这是天鹅肉硬往癞蛤蟆嘴里塞啊。"吴小莉说。"我闭着眼帮你去大街上拎一个都比他强。"吴小莉说。"他到底哪一点让你看上了？"吴小莉说。可问题是，赵四也不知道自己看上了黄皮的哪一点。

从高中同班三年，到赵四大学毕业参加工作，黄皮一直都在赵四眼前晃。晃着晃着，黄皮就没有起初那么让人讨厌了；晃着晃着，没什么优点的黄皮变得找不着什么缺点了；晃着晃着，赵四变得一天不看见黄皮就别扭了；晃着晃着，他们开始约会、做爱，然后就是结婚。打小开始，赵四就挺把吴小莉的话当话。但这次，听着听着，事情南辕北辙了。

"你到底还是知道了。"吴小莉说。

"除了你被蒙在鼓里，别人谁不知道啊？"吴小莉说。

"你还记得那次腆着大肚子回乡下我问你拿钥匙的事吗？"吴小莉说。

赵四记得。黄皮说："厂子那么忙，我什么都照顾不了你，要不你回乡下去住？"在车站等车时赵四碰上了吴小莉。"你回乡下干吗,这个时候?你就——"吴小莉咽回了后半句,"那你把钥匙给我。"赵四就把家里的钥匙给了她。

"那天中午气象预报说有台风,我怕黄皮忘关窗门,就去了你家。开防盗锁之前我敲过门,里面没响动,我以为没人。进去发现卫生间的门关着,里面水声哗哗。窗门果然都开着,我就一扇扇关了。屋子里乱七八糟的,我就拿了抹布拖把开始整理。等我把屋子整理得差不多时,卫生间的门开了。我喊了声黄皮,但那边半天没反应。在卫生间门口,我傻了眼,对方也傻了眼。从卫生间出来的不是黄皮,而是一个女人——一个陌生的光着身子的女人。"

浴室里正在上映一部无声电影。四周的水声喧哗声消失了,雾气腾腾中,不时有赤裸的身体像鬼魅一样闪过:面孔模糊,笑声狰狞。

赵四看着自己的身体像块海绵一样在水中舒展。它是那么的纯洁,如同圣坛上的祭品。除了黄皮,没有一个男人碰过它,一个指头都没有。它的每一寸皮肤、每一个毛孔、每一根汗毛,从头到尾,从里到外,深深浅浅,沟沟壑壑,都只属于另一个身体、另一双手、另一张嘴、另一条舌头、另一根不带骨头的肉。被面团一样揉,被纸一样撕,被骨头一样啃,被狗舌头一样舔,被骡驴一样骑,被死猪一样踢,被疯狗一样咬,被牛马一样抽,被狗屎一样踩,被蜂窝煤一样捅,被压路机一样碾,被绞肉机一样绞。被把玩,被蹂躏,被践踏,被糟蹋,被发泄。心甘情愿地替他做一切,死心塌地地让他做一切。比畜生更卑贱,比妓女更淫荡,却像菩萨一样慈悲。因为她只属于他,如同他只属于她。因为她的身体就是他的身体,所以他的快乐就是她的快乐。

但是现在,它看上去是那么的脏,那么的贱,那么的可耻,那么的愚蠢。即使把它的每个毛孔都挑开,每一道缝隙都扒开,每一根毛发都拔下来,把脑颅打开,把胸腔腹腔剖开,把五脏六腑都揪出来,把血管和神经一根根抽出来,用盐擦,用烟熏,用火烫,用清水冲,用开水煮,用酒精泡,用肥皂洗洁精净厕灵洗,用抹布板刷清洁球刷,都已经洗不干净。

4

赵四走进厨房。

吴小莉并没察觉,她正在打蛋。两个蛋扑腾着从碗沿跌进白瓷碗。黄是黄,清是清。清清爽爽,就像一对陌生的男女。

一双筷子伸进去,两个蛋被搅到了一块。哐哐哐——黄不再是黄,清不再是清。现在,你还能把两个蛋重新分开吗?

吴小莉回过头。

"要我帮忙吗?"赵四问。其实赵四根本帮不了什么,这么多年的快餐外卖早让她生分了锅碗瓢铲。

"不用,你去看会电视吧。"吴小莉麻利地把打匀的蛋倒进油锅,刺——蛋沿卷起了一圈乳黄的花边。

赵四站在旁边,觉得吴小莉变了。

原来纤手不动一个花纸里的人,现在系上块围裙,居然都敢给人做炒榨面了。榨面是剡地的土特产,生产工艺繁复,得经过淘、碾、蒸、榨、摊、晒多道工序。早先是女人坐月子才享受得上的吃食。榨面吃起来,要方便最方便,要复杂也最复杂。方便的是汤榨面:开水锅里掷半张一张面,胡乱放几只虾或卧个蛋或加点葱花菜叶,捞起即可。复杂的就是吴小莉在做的炒榨面,一道是一道,慢条斯理得能让一个急性子的人憋死。在剡地,炒榨面常被用来考量一个女人的手艺和妇道。

"露露不回来吃吗?"露露是吴小莉的女儿。

"她在学校吃。"

对了,露露读的是寄宿制学校。

"马拉呢?"马拉是吴小莉的先生。赵四叫惯了名字。

"饭局。"

赵四觉得有点饿。就两个人,吃点什么不成,非得这样折腾?但吴小莉一点都不急。她在摊锅里的蛋。蛋不能焦,又要摊得薄,越薄越好。反正就那个蛋,非得摊那么薄?摊得薄了切出的蛋丝才多。黄澄澄覆一海碗端上桌,主人显出客气,客人看着喜气。赵四记得很多年前曾跟母亲这样一问一答过。

他们说,女人留男人靠胃。吴小莉关掉火,把蛋捞到砧板上,开始用细刀子切蛋丝。

那两个蛋呢?早变成了薄薄一张纸,现在又被剁成了<u>丝丝</u>

缕缕的碎片。

　　胃？赵四忽然就想到了电影《双食记》。那个"余男"从头至尾都在笑。一刀，一刀，又一刀——第一刀：椒姜羊排煲配西瓜莲子羹，嘿嘿；第二刀：香酥脑花配花生乌鸡炖参汤，嘿嘿；第三刀：清蒸大闸蟹配番茄芋头牛肉羹，嘿嘿；第四刀：豉爆鲶鱼配麦冬菠菜猪肝汤，嘿嘿；第五刀：爆炒田螺配甲鱼汤，嘿嘿；第六刀：红烧羊肉配老鸭汤，嘿嘿；第七刀：虾配大剂量维生素C，嘿嘿——用胃留？留得住吗？值得吗？用胃杀男人还差不多。

　　赵四从来都不是一个会拿主意的人。遇上事非得做抉择时，她总是拖。许多事拖着拖着也会有个结果。但这一次，赵四忽然有了决断。这个决断是从茫然中慢慢浮出来的，在浴室的雾气里渐显清晰，现在，在"余男"的笑声中，变得更为确凿。

　　"我也是在气头上，现在想想，我不该跟你说那件事。"吴小莉把切好的肉丝放入油锅，开始切早已剥好的冬笋。

　　赵四听出来了，吴小莉在劝她。

　　吴小莉以前也劝过她，但以前是劝她别跟黄皮结婚。这回，在出了这样的事情后，她却开始劝自己别跟黄皮离婚。

　　"你说这世上有不偷腥的男人吗？"问这话时吴小莉并没有抬头，"真有，怕也只是没那个胆。就说我家马拉吧，天天在饭桌上跟形形色色的人混，你能保证他从没做过出格的事？要证实这事不难，我只要到电信局去拉一拉他的手机账单就可以。可真要逮到个小三，我又能怎么着？这不是自己给自己出难题吗?"她在专心切那半块冬笋,看得出她的刀功很好。

"他们说,男人就像泥鳅,你得用手捧着。捏得太紧,泥鳅就会从指缝中滑走。所以女人还是不要太精明的好。老话说,糊涂是福。"冬笋入锅了,现在是豆腐干。在切开之前你很难想象内里会有这么白。

赵四看着吴小莉的背影,这身影是那么熟悉又是那么陌生。那个从来不把男人放在眼里,总是她主心骨的强悍的小姨到哪去了?

"活到一半的时候,让一切归零,重新开始?可如果这一次比上一次更糟呢?我可冒不起这样的风险。"最迟入锅的是大蒜,吴小莉把它们切得齐崭崭的,就像用油标卡尺量过一样。

这些话,怎么听着这么耳熟啊?想起来了。赵四以前也这样劝过别人。是谁?想不起来了,但肯定不止一个。

"做人不能太认真,更不能钻牛角尖,那样只会让自己没有退路。你试着想一下,如果省城回来的车子不早点,如果那个多事的同事没看见你家的车,如果那个该死的老滕不指挥车子赶超,事情会怎么样?风调雨顺,说不定这会你正跟黄皮腻在一块呢。"八成熟的霍头起锅后已盛到碗里,吴小莉把锅洗干净,重新注入色拉油,泡涨的榨面被捞了起来。

此后,直到两碗色香味俱全的炒榨面端上餐桌,整个过程穿插有致又一气呵成。不得不承认,吴小莉的手艺和妇德都经受住了考量。

5

在酒吧,赵四给老滕打了个电话。

第二天上午有两节课,赵四得请个假。

赵四是从吴小莉家溜出来的。吴小莉去主卧室铺床,赵四说,我睡露露的床。吴小莉怔了下。这么多年过来,两人凑一块总是同床。结婚后也如此。在赵四家,黄皮得让道,在吴小莉家,马拉也得滚蛋。早早上床,到底睡不着。赵四就悄悄出了门,之后又懵懵懂懂地闯进了一家酒吧。

酒吧比预想的要吵。老滕在电话里问了两遍:"你在哪?你在哪?"

赵四略一迟疑,就报了地点。老滕是个好人,对赵四一直特别关照,小到换课排班,大到评职称定先进,都像个长辈一样在暗地里帮衬着。不该瞒。

服务生过来,赵四点了瓶啤酒。等他下好单要走,赵四改口又加了两瓶。长夜漫漫,赵四忽然就想尝尝一个人醉酒的滋味。

手机震了震。

是个短信,黄皮的。"老婆你在哪?求求你,回家吧。我跟你解释。"

从下午开始,黄皮已经打过不下十个电话,赵四都没接。后来黄皮就改成了短信。这是第九个。

解释?赵四笑笑,灌了一大口啤酒。

酒是喜力,有点苦,但是很爽。

赵四这样笑时,对面坐下来一个人。

居然是老滕。

"我陪你喝。"老滕说。

启开啤酒的的确是老腾。晚上二门不出的老滕,平时局领导来也滴酒不陪的老滕。

"你出来领导批过吗?"赵四说。是一向以来她跟老滕说话的语气。但现在听上去怪怪的,跟酒吧的气氛很不协调。

"管他呢。喝酒。"老滕举起酒瓶,管自咕咚咚咚灌了半瓶。挺合拍,无论是跟酒吧的音乐还是灯光。但,这样的语调和动作,放在老滕身上又是古怪的。

怎么了,今天?让赵四觉得陌生的似乎并不止吴小莉一个。

说到底,也就是黄皮车上坐了个女人。外人看得出什么端倪?至于让好心肠的老滕这样悲壮吗?

"别憋在心里,想哭就哭出来吧——"老滕说。

好熟悉的腔调!对了,是许多电影里都有的一句台词。赵四忽然就有了作为一个观众的好奇心。黄皮的事暂时变得次要了,现在,她更关心另一件事。

老滕突然哭了起来。

呜呜呜——呜呜呜——

赵四手足无措地看着老滕。老滕劝别人倒把自己给劝哭了。

老滕不哭了。他抬起头,顺手捋了捋头发。这是他的习惯性动作。老滕的大半个头都秃了,左边硕果仅存的几根长头发,被梳子和摩丝很勉为其难地捋向右边,随时都得担心掉下来。

"我知道黄皮跟那女人的事,很早就知道了,其实我们学校的老师都知道——"老滕说。

赵四觉得很冷,像被塞进了一只冰柜。她想象得出,女同事们在厕所里议论这种事时的神情,但她不难过。真的,一点都不。一块石头落了地。作为观众,她似乎等到了一个担心而又期待的答案。

"可是,老滕你哭什么啊?"赵四说。是啊,该哭的人是赵四不是老滕。

"我老婆,我老婆在外面也有了人,我也是最后一个知道——"老滕又女人一样呜呜呜地哭了起来。

噢,原来如此。赵四现在知道老滕平日为何那么关照自己了。

又一个包袱抖了出来。作为观众,挺过瘾的。

"我们都是受害者——"老滕忽地抬起头,捋了捋头发。

"?"

"我们可以联合起来——报复他们!"老滕又灌了半瓶酒,他的眼里发出斗士才有的迷人光芒。

"联合?报复?"赵四觉得自己也要被感染了。她的身份开始由观众变成演员。女一号,至少也是女二号。

老滕的计划说具体点,就是去开房间。老滕早已成竹在胸,他甚至连谁付房费的细节都考虑到了。

"你付——不成,我付——也不成。这事还必须得是AA制。"老滕说。赵四都快笑出声了,但她立马控制住自己。酒早上了老滕的脸,他的表情很严肃,容不得半点亵渎。赵四突然想起一个细节:老滕那会指挥大客司机超马自达是有意的吗?但赵四问出的是另一个严肃的话题:

"你那工具,好使吗?"

这话让赵四自己吓了一跳。

老滕也愣了愣,终于明白过来。老滕带点害羞地说:"行的,当然行!不信的话——"

这个时候,服务生走了过来。一个眉清目秀的小伙子——赵四刚才没注意到。激情燃烧的老滕不得不打住了话头。

房间最终没有开成。

就在他们准备离开的当儿,来了个电话。酒吧挺闹,赵四就躲进了卫生间。

等她接好电话,顺便解个手出来,老滕不见了。

赵四唤服务员。

"刚才那位男士已经理了单,他说有急事先行一步。"服务生说,还是刚才那位帅气的男生。鼻梁高高的,焗黄的头发中夹杂着几缕彩色。赵四还瞥见他的右耳上戴了个银色的耳环。

要说计划,喜力啤酒应该也算其中的一部分吧?不是说AA制吗?

赵四拦了一辆的士。在车里,老滕的短信过来了:"明天的课我已帮你调好。"之前那个慈祥的老滕又回来了。也许老滕也接了个电话,于是酒就醒了。

在一间将开未开的幽暗的房间里,赵四看见老滕开始笨拙地脱衣服。一件。一件。又一件。

面对一具赤裸、陌生、衰败而又丑陋的肉身,你真的不会夺门而逃吗?赵四问自己。

也许这还是一个圈套。老滕的老婆根本就没出轨。这一切恰恰是老滕,一个就要走向没落的老男人的最后一点性幻想。赵四提醒自己。

是的,我会的。我不在乎这些。只要没出息的老滕不退缩,我就会继续。哪怕是咬着牙噙着泪,哪怕是中途恶心到呕吐,哪怕是世界末日提前来临,我也会把该干的一切干完。一个声音回答。

别骗自己了,这一切都是假设而已。另一个声音反驳说。

6

电话是赵四的母亲打来的。其实晶晶并没发烧,他早已美美地进入了梦乡,是母亲骗了赵四。

卧室里只亮了一盏台灯,母亲坐在床前的小凳子上抽泣。

站在门口,看到这一幕,赵四的心软了一下。

母亲从来都不哭。赵四十岁那年,父亲离家出走,母亲都没哭。"我就不信离了男人天会塌。"母亲笑着对邻居说。此后,母亲种桑养蚕、开杂货店、贩卖长毛兔,果真只手撑起了一个家。自懂事起,别家孩子有的,赵四和弟弟们一样都没缺过。母亲不但拉扯大了姐弟仨,还把他们一个个送进了大学。

"是黄皮来过了?"这是赵四的第一反应。但是,就算黄皮来过,他也不会说什么的,顶多提到吵架。

"你可别傻啊,赵四。"母亲说。

"我好好的,你哭什么啊?是小姨来过电话?她说了什么?"赵四说。也不像,吴小莉要打电话也不会先给母亲打。

"娘就是犯了傻。别看娘脸上笑,其实心里苦。别人都以为娘不后悔,其实娘悔了一辈子。"

母亲在说她跟父亲的事。那时候,父亲在隔壁镇上教书,白面书生一个,手风琴拉得全县都有名气。一个刚刚分配进校的女教师就动了心。闲话传到母亲耳朵里,她光着脚,连裤管都没放下(当时她正好在水稻田里拔稗草),一口气赶到学校,把那个女教师的脸给撕了个稀巴烂。按父亲的说法,他跟那女教师根本就没那档事,但母亲这样一闹,他的脸面挂不住,只好来了个假戏真做。

就快活到头的时候,一向死狗硬牙床的母亲松了口,却是因为女儿。赵四觉得心酸。自己早已做了母亲,就不能别再让母亲操心了吗?这样想时,内心那个决断似乎松动了一下。

"男人再大,也还是孩子,总会时不时地犯糊涂。这个时候你得拉他一把,他头脑一激灵身体就回来了。我那时没脑子,不但没拉,还踹了一脚。你父亲就是这样被我撵出门的。"

"你提这些陈年狗屁事干吗?你听到了什么?"可是谁会告诉她黄皮跟那女人的事呢?

"你别瞒我了,其实我早就知道了。你怀孕那会黄皮在外面就有了人。"

赵四的身体晃了一晃。

赵四想起来了。在她怀孕住娘家的日子,母亲曾经接过一个很长很长的电话。问谁,说是小姨。问什么事,说是没什么事。之后,母亲变得有点异样,目光躲躲闪闪,一个人时就忧心忡忡。赵四觉得有点蹊跷,但当时一门心思都在孩子身上,哪里会往深处想?

"你以为别人不知道吗?连晶晶都知道。"

"你瞧见桌上那架遥控飞机了吗?"母亲转过身指给她看。

赵四进门时就瞧见了。那会它还泊在新世纪商城的柜架上,把晶晶勾得掉了魂。有好几次经过时,赵四都想出手,可看看标签上那个数字,到底不是该需该用的东西。之后她去省城培训了半个月,回来时,遥控飞机已经降落到了晶晶的床头。还用问吗,当然是黄皮买的。

"不是黄皮买的,是那个女人。"母亲说。

母亲还在说:"看晶晶那么宝贝,我有次就随口问,爸爸买的还是妈妈买的?晶晶挺神秘地把嘴放到我耳边说,这是个秘密,不能告诉妈妈。然后他告诉我说,是一个漂亮的阿姨送他的。那个神奇的阿姨总在妈妈不在的时候出现——"

赵四感觉自己正往一个巨大的黑洞里掉。她想呼救,但是出不了声。四周围满了人,每一张面孔都很熟悉,其中有吴小莉,有母亲,有年轻时的父亲,甚至还有她四岁的儿子晶晶。大家都神情肃穆,仿佛在参加一个葬礼。

没有人伸出手来。

7

赵四跨进家门时,手里还拎着那只包。

那个家是你的,不是那个婊子的。就算你明天跟他离婚,但今晚上还是你的,至少一半是你的。为什么不回家呢?你有什么好心虚的?该心虚的是那对贼人。另一个赵四说。

赵四真的硬着头皮回了家。不吵,不说话,明天一早去街道办离婚。这些赵四都想好了。赵四没想好的是,如果黄皮已经睡在床上,她该怎么样。去睡沙发或打地铺?倒变成他有理了?那么把他从床上轰下来?黄皮不会那么听话的,中间免不了要大动干戈。

但黄皮没在床上,他坐在沙发上抽烟。赵四松了口气。

"我知道你会回家的。"黄皮笑嘻嘻地过来接她的包。他的目光还是那么的无辜,他的表情还是那么的清白,仿佛什么都没发生,仿佛被赵四抽耳光的是另外一个男人。

赵四打开了他的手。赵四没吭声。

赵四拎着包进了卧室。

黄皮跟了进来:"你下手可真狠,我的眼睛到现在还蹦五角星。"

赵四开始扯床上的被单、枕套、枕巾、床罩。

"我知道我错了。"黄皮说。

拉链哗啦哗啦地响,赵四没响。

赵四把掷到地上的东西用脚拢成一团,抱出了卧室。

"我真是昏了头。"黄皮说。

赵四从旅行包出翻出那套六件装的夏季床上用品,一只床罩,一个被套,一对枕套,两个靠垫套。天蓝色,像夏日天空那样凉爽的那种蓝,现在换上去还早了点。但这个不重要,重要的是它是新的、干净的。床罩顺顺当当地罩住了床。丝棉被顺顺当当地套进了被套。但是枕套有一对。赵四呆了一下,这是她没想到的。

黄皮忽然从背后拦腰抱住了她。好像他一动不动站在旁边这么久就是为了等这个机会。

赵四一个指头一个指头地扳开了黄皮的手。

"脏。"赵四说。说好不吭声的,到底还是吐了一个字。

"你说得对。"黄皮自言自语着,走出了卧室。一个死皮赖脸的人就这样轻易放手?让赵四觉得意外。但这一次毕竟不同以往。

赵四走过去锁了门。黄铜的门把不知什么时候已经生了锈。新房搬进来后这么多年,这门一直开着,从来没有真正关过一次。一夫一妻,在自己家里,没有什么事是需要先把卧室的门锁上再做的。

拉上窗帘,打开台灯,关掉日光灯,脱光衣服,赵四躺到了被窝里。房间空荡得就像一个孤岛。生活中充满了隐喻。开了这么多年的门,现在终于关上了。一扇门都有权利嘲讽。赵四坐在被窝里又笑了一下。

咔嚓一声,房门重新开了。

门当然被赵四锁死了,但她忘了拔那串钥匙。一把钥匙开一把锁。从他们住进来的那天起,那串钥匙就一直挂在门把上。

像往常一样。黄皮把自己洗干净了。黄皮一丝不挂地从卫生间走进了卧室。

赵四死死地攥住被角,全身的鸡皮疙瘩都竖了起来。不是害怕,而是心虚。

她心虚什么呢?该心虚的是他,但现在心虚的偏偏是她。

他一步一步地朝她走去。他早已不是以前那个黄皮,但他依然是黄皮。赤裸的身体，一丝不挂的身体，它是那么的真实，并没有因为背叛而变得陌生。

"你滚开。"赵四说。但她的话是无效的。他继续一步一步地朝她走来。他盯着她，目光是那么的无辜，又是那么的放肆。他的眼睛就像一双手，可以在大庭广众之下毫不手软地剥光她的衣服。

"我死都不会答应。"赵四说。但她的话是无效的。他已经走到了她的面前，他掀开了她盖在身上的被子。他看上去是那么的死皮赖脸，但骨子里透着轻蔑。因为他熟悉她的身体，熟悉她身体的每一个部位。他知道她可以为他守身如玉，他知道她可以为他做任何事。

"你想强暴我？"赵四说，但她的话已经越来越软弱。他扒下了她带花边的内裤。现在，她的身体也一丝不挂了。对等的赤裸。于是他更加肆无忌惮。他的自信来自何处？他不是对自己有把握，他是对面前的另一个身体有把握。

"我恨你。"赵四说。这话已不是在对黄皮说，这是赵四在对自己的身体说。她的身体逃不脱他的身体。他任何时候都可以在她的面前晃来晃去。因为她是属于他的，而且只属于他。这跟离不离婚没有关系，这跟背不背叛也没有关系。

"你别想阻拦我。"这不是赵四在说，也不是黄皮在说，这已经是另一声音在说，它来自赵四的身体。她的高傲只针对其他男人，在他面前，她就像一个妓女，要多淫荡有多淫荡，要多下贱有多下贱。而他是唯一一个知道真相的人。

"你是拦不住我的。我要把你虚伪的面目揭穿。"那个声音说。她的身体因这句话变得面团一样柔软。

"其实你一直都在骗自己。你所谓的离婚仅仅是做给别人看的,是做给自己那点可怜兮兮的自尊看的。"那个声音说。赵四的眼前忽然晃过一张脸,一张面容模糊的脸。她最早背叛的手臂已水草一样舒展。

"其实你也跟我一样渴望被强暴,一个已经背叛你的身体,或者一个完全陌生的男人的身体。"那个声音说。在这张面容模糊的脸上,赵四首先看见的是一个闪闪发亮的银色耳环。她的大腿开始像河蚌一样下贱地张开。

"你是个同谋者。"那个声音说。正是靠着这只银色耳环,那张脸仿佛药水泡浸下的照片一点点变得清晰。

那个声音越来越小。赵四的耳边响起了另外一种声音:"嘻唰唰嘻唰唰嘻唰唰……"

是那首赵四一直听不出所以然的《嘻唰唰》:"……伤啊伤……晃啊晃……装啊装……多可惜……哦……想啊想……藏啊藏……嚷啊嚷——"

在浮浮沉沉的歌声中,可耻的快感不可篡改地跟着高潮如期而至。

同床共读

英台,上虞祝氏女,伪为男装游学,与会稽梁山伯者同肄业。山伯字处仁。祝先归,二年,山伯访之,方知其为女子,怅然如有所失,告其父母求聘,而祝已字马氏子矣。山伯后为鄞令,病死,葬鄮城西。祝适马氏,舟过墓所,风涛不能进,问之有山伯墓,祝登号恸,地忽裂陷,祝氏遂埋也。晋丞相谢安奏表其墓曰"义妇冢"。

——唐张读《宣室志》

1. 梁山伯

我的孤独是一颗隐隐作痛的蛀牙,无人知晓。

娘整天唠唠叨叨的,只记挂着我的功名。那功名是我的吗?我倒觉得更像是她的。看我整天闷闷不乐,娘就以为我是怨读书太苦,想女人了。

娘说,山伯啊我儿,娘知道你在想什么。可凡事都得有个先后顺序啊!古人说得好:书中自有黄金屋,书中自有颜如玉。你要取了功名,满大街的黄花闺女、十里百里的富家小姐,还不由着你挑?真要到了那时候,你天天上妓院逛窑子,娘都瞎眼不管。

娘一说这个,我就烦。

除了娘,家里还有个四九,在一边跑进跑出的,也烦。那张娃娃脸整天挂着笑,像一歇不歇地揣着个金元宝。别看他才十九岁,却早已是个泡妞高手了。女人过他的手,他是雁过拔毛,沾不上腥也要捏两手摸几把。

因为父亲死得早,娘儿俩坐吃山空,娘的手就收得越发紧了。娘对四九说,小四九啊,反正我闲着也是闲着,以后屋里买菜的事就不劳你了。菜钱里克扣点零花钱,这也是人之常情。四九平日里就是靠这点钱在拈花惹草,我原先以为只有自己知道,谁知娘也是心知肚明的。

老夫人,这种事哪能劳驾你啊!我去我去。四九急得脸都红了。

但娘做事从来都是说一不二的。

你把四九辞退得了。我对娘说。

山伯啊我儿,你不懂啊,好歹我们梁家也算是大户人家,一个仆人都不雇,这不是把脸当屁股晾给别人看吗?娘说。

脸面能当饭吃还是能当银子花?

山伯啊我儿,你是真不懂还是假不懂啊,你辛辛苦苦读书图什么?娘死皮赖脸地活着图什么?不就图一张脸面吗?不就盼着那一天吗?娘说着说着,眼泪鼻涕又一起来了。

我最受不了的就是我娘的眼泪。

好了好了,我懂,我错了。

我信步进出庭院,窗外的雨正好停了,月季花开得很艳。

四九站在院门外,又在跟邻家一个女孩打情骂俏。那个女孩已经让他忘记了零花钱的事。

一个见着女人就能忘乎所以的男人是一个多么快乐的男人啊。

那种无边无际的孤独又潮气一样朝我袭来。

快乐。这种感觉我有过吗?

也许有过,比如几年前,当我单独跟恩师在一起时。但它们都是短暂的。

我走进恩师的书房,恩师午睡还未醒。正午的阳光从窗口探进来,照出了空气中的浮尘。整个书房里只有他细碎而又绵长的鼾声,我就坐在一边悄悄地看着我的恩师,这个时候的我是忘乎所以的,也许就像面对年轻女子时的四九。

这个时刻是快乐的,但又是短暂的。当我感觉到快乐时,师母的脚步声总是适时地响起。也许这根本算不上快乐,因为快乐应该是双向的。恩师醒过来看见了师母,这时在他的脸上我发现了另外一种快乐。这种快乐在瞬间就把我的那种所谓的快乐转化成了痛苦。恩师有他的师母,而我依然是孤独的。正是在这种快乐与痛苦的交替折磨中,我离开了杭州府,离开了我的恩师。

但家居的日子同样是痛苦难挨的。我想我应该是一个正常的男人,因为我那家伙会勃起,我也会梦遗。但我似乎又不是个正常的男人,因为我那家伙不喜欢女人,我也不喜欢。

记得有天我正洗着澡,那家伙不知不觉又硬朗了起来。正瞅着,四九忽然冒冒失失地闯了进来,他也光着身子。见着这阵势,四九愣了愣,回身想撤。我说,四九,你站住。四九说,对不起,相公,冲撞你了。我说,冲撞个头啊,你来得正好,帮帮我吧。四九说,怎么帮啊?我一个男人。我说,给我擦擦身子搓搓背总成吧?四九说,相公你饶了我吧,两个大男人光溜溜的,像怎么回事?要不,我去找个女的来?一说到女人,我那家伙忽然就软了。我说,你滚吧。四九就真的滚了。

日子一日挨着一日,我依然读着我的圣贤书,娘依然在我耳边唠叨着"山伯啊我儿",四九依然傻笑着在我身边进进出出,无所事事地忙乎着。直到有一夜我意外地做了那个梦。

第二天天一亮,我就起了床。

我对娘说,娘,儿得出一趟远门。

2. 祝英台

我说我会骑马,那是骗我老爸的。我细皮嫩肉的怎么骑得了马呢?

快出城门时,我用我的马换了一头驴。那个卖驴的跛老头大概一辈子也没碰上过这种好事情,乐得眉眼都分不清了。

银心从没出过远门,知道这次能到杭州府去,一路上叽叽喳喳的比我还乐。

她牵着驴走在前面,回过头来说,小姐,你骑着驴真帅。

我有点得意扬扬,是吗? 再一想,不对。

我说,什么小姐? 叫相公。记着了?

银心噗地笑出了声,对,叫相公,记着了。小姐——

我说,记着就好。再一想,不对。怎么又是小姐?

两个人又笑成了一团。

这时,那匹公毛驴打了个响亮的喷嚏。它似乎恼了,去杭州府的路还远着呢。

我老爸的食古不化在上虞城有点名气,可他最终居然答应了我,这实在有点出乎我的意料。

一个娇小姐千里迢迢要去杭州府读书,这事听起来的确有点荒唐。其实我也只是心血来潮,老爸要真的不答应,我闹一闹,事也就过了。谁知我那黄脸三嫂却在一边借题发挥开了,男子求学图功名,女子读书为情人,小姑杭城三年归,一定可抱小外甥。她这么一串顺口溜,让人没了台阶,于是我牛脾气发作死活不肯歇手了。后来银心就想出了个女扮男装的点子。

临走前,我跟那个黄脸婆砧板对薄刀大吵了一场。我说,三年后若我清白身回来,我挖出你的眼珠子。她说,好啊,要真让我说中了呢,那可是我挖你的眼珠子。于是,我俩背着家人在后半园埋了一块红绫绸,若失贞操则绸变色,若保清白则绸如故,并立了毒誓。

毛驴嘚嘚嘚敲着碎步,城门已被抛在身后,正午的官道杳无人迹。

静默中我闻到了空气里草木的清香。就在同一刻,我忽然感觉到了寂寞,比香气更加真实的寂寞。

事实上,她一直暗暗潜伏在我的身上,当四周沉寂下来后,她便像一条花斑蛇一样钻了出来。这个初春的正午,在上虞城去杭州府的官道上,我不知不觉从一个娇气任性的女儿变成了一位多愁善感的女人。

与此同时,我的命运也正在不知不觉中发生转变。

此刻,当我走在从上虞城去杭州府的官道上时,那个叫梁山伯的男人正走在从会稽县去杭州府的官道上。就像这两条官道命中注定将在那个叫草桥的路口相遇一样,我和梁山伯正分头奔赴那场命中注定的惊天动地的爱情。

这些,我当然都是后来才知道的。

3. 四九

一路上,我的傻相公翻来覆去都在说着他昨夜的那个梦。

他说他走在一条道上,走着走着就看见了另一条道,一条一模一样的道。他说那个地方叫草桥,不远处有一座山神庙。他说就在那个路口他看见了另一个人,一个跟他一模一样的人。那个人叫他梁兄,而他就叫他贤弟。他说那两个一模一样的人走到一起,那两条道就合并成了一条道。

我那傻相公说得一点不差。

日上三竿,正是人疲马乏时,我们来到了一个三岔路口。

那个路口果然就叫草桥,不远处也真的有一个山神庙,我的傻相公果真就遇上了他的贤弟。两人滚鞍下驴,一见如故,叽里呱啦地说上了话。一转眼工夫,他们已惺惺相惜,难舍难分,于是二话没说就进了庙,下了跪,报了生庚,排了长幼,又互叩了响头。等到站起来,一个说"贤弟请",另一个说"梁兄请",两人已肉麻地成了兄弟。

什么"义结金兰"?我最讨厌男人间的那套把戏。

这时候,我的眼睛忽然一亮。

我看见了银心丫头。

她那身行头骗不过我的眼睛。

女人装得再像男人也还是女人。

原来在我那傻相公的梦中,除了他与他的贤弟,还有我四九和另一个叫银心的女人。

我知道真正的好戏还在后头。

4. 银心

临出门前,老爷破例把我叫到了他的书房。

老爷说,银心啊,我可从没把你当成外人。

老爷又说,银心啊,小姐这次出门好歹长短就全交给你了。你可得多给我长着个心眼啊。世道不测,人心险恶,她一个小姑娘,她知道什么是非黑白啊?

可我就这么一个女儿。老爷说着说着就动了感情,抹上了眼泪,我于是拍胸脯抹脖子做了保证。

现在看来,老爷是未卜先知。

不是说"害人之心不可有,防人之心不可无"吗?不是说"男女授受不亲"吗?小姐把圣贤书都读到屁眼里去了?

看到小姐如此滥结金兰,我正想上去提醒几句,身后的那匹毛驴却拉不动了。回头一看,真是气不打一处来,那杂种居然已与另外那匹毛驴嘴对着嘴,扭捏作态上了。

这时,一只陌生的手冷不丁落到了我的肩上。

我像赶苍蝇一样丢开了那只脏手。

一个嬉皮笑脸的矮个子男人立在我的面前,他说,我叫四九,你呢?

几根稀稀疏疏的胡子正从他的嘴唇上方拱出来,他在肆无忌惮地盯着我看,那种眼神是一个无赖看上一个女人时特有的。

我的脸红到了脖颈,我忘了自己装扮的男人身份。

5. 梁山伯

书房门前的确有一株梅。但树上却从来没栖过喜鹊,连麻雀也没有,更不用说什么成双成对了。发出叽叽喳喳声的是书房里我的师兄弟们,其中就包括祝英台。

我从家里出来本来是没什么目的的,谁知官道上就碰见了祝英台。他说他去尼山书院读书,尼山书院就是我恩师的书院。我说没这么巧吧,我也正去尼山书院呢。我脱口而出,连草稿都没打。就像那个梦所暗示的,两条道合成了一条道。

祝英台的手软绵绵的,跟梦中一模一样。就这样,我屁颠屁颠地跟着他走进了尼山书院。

我想我是被他迷上了。我跟祝英台携手,走着走着,那个梦忽然就断了。而现在,他就坐在我的前排。先生一只手拿着书卷,另一只手反背着,眯了眼,摇头晃脑在书桌间转悠,口中念念有词,古之明明德于天下者——

师兄弟们白痴一样跟在后面念,先治其国——

先生又念,欲治其国者——

白痴们又跟着唱一样地念,先齐其家——

我没念,我在听祝英台念。他的声音夹在那帮白痴中间怪怪的,就像一篇楷文中突然冒出了一个篆字。

祝贤弟,祝贤弟。我悄悄喊他。

祝英台偷偷回了回身,你喊什么啊? 先生可是醒着的。

他的眼睛春意荡漾,让我心猿意马。

我的脑子就更加恍惚了,自打进尼山书院起,我就有了这种感觉:我是在延续着那个早醒的梦。我不知道后面会发生什么,但似乎冥冥中总有什么事情在等着我,我能感觉到,但我却抓不住。

他现在就在我前面,留给我的却是后背。但后背也是美的,薄薄的春衫裹罩着他弱弱的身子。我忽然有了种冲动,想用我的指头在他的背上划几下,就像一杆毛笔轻轻划过一张毛边纸,我无法想象指尖碰到他的肌肤时的感觉,即使隔着薄薄的春衫。

祝贤弟。我忍不住又在心底唤了一声。

山伯。先生忽然睁开眼,喊我了。

我张皇失措地站了起来。我身下那家伙小土炮一样架着,现在它暴露在了众目睽睽之下。

6. 祝英台

先生在江浙一带有点名气,所以尼山书院的生意就比较好。

因为生意好,厢房就不够了。

厢房不够,跟着床也就不够了。

所以,即使我偷偷给师母送了两包铁观音也不管用,我还得跟另外一个男人睡同一间房,同一张床。

师母给我安排的第一个男人就是马文才。

真是冤家路窄,他后来居然成了我的丈夫。这个下流坯。

先生在堂上念,子曰,饱食终日——

马文才在堂下打瞌睡。

先生喊,文才,下一句。

这个下流坯摇摇晃晃地站起来了,满眼睛的眼屎。

先生说,饱食终日以后呢?

马文才怔了半晌,答上了,饱食终日后就不饿了。

哄堂大笑。可事还没完。

先生摇摇头,唉,真是朽木不可雕也。

这个肥头大耳的家伙这回却接得快,粪土之墙不可污也。

头天晚上,我在书院的露天庭台上挨到月上中天,咬咬牙进了房,幸好那下流坯已经睡熟了。因为人实在是困了,所以挨着床沿我居然也睡去了。半夜里,我被一种奇怪的声音惊醒,睁眼一看,下流坯全身缩成一团,把一双手放在大腿根伸伸缩缩的,嘴里发出哼哼哈哈的声音,像一头母猪样美着呢。老半天,声音歇下了,于是我就闻到了一股怪怪的腥味。我不知他在干吗,但再也睡不着了。在那股怪怪的腥味里我熬到了天亮。

第二天一早,我就去找了师母。那你跟谁睡啊?师母说。跟梁山伯吧。我说。你喜欢那个傻不拉几的梁山伯啊?师母问。

我爹让我带来的两包铁观音到底还是起了作用。第二天,我就跟梁山伯睡到了一张床上。

梁山伯看上去傻乎乎的,我匆匆忙忙在半路上跟他义结金兰,看中的也正是这一点。可人心隔着肚皮,孤男寡女搁同张床,谁能担保他不起歹心?

为了防他越轨,第一个晚上,我在床中间放了碗水。

并跟他约法三章,谁把水给弄翻了,谁就得罚打地铺一月。那呆子满口答应。

第一天风平浪静。

第二天也风平浪静。

第三天还是风平浪静。

我悬着的一颗心就放下了。

谁知第四天却出了事。

那天早上我很早就醒了,一眼看见了那只碗。那只碗本来放在齐腰的地方,现在已经被挪到了枕头处。更糟的是,碗中的水一滴也不见了,像被那只猫舔过一样。

我的清白女儿身难道就这样不知不觉、不明不白地给坏了?

那装呆子的下流坯居然还睡得挺香。

我劈头就给了他一巴掌。

他僵尸一样蹦了起来。

怎么了?他装腔作势揉揉睡眼。

你还问怎么了?那碗水呢?我杏眉倒竖,剑拔弩张。

水?什么水?他装聋作哑。

噢——那水啊!他顿了顿,慢条斯理地说,后半夜口渴,让我给喝了。

我松了口小气,但还是半信半疑。

就特意跑到厕所去检查了一遍。

还好,那地方包得严严实实的,的确像是没被人拆封过。

从厕所里出来,我松了口大气。但怪异的是,庆幸之余,我却忽然滋生了另外一种情绪——失望。

我忽然想起了那个黄脸婆的顺口溜。

我为什么要千里迢迢赶到杭城来念书呢?我的确找不出任何一个站得住脚的理由。

那么我是过腻了闺房的生活,不自觉地希望出一点事。或许正像黄脸婆所说的,我想找一个野男人?想到这里,我打了个寒战,似乎有一双阴森森的爪子正在悄悄地朝我的瞳孔逼近。

7. 四九

我承认我是一个色鬼。

可是,话说回来,又有哪个男人不好色呢?要说差别,唯一的差别也就在于他有贼心之后还有没有贼胆。当然,例外也有,比如我的相公。说老实话,我相公那家伙站起来时,那阵势可是够夸张的,可不知为什么,见了女人那小和尚劲就没了。记得有次我硬拉了他上窑子,进去时,我还留了个心眼,特意给他找了个来劲的姐儿,可谁知这边我才刚刚拉开阵势,那边他就喊开了,四九,走了走了。你说,上窑子谁还像他这样大声嚷嚷?这事不但搞得我三天起不来,还让兄弟我在姐儿们面前丢尽了面子。那个娘们后面再和我搞时,冷不丁就会半路杀出一句,四九,走了走了。你看看,都成笑柄了。

当然,光有贼胆也不一定就能成事。凡事都讲究个窍门。

这事不是我吹牛,我四九还真没碰上过解不开的裤带,找不到的漏洞。

就拿现在这个银心说吧。

我说了女人再怎么装扮也还是女人。

胸束得再紧有什么用?再拿腔拿调有什么用?

头一眼我就把她给认出来了。肩上再那么一拍,更是铁定了。

虽说一路无话,我的脑瓜却使上劲了。

尼山书院令人失望,什么尼山,居然连半个尼姑都没有。不过失望也只是一瞬息的事,因为这时我的整个心思都已经放到了银心这个丫头身上。

到书院之后的第一桩事是分宿舍。自然是相公管相公,侍童管侍童地分。给我们分房的是二管家,叫刘备,是个罗锅。他站在天井上扯开破嗓子喊,这边来这边来,都到这边来。他又喊,排好队排好队,你们挤个屁啊。他再喊,都有都有,两人一间。听他喊到最后一句,我就乐了。借我相公一句话说,这叫:说者无心,听者有意。再借我相公一句话说,这叫:吉人自有天相。

没费半点周折,当晚,银心丫头就跟我睡到了同一张床上。我居然白耗了一路的脑子,想起来真是心痛。

好戏就这样开场了。

不过这个开头让我意外。

在我漫长的香艳史中,还从来没有一出戏是打床上鸣锣开场的。

8. 银心

我从来都不怕男人。在府上我有个外号叫"姑奶奶",那些起初对我动手动脚、想入非非的男仆,都没少被我拎过耳朵,劈过耳光。但现在,让我跟一个男人脸对脸、背靠背,一张床睡觉,这无论如何都是一件可怕的事。

我这人还有个特点:要睡过去了,雷打都吵不醒。我家小姐就时常拿这事取笑我,还给我编了个故事:

说是有户人家一个丫头嗜睡,一天晚上来了个贪心的盗贼,他偷了所有的东西都不知足,临走还扛了那个睡熟的丫头。出庄时被人发觉了,盗贼在前面跑,庄丁在后面追,追了十里八里,眼看要追上了,不得已盗贼就把肩上的女人抛到了大路上。那丫头还在睡,庄丁把她给叫醒了。你知道她醒过来第一句话说什么?她说,小姐,天亮了吗?

所以说,我身边这个小矮子色鬼,他要是敢明着来,我保证给他吃点辣头。但要是他暗着来呢?那我可真是防不胜防了。

想来想去只有一个办法,等他睡着了我再睡。

他老早就赖到了床上,跟我说,小兄弟,你睡里边吧。

我没理他,和衣躺下,晾了个背给他。我把眼睛睁得大大的,我对自己说,银心啊,你可得当心啊,千万别睡着了。另外,为防不测,我还在枕头下藏了把剪刀。

小矮子四九像是看穿了我的心思,他规规矩矩的一点都没乱动。但他却没有半点想睡的意思。

他把身子斜倚在床榻上,说话了,小兄弟,天闷啊,咱俩说会话吧。

我没理他,但我的眼睛开始打架了。我又对自己说,银心啊,求你了,别给我睡着啊。

我开始后悔了,后悔跟小姐来杭州府,后悔自己给小姐出了那个该死的女扮男装的馊主意。

这样一后悔,我就想到了小姐。对啊,小姐怎么样啊?她该不会有事吧?再想到那个傻乎乎的梁相公,总算让我宽了宽心。

四九又说话了,小兄弟,你喜不喜欢听故事啊?我给你讲故事吧。

我的两片睫毛眼看着就要粘上了,听到这里,啪的一声就弹开了。

我这人除了嗜睡还有个癖好,就是听故事。在府中时,与小姐俩人闲来无事经常就玩这个,她讲,我听。小姐平日爱看一些老爷不让看的书(这些书老爷不让小姐看,可她自己却看得津津有味),所以我总有听不完的故事。

我决定听他的故事了。一则当然是因为我有这个瘾;二则嘛,我是这样想的:与其睡去着他的道,还不如借他的故事来消消瞌睡虫。这样的话,虽然他不会先睡着了,但至少我也不会比他先睡着了。

你说吧,就是不知你的故事够不够吸引我。我说。

试试吧,一试就知道。他来劲了。

9. 梁山伯

祝英台的确是个怪里怪气的男人。可我却喜欢他的怪里怪气。

他的声音怪怪的,我却喜欢。他的手软绵绵的,我也喜欢。

几天之后,这个怪里怪气的男人居然跟我睡到了同一张床上。

我的心情真是说不清道不明。

心跳?心慌?心急?心焦?心酸?心伤?心花怒放?心旷神怡?心满意足?心领神会?心心念念?心急火燎?心慌意乱?心惊肉跳?心惊胆战?心慈手软?心灰意冷?

对吗?都对。因为每一个词我都曾经经历或正在经历。都不对。因为当一个词正在经历时,它立马就会翻脸成另一个词。不管对错,反正都跟心有关。我本来只有一颗心,现在却碎成了无数颗。这个怪里怪气的男人就像是一个厨娘,把油罐子、盐罐子、酱罐子、醋罐子都打翻了,又用一把勺子把酸味儿、甜味儿、苦味儿、辣味儿恶狠狠地搅了一通。

他似乎在防着我,先在床中间放了碗水,跟我约了三掌;后来又在床中间搞了堵纸墙,再跟我约了三掌。

他又像是在勾引我。放着水的时候,他半夜起来把水给喝了,第二天却栽赃于我;堵着纸墙的时候,又是他半夜里把墙给踢破了,第二天又栽赃于我,还到师母那里告了我一状。

后来,他就越发放肆了。

夜深人静,我的小和尚又竖了起来。我在床的这边翻大饼,他在床的那边说话了。

梁兄啊,你睡不着啊?小弟也睡不着。

梁兄啊,你有心事啊?小弟也有心事。

梁兄啊,你把心事说给小弟听听,或许小弟正能了你的心事。

那堵薄薄的纸墙就夹在我们中间。

当他需要安全感时,那是一堵墙,能让他安心入睡;当他想放纵时,那是一层纸,能让他耐心地挑逗。

但对我来说,正好相反。

当我想熄火入睡时,那是一张纸,能让我欲火重燃;当我无坚不摧时,那是一堵墙,让我隔了千山万水。

他是我的同类吗?他跟我有着同样的苦恼吗?我一次又一次地肯定,最终还是一次又一次地否定了自己。

现在,祝英台睡着了,书院门口的狗不吠了,我的那帮师兄弟们也从妓院返回了书院。兔影西斜,如水的月光从窗口溢进来。整个世界似乎只有我一个人醒着,在半张床上翻着同一张永远也翻不熟的大饼。

10. 四九

我与银心丫头的戏就是从讲故事开始的。

事实上,读点书还是有好处的。读的时候你不可能知道会有什么用,但没准某一个节骨眼上它就派上了用场。比如那本《笑林广记》,有一天我居然翻开了它,谁知不看不知道,一看吓一跳。天底下居然有这么好看的书。我闷头闷脑把它看了两遍。当然我看它也只是解个闷,图个乐子,谁知若干年之后,它却在我勾引一个丫头时派上了用场。

那个晚上,我就开始讲第一个故事。这个故事题目叫《下饭》,说的是这么一回事:

一户人家,有两个儿子一个爹,比较穷,而且不是一般地穷。有天吃饭,只端上来两碗白饭,没有菜。儿子就问了,下饭菜呢?爹答不上,看见了邻家檐上挂的腌鱼,就指给俩儿子,望一望,吃一口,这就是下饭菜。一会儿,小儿子忽然喊道,爹,阿哥多看了一眼。

还没等我讲完,哑巴银心就说话了。

你别讲了,我知道结果了——那个爹说,咸杀了他。——是不是这样?

天哪,你怎么知道的?

你别问。要讲你就讲个新鲜的。

好,看看这个你还知不知道结果。

我就开始讲第二个故事。这个故事我忘了题目,说的是这么一回事:

有个道学先生,有一天把女儿给嫁出去了。可到了后半夜,他还在大厅里踱来踱去,愁眉苦脸。一个仆人看见,就上去说,老爷,夜深了,去睡吧。道学先生跺跺脚,生气地说了一句。

讲到这里,我顿住了问,这个故事的结尾,恐怕你就不知道了吧?

谁说不知道。银心说。

知道?那你说给我听听。

道学跺跺脚说,你不知道,这个时候,那个小畜生正在那里放肆着呢。

等她一说完,我就挺得意挺下流地笑了起来。

她其实说着说着已经臊了,经我一笑,脸更挂不住了。但凶巴巴地骂了一句,笑你个头啊,我难道说得不对?

我赶紧说,小兄弟啊,我哪敢笑你啊!是你那个尾巴好笑。

我又正色对她说,我听来的尾巴是这样的——道学说,妈的,牙痛。两个尾巴不一样,不过你的尾巴比我的尾巴有趣多了。但我还有一事请教,"放肆"指什么?

银心丫头就晾了个背给我。

我说,小兄弟啊,夜还长着呢,再给你说一个吧。

我就开始说第三个故事了。这第三个故事与上面两个不

同,上面两个的确是我从《笑林广记》中看来的,这第三个却是我编的:

我说,这个故事的题目叫《快活事》,故事是这样的:

有姑嫂两个站在门口讲闲话,这时,隔壁一扇门嘎吱一声开了。

接着,先出来了一个男的。一会儿,又出来了一个女的。看见外面有人,女的又折了回去。

一会儿,门里面却伸出了一只手。

男的就开始朝兜里掏东西。

这时,那个做姑的就问了,嫂,这一男一女干吗啊?

那个做嫂的呆了呆,说,做那事。

做姑的又问,那事是什么事?

做嫂的又呆了呆,说,就是我跟你哥做的那事。

做姑的再问,你跟我哥做的哪桩事?

做嫂的再发呆,就说,床上那事。

可那个做姑的还不明白,又问,床上什么事啊?

那个做嫂的答不上了,待了老半天,就放胆说了,床上还有什么事?就是那桩快活事啊。

这下那个做姑的更不明白了,大声嚷了起来,为什么她有快活事做,还要收银子?

故事讲完了,我也扒了个精光。

丫头片子,为什么你有快活事做,还要装呆子?

071

说话间,我已经架了上去。

11. 银心

在杭城伴读的第一夜,我终于解了男女之事。领我进堂入室的,就是四九这个小瘪三。

我没有比他先睡去,但我还是着了他的道。

他的故事就是迷魂汤,我在不知不觉中一步步滑入了他的陷阱。

当他讲完故事骑到我身上时,我的全身已经软了。那把剪刀就在我触手可及的地方,但我所有的力量都已经被抽光,我放弃了抵抗。

他熟门熟路地褪去了我的衣衫,就像剥一个茶叶蛋。

不,更像是剥一只粽子。

他解开了我的裤带结,就像是解开粽子外边的麻线结;他一圈一圈松开了我束胸的白缎,就像剥开一层一层的粽叶;现在,我一丝不挂地展开在床上,就像一只刚刚剥开的饱满而又烫手的粽子掉到了碗里。

没有过渡,也没有犹疑。他直接插了进来。

天塌地陷,我的骨头被硬生生地掰开了。尖锐的疼痛直接转化成为我的喊叫冲口而出。我看见一瓶红色的墨水被打翻,白缎上开出了一朵朵猩红的月季。

很快,疼痛像迅猛的洪水一样过去,被压倒的花草重新站了起来。

于是,我感觉到了快乐。

快乐就像一群被洪水冲散的老鼠。现在,洪水过后,它们一只一只从藏身的地方钻出来,并聚集到了空旷的庭院上。

庭院上的老鼠越来越多,我的身体越来越滋润。

洪水又一次袭来,一个巨浪终于把我抛到了快乐的顶峰。

当两个人的身体重新分开之后,我哭了。我无法说清,是为刚刚失去的保持了十九年的女儿身哭,还是为第一次偷尝到这种意想不到的快乐而哭。

12. 梁山伯

我赤身裸体地在床上煎熬,迷迷糊糊中,一具滑溜溜的躯体忽然贴了上来,一只黏黏糊糊的手开始在我身上游动,从我的脸开始,一寸寸地下移,游到胸部,游到腰部。打住了。然后重新从脚脖子开始,一寸寸地上移,游到膝盖,游到大腿,终于,它在茂盛的杂草丛中寻找到了根据地。

它的动作放慢了,它变换了方向,它变得无比温存,无限小心。

它明显地出汗了,它开始加速。

我一直憋着,憋着,终于还是憋不住了,于是一泻千里。

我醒了过来。整个书院静悄悄的。

棉裤湿漉漉地贴着我的大腿根,寒战战的。

长夜漫漫,我孤独地醒着,湿棉裤在慢慢地变干。我知道,到清晨时,那地方就会多出一张硬邦邦的像上过浆的地图。

13. 祝英台

我的身体对我来说是一个谜。那一对挺拔的遥相呼应的姐妹峰,那一片青草年年绿的荒坡,那一条诱人的纳气如兰的幽谷,但现在她们都在一匹白缎的重重围困下芜灭了。

我在等待着一场大火。

我在等待着洪水猛兽的到来。

但那个我所期待的人只会在课堂上轻轻地唤我"祝贤弟"。

14. 四九

所谓伴读,也就是给相公洗洗衣服、端端盆子,这事儿花不了多少工夫。

相公一去坐堂,我便闲着没事干了。我闲着时,银心也一样闲着。

孤男寡女同处一室,香炉对着蜡烛台,闲着干吗呢?

于是就做那事。

当前厅琅琅的读书声传过来时,我与银心已经汗水淋淋地干上了。

我得承认银心在这方面悟性很高。经过一段时间的操练,她的功夫已日见精湛,简直到了炉火纯青的地步。

像吃鸦片一样,她似乎对此上了瘾,变得越来越浪,于是化被动为主动,发明了不少让我料想不到的招式。

终于歇了下来。她就又缠着我给她讲故事。

但我已经把看来的故事都讲完了,于是就开始自己编。

讲着讲着,我的小和尚又偷偷摸摸竖了起来。

而银心要的就是这个,她又爬了上来。

在琅琅的读书声中,我们的新一轮操练开始了。

15. 银心

小四九说,我现在的脸拧一下都是水。的确,因为雨露的滋润,再加上充足的睡眠,我的脸色明显地红润了。

但我家小姐的脸,却日见消瘦。

小姐一定是有什么心事。也许小姐是喜欢上了梁相公。但我却不敢问。

我之所以不敢问小姐的事,是因为我也一直拿自己的事瞒着小姐。

跟四九在一起,我是快乐的。但这种快乐又似乎是有罪的。

四九说,我跟他的事是我们俩的事,与小姐和相公毫无关系。

但我却不这么看。当我偷偷享受着快乐时,小姐却满脸愁容,这无论如何都是一种背叛。我甚至觉得我的快乐本来应该是属于小姐的,而现在我却把它从她的手中抢了过来。

四九说,你难道能跟着你的小姐过一辈子吗?你的小姐总有一天是要出嫁的。而你也一样。

四九这样一说,我就更难受了。

小姐是银心的一部分,离开小姐的银心是不完整的。四九的确带给了银心快乐,但四九给银心的快乐代替不了小姐给银心的快乐。

16. 梁山伯

我依然活在孤独中。

我想那个梦所暗示给我的应该远远不止这些。

我属于男人中一个特殊的群类。之所以要说"群类",是因为在浩如烟海、汗牛充栋的典籍中,我曾经隐隐约约找到过我的同类。

在典籍中时不时会出现一些讳莫如深的字眼,比如"断袖",比如"分桃"。"断袖"说的是汉哀帝与其幸臣董贤的事。据《汉书·佞幸传》载,董贤"为人美丽自喜",哀帝很爱他。贤

"常与上卧起"。一天昼寝,帝醒而贤未觉,"帝不欲动贤,乃断袖而起"。"分桃"说的是卫灵公与其男宠弥子瑕的事。弥子瑕与卫灵公游于园,"食桃而甘,不尽,以其半分君"。再比如"对食",《汉书·外戚赵皇后传》记载,"房与宫对食"。东汉人应劭解释说:"宫人自相与为夫妇名对食。"据《旧唐书·五行志》记载:"长庆四年四月十七日,染坊作人张韶与卜者苏玄明于柴草车内藏兵仗,入宫作乱,二人对食于清恩殿。"罗履先《南汉宫词》云:"莫怪宫人夸对食,尚衣多半状元郎。"他们对此似乎不仅不隐讳,反而矜夸于人。

当然,这类人中最有名的,恐怕还是诗人屈原。据说他盛年时丰姿秀美,才华超群,深得楚怀王的宠信。他在诗歌中经常自称"美人",对怀王也多有大胆表白。比如《抽思》中:"结微情以陈词兮,矫以遗夫美人。昔君与我诚言兮,曰黄昏以为期。"诗人与怀王以身相托,两情相怡。然而后来,怀王却移情别恋了,诗人哀伤不已:"怨灵修之浩荡兮,终不察夫民心。众女嫉余之蛾眉兮,谣诼谓余以善淫。""灵修"是古时女子对恋人的专称,屈原以此称呼楚怀王,其意一目了然。

祝贤弟眉目含春,对我似是另眼相加,但我不知其意何在,依然心存疑虑,不敢贸然而动。

夜深人寂,皓月当空,我从寓舍里偷偷溜出来。

撩起长衫,松开裤带,我的小和尚又一次暴露在了带露的夜色中。

它骄傲地昂起头,吮吸着清凉而又甘美的空气。月光落下来,我的小和尚亮晶晶的,像上了一层漆。

没有人理解我的孤独,我的孤独正如同它的孤独。

17. 祝英台

一男一女同床共读,要真身不露,本就是件困难的事。可现在,即使我处处留迹,暗示于他,梁山伯却依然泥塑木雕,浑然不觉。

我说,梁兄,我耳朵痛,你给我看看。

他看我的耳朵,便发现了耳环痕。

他说了,祝贤弟,你怎么有耳环痕啊?

我心中窃喜。

他却自作聪明,给我解释了,噢,我知道了。一定是因为贤弟生得俊秀,庄上庙会时,年年让你去扮观音菩萨吧。

如厕时,我本来处处躲着别人。这一次,故意让他给撞上。

你知道他怎么说?贤弟果然文雅,小便也蹲着解决。哪像我等俗人,立着小便,就像黄狗浇泥墙,实在是秽污天地。

还有一次,我故意把胸束得宽了些,想让他看见。

他却朝我曲身一揖,恭喜贤弟。

我蒙了,何喜之有?

这个挨千刀的说了,贤弟难道没听说过"男人胸大会拜相"吗?

还有一次,我实在是放足了胆,有意把染了经红的白缎遗在床沿。

临晚上,他遮遮掩掩、吞吞吐吐地问我了,贤弟,都说十男九痔,连你也有痔疮啊?

我真是被他搞得哭笑不得了。

18. 四九

我站在水槽边给相公洗衣服。

这事,我本来跟银心商量过,想让她代劳。但银心想了半天,却找出了不答应的理由,四九,你的衣服我帮你洗可以,可难道你相公的衣服也让我洗啊?反正你要洗你相公的衣服,所以你自己的衣服也还是你一块洗掉算了。

正在生这个刁丫头的气,相公走了过来。

相公闷闷不乐,像是有心事。

我就跟他开了个玩笑,本意是想给他解解闷。

我说,相公啊,昨晚你又画地图了?你床上不是睡着你的祝贤弟吗,你这样多浪费啊?

谁知我的话却闯了祸。相公气得脸都发青了,他冲上来,抬手给了我两耳光。

我给相公干了这么多年,这还是第一次挨打。

19. 银心

快乐就像是一只杯子,盛得太满也会溢出,溢出来的部分就变成了忧愁。

快乐就在此时此刻,它是我抓得住、摸得着的。而忧愁总是指向未来,那是我抓不住、摸不到的。

又一次无休止的男欢女爱之后,我们终于歇了下来。两个人瘫在床上,气喘吁吁,筋疲力尽,就像两尾被浪头抛到了岸滩的嘴对嘴吐白沫的小鱼儿。

我不想听四九的故事了,我的头隐隐作痛。

我只想跟他说几句话,我们似乎从来没有过说话的空隙。

我说,四九,我们这样到底算怎么一回事?

四九说,什么怎么一回事?

我说,你这个没心肝的,你就图个快乐。

四九说,难道你不快乐?

我说,我可不想做一辈子的露水夫妻。

四九说,那还能怎么着?

我说,你个狼心狗肺的,你就不会娶我啊?

四九说,娶你?好啊。可我拿什么娶你?我除了这小××,可是连张床都没有。

我说,你就不能正经点?我可没心思跟你磨嘴皮子。

四九说,银心啊,我也跟你说真话吧,你要是不嫌我穷,我明儿就娶你,晚上也成。

我说,你看你,明儿今晚的,没个正经。

四九说,我说的是真话,可你就不信。要骗你,我不得好死。

我说,好吧。算你是真话。可你要真娶了我,你还找不找别的女人?

四九说,这个——

我说,说!

四九说,好吧,我不找得了。

我说,要去找了呢?

四九说,偶尔去找个一两回总行吧?

我说,不行。绝对不行。

四九说,好吧,不行就不行。

我说,要去找了呢?

四九说,可我去找了你也不一定知道。

我说,要让我发现了呢?

四九说,随便你处置吧。

我说,好,要让我发现了,我第一先割下你的老××。

如果我跟四九那一段算爱情,那么,这就是我们的海誓山盟。

20. 祝英台

大概是我来尼山书院的第二个年头的中秋节前夕,老仆人祝山从上虞城赶来了。他说我爹病重,让我速速返乡。

这事明显有点蹊跷,我爹一向身体好好的,怎么不迟不早赶在中秋节前夕生病呢,而且还不是一般的头痛发热、感冒咳嗽。但不怕一万就怕万一,况且,祝山泪眼婆娑的,似乎也不像是在跟我演戏。总之,不管是真是假,这趟我是不回不行的了。

事情不巧得很,那天中午梁山伯正好有事进城去了。

我就跟祝山商量,我说,祝山大叔啊,反正也不在乎这么半天了,咱们明天清晨动身吧。

祝山急了,小姐啊,你不会这么不懂事吧?谁都只有一个爹,这次你要见不着,你就十八辈子也见不着了。

21. 梁山伯

我与祝贤弟的事传之后世,成了戏曲的经典题材。据我所知,越剧、川剧、滇剧、湘剧、赣剧、徽剧、河北梆子、梨园戏、豫剧、楚剧、武安平调落子、河南曲剧、京剧等各路地方剧种都有以我们的故事为题材的演出剧目。这许许多多种本子中,以越剧《梁山伯与祝英台》影响最大。

越剧《梁山伯与祝英台》中最有名的一个段子就是"十八相送"。说是我送祝英台回家,从尼山书院送到杭城,又从杭城送至城外,送了"十八里路",一路上祝贤弟触景生情,作了"十八个比喻",什么猫啊狗啊牛啊鹅的,以身相托,但我却像一只呆头鹅,浑然不觉。

真是失之毫厘,谬之千里。

事实上,祝英台走的时候,我根本没在书院,我到城里买月饼去了。

都是这该死的月饼,该死的中秋节,让我没送上祝贤弟,不过归根到底都得怪我自己嘴馋。

我骑着毛驴嘚嘚嘚回到尼山书院,已是当天下午。才刚刚让四九把毛驴在榆树桩上拴住,恩师就在走廊上看见我了。

山伯,这大半天,你干吗去了?恩师有点生气。

我灵机一动,就从兜里掏出了一筒月饼,恩师,我到城里去给师母买月饼去了。

我说给师母买而没说给恩师买,这大概也是我的过人之处。

恩师果然开心得嘴都合不拢了,山伯啊,难得你一片孝心。

他又朝我招招手,快过来,为师有一件喜事告知你。

那天大概是我一生中最快乐的一天。

恩师说的喜事事关我的功名。

恩师说,山伯啊,是这样的。前两天,鄮城的县令暴病身亡,据说是朝廷一时配不上人,就让地方举荐。宁绍的府台是我的学生,这个你是知道的。他就让我从书院的学生中举荐一个。我呢,想来想去就想到了你。说是先试一阵,干得好就正式任用。你看怎么样啊——

真是天落馒头梁山伯享福。

我倒身便拜,谢恩师器重,小生感恩戴德,没齿不忘。

恩师说,你且起来,我还有话。知道我为什么举荐你吗?

我心里想,保不住是因为我的一筒月饼正好送到了刀口上吧?嘴里却说,小生鲁钝,实在不知。

恩师说,实话告诉你吧,正是因为你笨。

因为我笨?

这为官之事,说难难上天,说容易比放个屁还容易。老夫要想做官,早就做了大官。你说是不是?

这个当然,这个当然。

恩师说,做官做官,少做点恶事,对老百姓就是好事。班上的学生中,就数你最笨。但笨也有笨的好处,这越笨的人,搜刮民脂民膏的本领也就越小,作恶行凶的手段也就越低。对不对?

恩师高见,恩师高见。真是听师一席话,胜读十年书。

这时候,师母走了进来。

师母说,啊,山伯啊。我正找你呢。

我赶紧说,师母啊,我刚刚去城里给你买了一筒月饼。

师母说,我们先不说月饼吧。你的室友祝英台回家了。

什么?我像是一下从蜜罐掉到了冰窖,平白无故地捡了个县令,谁知却跑了个祝贤弟。跟祝贤弟比,我可不稀罕什么县令道台。反正县令道台拿了也是替我娘拿的。

说是他爹病重,家里来人带他回去的。对了,他还给你留了一件东西。

悻悻地从师母家大厅出来,宿舍一下子显得空荡了很多。

这个无情无义的家伙,他居然连个招呼都不打就溜了。

他留给我什么,我已经一点都不感兴趣了,恼怒中,便随手把他的东西丢到了床上。

红绸自动抖开,掉出来的是一只绿莹莹的玉蝴蝶。

我记得他有一对这样的玉蝴蝶。

他为什么不辞而别又要送一只这样的东西给我呢?

我的表情是一点点开始发生变化的。慢慢地,我的眉头松开了,慢慢地,我的笑容绽放了,到最后,我终于狂笑起来。

这一天的确是我一生中最快乐的一天。在漫长的煎熬中,我终于等到了答案。

古书上说,蝴蝶是没有性别的。

22. 银心

小姐终于还是没能等到与梁相公告别。从这一点说,我是幸运的。

但告别其实是一件更痛苦的事。

四九说,银心,你留下来吧。我现在才感觉到,我是真的舍不得你离开。

我说,四九,我也舍不得你,但我必须跟小姐走。

四九说,银心,她有她的幸福,你有你的幸福。我是真心爱你。

我说,四九,你要是真心爱我,你就来找我。我在玉水河边,祝家庄上等着你。记着了,要早下决心,千万赶在我家小姐出嫁之前。

马车辘辘起行。

当我撩起车帘,最后一次回头时,我忽然就信了,四九是真心的。

因为这个一向没心没肺的男人,不知什么时候眼眶已悄悄湿了。

23. 梁山伯

春风得意马蹄疾,我走马上任了。

四九还是原来那个四九,但那头毛驴已经被一匹高头大马所代替。

入城时,鄞县的老百姓站在城门口敲锣打鼓、夹道相迎。

入府后,鄞县的官贾名流纷纷着人送来了请柬和礼单。

看来,功名的确是一件好东西,难怪我娘这么喜欢。现在我明白了,功名不但是属于我娘的,他也是属于我自己的。

在为郯县县令期间,我似乎总有赴不完的宴席,除了吃吃喝喝,我基本上没干过什么正事。折子大概也就批过一次。那是刚到不久,幕僚陈上来给我,我问什么事,幕僚说是老百姓联名要求兴建一座水库。我也没细究是怎么一回事,只问库银够不够。幕僚说,库银当然是有的,修一百个水库也不成问题。我说那就准了吧。幕僚挺能办事,此后我就把批折子之事交给了他。

我吃喝玩乐的县令生涯是短暂的。但我死后却被当地老百姓称作了"梁青天",这个史料也有记载,还说我什么大修水利、造福百姓,为官清正、无为而治,好话一大堆。

但酒肉穿肠过,我依然是孤独的。

夜深人静,老酒也醒了,我就会看见那只玉蝴蝶,我就会想起我的祝贤弟。我对自己说,明天我无论如何得去一趟祝家庄。

但第二天醒来,依然有吃不完的宴席在等着我。

24. 祝英台

我一直在等着梁山伯。但梁山伯却一直没有出现。

爹果然没有生病。我那天哭哭啼啼地迈进家门,花园里迎面就撞上了我爹,他正在跟我娘的贴身丫鬟动手动脚。

九妹啊,是爹想你了。我真是气得北斗归南。

我拉了黄脸婆去挖红绫绸。红绫绸挖出来了,她却改口了,我的姑奶奶,我可是跟你闹着玩的,你当真啊?

我没能挖她的眼珠子,她却早已算计上了我。在我回家前,她已跟爹商量好,给我许了婆家。

那个男人不是别人,就是腌臜的马文才。

我跟爹说,那个马文才我知道,他不是个东西。

爹说,什么东西不东西的,人家是马太守的儿子,风流倜傥,出手大方,当然不是什么东西。

我说,爹,女儿已有了意中人。

爹说,好啊,我女儿有出息了。你攀杭州城哪家高枝了?

我说,爹。

爹说,九妹,你快说啊,跟你爹还害什么羞?那人是谁?

我说,女儿不说。

爹说,你不说,那只好嫁给马文才了。他爹大小也是个太守。

我说,爹,那人叫梁山伯。

爹说,哎呀,九妹,你怎么书越读越糊涂了,这梁家不是败落人家吗?噢,对了,是不是这梁山伯求了功名,当什么官了?要真是这样,我去把马家的聘礼给退了。要没有,你就嫁给马文才吧。

我说,女儿不嫁。

爹说,别的事由你,这事可由不得你。

谁知几天之后,意想不到的事发生了。

爹进了趟城,兴冲冲地回来了。

爹进了门就大呼小叫,九妹啊,天大的喜事。你那意中人梁山伯果然做官了。鄞县商贾云集,鄞县县令,那可是个肥缺。

我实在无法相信。这事一定是谁误传了。梁山伯无财无势,好事怎么轮得到他?但心里到底还是放不下,于是就差银心进了趟城。

银心也兴高采烈地回来了。

这事居然不假,梁山伯果真做了县令。

但我的欢喜并没有维持太长时间。

梁山伯当上县令是在中秋节前夕,等我知道并证实这件事时令已过了霜降,在我日复一日的等待中,立冬过了,小雪过了,大雪过了,冬至眼看着也就到了。

我爹急了,九妹啊,那梁山伯,你的意中人,他人呢?这事你们当初到底有没有敲定啊?我看八成是这个混蛋东西始乱终弃,有了新欢,把你给忘了。

我说,爹你烦不烦啊?

爹说,好好好,你爹我再耐心等等看。

冬至又过,小寒也过,大寒跟着也过了。

花园里的残雪化成一汪汪的脏水,春天眼看着就要来了。但梁山伯依然没有露脸。

爹已经不敢再来问我了,他知道我难受。

一个晴朗的春日早晨,我终于走出了闺房。

我对爹说,爹,你去跟马家说一下,就明天吧。

爹说,闺女啊,你甭难过。要不,咱再等等?

我说,爹你烦不烦啊!还等什么?

25. 四九

我终于尝到了大把大把花银子的滋味。

我把全城妓院都给嫖遍了。那些老鸨一个个就都认识了我。有一次在全城最大的那家探春楼,碰上一个地痞耍无赖,我路见不平拔刀相助,把这事给摆平了。于是这条道上的人都知道了我的来历,我是县太爷的把兄弟。从此,再没人叫我四九了,他们都叫我九爷。

相公总有吃不完的宴席,一天到晚醉醺醺的,云里雾里,都忘了还有我这个侍童可以使唤。于是我就整天泡在妓院,干脆不回家了。妓院是个好地方,只要你有银子,它吃喝拉撒都管。

在妓院里,我认识了一个叫马文才的家伙。他也跟我一样包吃包住,我觉得他挺眼熟的,却想不起在哪见过。两人一聊,居然挺合得来的,于是就成了朋友。一起混了将近一个月,有一天,他忽然前来道别。他说他爹在家里给他找了个媳妇,就在后天完婚,让我千万去喝喜酒。

他神秘兮兮地跟我说,这事说来挺怪的。我跟我这个媳妇啊,以前曾经在同一张床上睡过。

这事奇了。

没等我追问,马文才唠唠叨叨地解释开了。

真是不听不知道,一听吓一跳。我都蒙了。谁能料想到,这马文才居然是我相公在尼山书院的同窗,而他将娶的老婆天杀的居然就是银心的小姐祝英台。难怪这么眼熟,这世界真是说大就大,说小说小。

后来,我就听不见他在说什么了。

四九啊四九,你这个挨千刀的,你这个没良心的,你这个寡情薄义、忘恩负义的东西。你怎么都把银心给忘了,不是当初还信誓旦旦、山盟海誓过吗?不是临别还眼泪汪汪挺像回事吗?四九啊,你真不是个东西,你怎么能这样啊?你简直连猪狗都不如。

这样自骂着时,我已经跑出了妓院。

我找我的相公,但找遍了整个府衙也不见他的人影。

所有人都说老爷喝酒去了。但到底去了哪里却是谁都说不清。

太阳从东边出来,又从西边落下。后来,街上的灯稀稀拉拉地亮了起来。一个家丁终于回来报告,他说他找到了老爷,但老爷却不肯回来。

老爷又醉得不成样子了。

你是谁啊?他指着我的鼻子。

我说,我是四九啊。

他说,四九是谁啊?

我说,老爷你醉了。

他说,放屁,你才醉了。

我说,老爷,我来跟你告别,我要去找银心。

他说,你找他干吗啊?银心又是谁啊?

我说,我要娶她。

我又说,银心是谁你忘了,可祝英台你总没忘吧?银心就是你祝贤弟的丫鬟。

什么?当我提到祝贤弟和丫鬟什么的时候,相公的酒忽然醒了。

像是被谁抽掉了脊梁骨,相公当夜就发起了高烧。

他昏昏沉沉地躺在床上,当着我和郎中的面说起了胡话。

四九,我的玉蝴蝶呢?我的玉蝴蝶哪去了?

祝贤弟,祝贤弟,你父亲的病好了吗?

四九,银心到底是男的还是女的?不是说蝴蝶没有雌雄吗?

我没醉,谁说我醉了?你们这些混蛋,你们为什么要给我灌那么多的酒?

四九,快把这堵纸墙给我拆了。四九,你放屁,祝贤弟怎么会有丫鬟?

祝贤弟,是我来迟了,来迟了。祝贤弟,可我给你买月饼去了,你不是说爱吃月饼吗?

四九,你滚吧。你想找什么金心银心,你就去找吧,可你为什么要来骗我?

26. 银心

花轿过胡桥镇的时候,鼓乐忽然停了下来。
小姐问,怎么回事啊?旁边的人说,像是前面有人拦轿。
祝山说,我去看看,就拍马跑了上去。
我对小姐说,小姐,这下好了,一定是梁相公来了。
小姐说,好什么啊?他来迟了。
没等祝山折回,一个人跌跌撞撞地从前面跑了下来。
银心。银心。
那个人是四九,不是梁相公。
银心,银心,我来了。
你来迟了,四九。
银心,我是来迟了,可我好歹赶来了,你跟我走吧。
你真的来迟了,四九。
银心,银心。四九哭了。
这时,小姐把车帘撩了起来。
小姐说,银心,你跟他走吧。
不,小姐,我跟你走。
银心,四九是真心的,你还是跟他走吧。小姐又说。

你有你的幸福,银心。小姐说着说着忽然哭了。

不,小姐,我跟你走。

银心,你要想好了,回头再后悔就迟了。小姐又哭着说。

小姐,我死活都跟你在一块。

这时,祝山赶上来了,干吗干吗?走开走开。

小姐说,好吧。起轿。

梅花、洞箫、胡琴、锣鼓应声而起,花花绿绿的队伍又欢天喜地地动了起来。

银心,银心。四九追着队伍,但声音早已被喧闹的音乐声淹没。

我就这样粗暴地为自己的后半生做了选择。我是痛苦的,好像此刻正有一把刀子在一刀一刀地切割着我,拿着这把刀子的不是别人,而是我自己;但我又是快乐的,因为我需要有这样一种痛苦,来赎回我往昔对小姐的背叛,来陪衬小姐此时此刻的痛苦。来拦轿的人,本应该是梁相公,而不是四九。如果我跟着四九走,那么只会让一桩本已不公平的事变得更加不公平。

我就这样陪着小姐嫁到了马家,后来我成了马文才的小妾。

许多年之后,当我回忆起我的前半生时,我依然会想到四九,但浮现在我脑海的却不是那些在尼山书院欢爱的场景,而是分手的画面:四九跌跌撞撞地追赶着队伍,远远望去就像一个牵线的木偶,他的嘴巴一张一合的,却无法发出半点声音。

27. 四九

就在银心跟着小姐出嫁的当天,相公吐血死了。临死时,他手中紧紧捏着的是那块玉蝴蝶,口中不住念叨的是他的祝贤弟。

老夫人日盼夜盼,终于盼来了功名,可相公却把功名抛给她管自走了。

相公死后,他的那些酒肉朋友都来了。阴宅被选在一个叫九龙墟的地方,那里正对着一个正在修建的水库。他们都说我的相公是为了造福百姓,积劳成疾而死的。他们还说他活着时身先士卒,带领百姓兴修水利,不让他看到水库建成,他会死不瞑目。

挖阴宅时,却出了一件怪事。

挖着挖着忽然挖出了一块古墓,上面写着:祝英台女侠之墓。

那些酒肉朋友都喊,老天有眼老天有眼,"清官侠女骨同穴",梁县令英年早逝,又未婚配,正好可以同这位"祝英台女侠"合穴同葬,阴配成夫妻。

于是,合穴之后又在上面凿了一块墓碑:梁山伯祝英台之墓。

操办完相公的丧事之后,老夫人说,四九,你走吧。

我说，老夫人，我不走，我要留下来服侍你。

老夫人说，看见你我就想起我儿山伯，你还是走吧。

但我却无处可去，我就又回到了妓院。

大家都知道我的把兄弟梁县令死了，于是，他们又开始叫我四九不叫我九爷了。

但叫四九还是叫九爷关系并不大，只要有银子，我依然可以在妓院包吃包住。

我想我一定是天底下最不称职的侍童，但相公死前却给我留下了大笔的银子。

我依然叫四九，但我已经不是原来那个四九。

我依然是一个嫖客，但我已经不是原来那个快乐的嫖客。

我依然跟那些姐儿们做那事，但是做完那事后我却不让她们走，她们得留下来听我讲故事。

我不讲别的故事，我只讲一个故事。这个故事的题目就叫《梁山伯与祝英台》。

我的故事是这样开头的：玉水河边，祝家庄上，有个小姐叫祝英台。祝英台女扮男装去杭城求学，路遇会稽书生梁山伯。

每讲一次，我都会添加一点新的内容，我发现我天生是一个讲故事的坯子。

"舟过墓所，风沙四起，坟忽陷裂，祝英台飞身跃入。雨过天晴，彩虹悬空，两只蝴蝶翩翩而起。"

一天一遍，一遍一天。故事越来越精彩，我却越来越老。

这个故事的最后一次,我是讲给银心听的。

迷迷糊糊中,我看见银心朝我走来。步子轻飘飘的,像一只蝴蝶。她悄无声息地在我的床沿坐下了。

床还是尼山书院的那张床,草席还是尼山书院的那张草席。

我变了,我的胡子白了,××软了。可她却一点都没变,依然是水灵灵一个丫头片子。

我说,银心,我给你讲个故事吧。我就开始讲了:

玉水河边,祝家庄上……

蔷薇花开

1

春光明媚,墙头的鸡冠花开得正旺。

李蔷坐在院子里发愁。

愁什么?说好晚上去见周生生的,一块看电影,但前一天,李蔷却把脚给扭了。

周生生是镇中的政治老师,刚调来镇里不久。李蔷在镇邮局门口看见过一回。高挑个,戴副眼镜,长得白白净净、斯斯文文。她进去,他出来,正好在门口打个照面。他朝她笑了笑。不认识,还是笑了笑。城里人就是不一样。大方,懂礼貌。话虽这么说,李蔷的心却无端嘣地一下,慌慌的,像有根弦不小心被手指拨了一下。

那一年李蔷二十四岁,待字闺中,小镇一枝花,家境又殷实,找上门求婚的小伙自然不少。父亲一个一个地问,李蔷一个一个地回。哪不好哪不配啊?都挺好都挺配的。但李蔷就是定不下一颗心。为什么呢?李蔷也不知道。但在碰上周生生之后,李蔷忽然明白了。原来自己想找一个跟小镇那些小伙不一样的人。跟小镇那些小伙子比,周生生哪里不一样了?李蔷又答不上了。不一样。反正就是不一样。

可是,喜欢有什么用呢?笑一笑不说明什么。又不认识。就算认识又怎样?倒着去追啊?太不要脸了,李蔷可不会。被别人追的经历倒是不少,从读初中起,李蔷就经常收到男生的纸条。

没承想才几天,好事找上来了。来撮合的是镇中的副校长吕善祥,李蔷她爹的小学同学。话说得婉转,说是愿意的话接触接触。俩同学在楼下抽烟喝茶说话。李蔷本来在楼上,闻声就下楼了。周老师见过我吗?李蔷挺唐突地插了句。见过一面,在邮局门口,说是挺有眼缘。那天他还专门折回去打听你了呢。李蔷感觉吃了定心丸。看来笑一笑还是能说明问题的。那好吧,我愿意接触。李蔷说。这回爽快得都让爹吃惊了。于是约定周六晚上一块看电影。周生生会拿两张票在电影院门口等。

爽快地答应下来之后,李蔷却忐忑了。接下来的几天一分一秒似乎都变得特别漫长。周生生是城里人,正牌师范毕业。

按吕副校长的说法,分到镇上是屈才了。我看得出来,小伙子绝非池中物,前途不可限量。这是他的原话。可是,这么优秀的一个小伙子,怎么偏偏会看上我呢?凭什么啊?就凭这张脸?小镇一枝花算什么?人家可是城里长大,又念过大学,见过的姑娘还会少吗?

李蔷躺床上发怔,李薇在一边笑话了,姐,你傻啊,没听过一见钟情吗?这就叫缘分。李薇是李蔷的妹妹。想想也对。自己不是一眼就看中对方了吗?可是,真见了说什么啊?说得到一块吗?如果对方来碰我的手怎么办?听说谈恋爱还得接吻呢——这样一想,李蔷又有了忧愁。如果自己是李薇就好了。孪生姐妹,出娘胎就差了那么几分钟,性格却别之天壤。读中学那会,两姐妹分在隔壁班,收到的纸条基本一样多。一张纸条就是一张纸条,李蔷从没搭理过谁。李薇不一样,一张张美滋滋地拿回家,然后献宝样念给姐姐听,一边念一边还品头评足。这个字太烂,那个文笔臭,谁谁娘娘腔,谁谁又笨得像头约克猪。记得有一次,李薇念着念着打住了,李蔷过去抢,李薇死活没给。第二天,李蔷还是找到了那张纸条。是自己班一个叫陈高峰的男生写给李薇的,说她们孪生姐妹,在他眼里却是一个白天鹅一个丑小鸭。龌龊的男生,之前也给李蔷递过纸条。李蔷难过了很久,不是为那个男生,而是为姐妹。妹妹长大了,有了不想与姐姐分享的秘密。姐妹情再深,到底还是人心隔了层肚皮。两个人总归不是一个人。此后,李薇再也没给姐姐看过纸条。因为李薇恋爱了,对象就是那个叫陈高峰的男生。陈高峰帅气在哪,居然让李薇动心了?李蔷想不明白。李薇开始瞒着父母跟他约会。时间一般都在晚自习那时段,地点李蔷就不清楚了。李薇没有跟姐说起这事,但似乎也没刻意瞒着姐。恋情持续了一年多。毕业前夕学校招飞,陈高峰被录取了。欢欢喜喜地送别,然后是甜甜蜜蜜地通信。再然后有一天,李薇迟迟没回家。李蔷去学校找,看到李薇一个人在教室里号啕大哭。一个大家猜得到的结果。为了劝慰妹妹,李蔷找出了陈高峰写给自己的那张纸条。准备拿给妹妹时,李蔷又犹豫了。拿出来,自然可以彻底了断妹妹的念想,可是,这样做不是朝伤口上撒盐吗?捏着纸条时,李蔷突然起了个古怪的想法。妹妹为什么选择跟陈高峰恋爱,可能问题就出在那张纸条上:是那句白天鹅和丑小鸭的话打动了妹妹?可怕的念头。太可怕了!怎么能这样揣摩妹妹的心思呢?李蔷甚至感觉到了羞耻。纸条最终还是没拿出来。因为没过几天,妹妹的伤口就结疤了。就像一棵被暴雨压倒的小草,雨过天晴重新直起了腰。许多方面,妹妹的确是强过自己。要换成自己做得到吗?

忐忑到临约会的前一天,李蔷却把脚给扭了。就在自家楼梯口,让高跟鞋莫名其妙地绊了一跤。

没伤着骨头,也敷了草药,站起来走,到底还是一瘸一拐的。

就这个样子去约会?人家还以为是个瘸子呢,太别扭了,第一印象啊。要不把日子朝后推?说得好好的,第一回就爽约,人家会怎么想啊？再说了,伤筋动骨一百天,推一回两回也不顶事,人家有这耐心等吗？

春夏交替,蚕豆(北方人叫豌豆)正当令。李蔷夹了只海碗坐在竹椅上剥蚕豆。蚕豆刚出壳,一粒粒绿莹如珠玉。海碗里不多,地上倒滚了不少。说是剥着蚕豆,李蔷的眼睛却盯着墙头的几株鸡冠花。猩红猩红的花萼,开在破搪瓷脸盆里,就像个不好的兆头。

李薇从屋里出来,也端了一小盆,却是熟的蚕豆荚,一边嚼着一边跟姐说话。

姐,你还在愁啊？依我看,去是一个理,不去,它也是个理。

李蔷就把去和不去的忧虑又道了一遍。

不管怎么说,去或不去总得做个决断啊。李薇说。又一片蚕豆荚被放入嘴里,兰花指跷着,轻轻一扯,豆入了嘴,壳落了盆。

那你说去还是不去？李蔷跟妹妹商量。

要不,我替你去！李薇说。

李蔷怔了一下,抬起头看李薇。李薇没看姐,她在盆里专心地挑一片蚕豆荚。

这倒是个主意,我怎么没想到呢？李蔷说。话一出口,却后悔了。这是什么事啊？左手都放心不了右手,这也能代？

姐,我开玩笑呢——这种事,哪能代！李薇说。像知道姐的心思似的。这话明着是退,暗地却是进了一步。

怎么不能代了？李蔷说。什么事没代过啊？不是姐代妹，就是妹代姐。谁分得清谁是谁啊，除了爹妈。二十四年来，姐妹俩就是这样你代我、我代你地长大的。李蔷忽然又感觉到了羞愧，为自己那点被妹妹看穿的小心思。防贼防盗还防妹妹啊？那是姐妹间该起的念头吗？

你可别动真呵——闹着玩呢。不怕我抢了姐夫啊？李薇说。没心没肺的语气，兰花指跷着，盆里已经是豆少壳多。后面一句是玩笑话，却偏偏把李蔷逼上了梁山。话说到这里，不让李薇去冒名顶替，倒真变成李蔷小心眼，怕如意郎君被抢了。周生生喜欢的是我李蔷，可不是你李薇。李蔷又想起了邮局门口周生生那浅浅的一笑。偏就试一试吧！还真不信了，一场电影，会让太子变成狸猫？《狸猫换太子》是一出越剧，镇里的草台班子年年演，每次都是姐妹俩肩挨着肩去看。

说定了，好妹妹，你就帮姐出回场吧。李蔷对李薇说。李蔷不发愁了。心一定，忽地肩上的担子就卸了。再抬起头，果然是蓝天白云，春色潋滟。蚕豆安静地卧在盆里，一粒是一粒，饱满圆润，泛着绿幽幽的光，就像一段姻缘的好彩头。

2

一场电影，看了也就看了。
侦察过了，人还不错，知书达理的。李薇说。

见了面我就跟他说,我不是李蔷,我是李薇,李蔷她妹,孪生妹妹。李薇说。

我还告诉他,姐的脚扭了,不方便见。他说,没事没事,等你姐脚伤愈了再见面。李薇还说。

没说别的了?李蔷问。

大概就这些吧。姐,我困了。李薇揉揉眼睛说。

接下来的那段时间,李蔷把草药换得很勤。脚伤了,手可不碍事,所以李蔷还是骑着自行车去上班。李蔷在镇里一家服装厂上班,那段时间厂里正好接了一笔阿联酋的大单子,天天晚上加班。有好几天晚上回家,发现妹妹的床空着。第二天问她,不是跟同学去唱歌跳舞了,就是跟朋友去聚会聊天了。李薇一直是个闲不住的人,李蔷也没怎么往心里去。

眼看着腿伤快好了,单位的活也忙完了。有天晚上,吕善祥又来了。李薇照例没在家,李蔷招呼一下就去了楼上,她猜测该是为周生生的事来。谁知楼下说着说着却闹将起来。李蔷赶紧下楼,吕善祥坐在桌角像挨了揍似的,爹气呼呼地冲她喊,去把那死丫头给我找回来。怎么了?李蔷问。别问了,叫你去找你就去找!爹说。

找了李薇俩要好同学家,李薇都没在。

李蔷忽然想到李薇在哪了。

李蔷的脚一下子软了。

手电筒不知何时也被弄丢了。黑灯瞎火的,李蔷不知道那晚是怎么走回家的。李薇早已归了屋。爹就像头伤铳野猪似的在吼,李薇抚着半边脸在哭,吕善祥手足无措地夹在中间劝。一场电影,太子还真成了狸猫。直直地上楼,一头扎到床上,李蔷的泪水铺天盖地而出。

后来吵着闹着,李薇一扭头跑出了家门。吕善祥也尴尬地站起来告辞。你回去告诉周生生这混蛋,大的小的他都别想了。爹跟吕善祥说。

爹上楼来软声细气地劝李蔷。那声气是从来没有过的,却让李蔷想到了早逝的娘,于是李蔷哭得更凶了。爹开始坐在床沿上骂,骂周生生混蛋,骂李薇混蛋,骂吕善祥混蛋,最后又直指着自己骂混蛋。

哭着哭着,李蔷坐起来,用枕巾抹抹自己的脸,不哭了。李蔷跟爹说,爹,这事不怪周生生,也不怪李薇,更不怪你和吕善祥,得怪我自己。要说混蛋,真正的混蛋是我。说完最后一句,强忍的眼泪到底还是不争气地涌出了眼眶。

你放心。我不会答应的。哪有大麦不割先割小麦的?爹有口气就不会答应。爹的态度很坚决。

半个月之后,李薇觍着脸回来了。这之前她一直没回家住。李薇当着姐的面跟爹说,爹,我怀了周生生的孩子。

李薇掷了这么一句话,转身回去了。那神情就如同你家小孩闯了祸,对方大人上门来知会一下。爹却一下蔫了,仿佛蛇挨了七寸。

爹反过来问李蔷了,李蔷,你说这事咋办?

李蔷火了,干吗问我啊?我做错什么了?你是爹啊?!

爹没了词,摸出烟来抽。爹就一火爆脾气,真临着事,就缺了主张。半晌,爹叹口气说,你娘不在了,我跟谁商量啊?李蔷,你是姐啊。

姐姐姐!姐怎么了?姐就得由着妹欺侮吗?李蔷更火了,声音大了一倍,眼泪却在眼眶里打起转。李蔷又想起了娘。没娘的孩子没人疼。爹总说一碗水端平,可这多年来,其实心一直偏着李薇。就因为人家乖巧,会发嗲,总讨得人欢心。小时候,姐妹俩要提点过分的要求,做点出格的事,总是李薇去跟爹讨价还价。而每回姐妹俩起争执,吵个小架什么的,爹总是这句话——李蔷,你是姐。不就差几分钟吗?为什么偏偏我是姐她是妹呢?

接下来的几天,李蔷天天都朝邮局跑。她想再见一见周生生,而邮局是最合适的地方。生米已经煮成了熟饭,李蔷当然知道。但她还是想在当初打照面的地方拦下周生生,问一问他。问什么呢?李蔷没想好。但李蔷相信,不管说什么,只要她一开口,周生生就会满脸羞愧。对,李蔷就是想看看周生生无地自容的脸。

候了五天,周生生都没出现。第六天,周生生却主动登门了。让吕善祥陪着,手里还拎了烟和酒。但周生生的脸上没有羞愧,更谈不上无地自容。自我介绍之后,他落落大方而又略带歉意地说,让你们误会了,真是不好意思。我喜欢的是李薇,但我不知道李薇还有个姐姐叫李蔷。吕善祥也在一边忙不迭地道不是。

不会有错的。那天李蔷问吕善祥,周老师见过我吗?吕善祥回答说,见过一面,在邮局门口。说是挺有眼缘。那天他还专门折回去打听你了呢。李蔷在那张包裹单上签的名字可不是李薇。

李蔷盯着周生生的脸,心一点一点地凉了。慢慢地,周生生的脸幻化成了另一张脸,是陈高峰。白纸黑字,说过的话,送出的笑,转身就可以矢口否认?好清白的脸,好无辜的表情啊!李蔷不恨妹妹了,喜欢一个人有什么错啊?该恨的是男人,一样无耻一样龌龊的男人!

李蔷觉得自己的心就像麻花玻璃一样碎了一地。

3

先结婚的是李蔷。

小麦熟了,大麦熟不熟都得先割。李蔷可不想因为自己误了妹妹的前程,妹妹对不对得起自己,那是她的事。李蔷只跟爹提了一个条件,男方要愿意入赘。范围一下就小了。其中有个叫许昌的。许昌的爹也不愿意,但许昌不在乎。跟陈高峰一样,许昌也是李蔷的同班同学,倒是没给李蔷递过纸条,但李蔷知道许昌喜欢自己。也没经过什么事,但一个男生喜不喜欢自己,女生心里都明镜似的。

结婚那天,那些给李蔷递纸条的男同学都来了。有拖家带口的,有挽着女朋友的,也有单枪匹马的,都齐口说便宜了许昌这狗日的。许昌乐呵呵地给他们分烟。李蔷说,没有满意,只有中意。妈的,原来李蔷早就心属许昌了,这可是个秘密。男同学都嘻嘻哈哈地盘问新郎官用的什么招,许昌还是嘿嘿地傻笑,不吭声,只一圈接一圈地给大家分烟。

紧跟着就是李薇周生生的婚事。

酒席放在学校里办。作为娘家人,李蔷大大方方随了爹和许昌去赴宴。酒席摆在学校的大礼堂里,自然比前一场婚礼气派多了。场面做了精心布置,张灯结彩,披红挂绿,音乐曼妙,客人陆陆续续地到来,厅堂里一派喜气洋洋。突然,礼堂的灯熄了,音乐也戛然而止,在摇曳的烛光中,新郎挽着新娘款款而入。掌声在迟疑中四起。新娘漂亮,新郎潇洒。真是郎才女貌的一对。那一刻,李蔷走神了。恍恍惚惚中,那个穿着婚纱被周生生挽着的人变成了自己。就那么一会儿,灯重新亮了,新郎新娘已站到台上,李蔷也醒过神来。开席前是一套简单的结婚仪式。在司仪吕善祥的指引下,程序一道道地走着:新人致辞,拜天地,交换信物,喝交杯酒。接着司仪宣布开席。然后是新人一桌桌敬酒敬烟。李蔷一直稳稳地坐着,该看看,该喝喝,该笑笑,该鼓掌鼓掌。妹妹妹夫过来敬酒,李蔷干了满满一碗黄酒。妹妹妹夫给许昌敬烟,从不抽烟的许昌推辞着,李蔷还劝了一句,今天高兴就破个例吧。于是许昌就笨笨拙拙地把烟放到嘴里等李薇来点。是啊,其实也怪不得周生生,只是礼节性地朝你笑一笑,人家许诺你什么了?就得一笑定终生非你不娶了?

顺顺畅畅地敬下来,到李薇同学那一桌,卡住了。婚宴上总少不了有人出难题。来的都是客,人再百般刁难,新人都得笑脸相对。这是习俗。周生生已经被灌了不少的酒,有人提出让周生生背着李薇满场跑圈,一边跑一边嘴里还得喊"周生生今天娶老婆了"。谁要没听到,从头再来。周生生背着李薇跑了三圈。人一跑动,酒劲就上来。周生生已经脸色发青,站立不稳。总该过场了吧,有人却想出了更刁钻的招。

一桌子的眼睛都朝李蔷这边看,有俩男同学还冲着李蔷直招手。周生生和李薇的脸色已经不好看了。李蔷不明白发生了什么。

有人醉醺醺地过来拉李蔷。解释半天,这边桌子的人都听明白了。那人出的招是这样:给周生生蒙上眼,李蔷李薇各伸一只手,让周生生来分辨谁是新娘子。原来是考验周老师的手感呢。要没之前那些事,这招也不算特别出格。

作为媒人兼司仪的吕善祥闻声跑过来圆场子,只有他是知情人。

李蔷的脸终于挂不住了。所有的亲朋好友都看见了那一幕:一向娴静的李蔷霍地站起来,撞翻凳子,迎着满场惊诧的目光,像头母狮子一样,直愣愣地朝外闯。

也只是个小插曲而已。

两场婚礼总归还是顺顺当当地办了下来。当初觉得天塌下来似的难题也化解了。嫁出门一个女儿(结婚后李薇正式搬去了学校),入赘进一个女婿,两个女儿自过自的小日子,眼看着又可以抱上小外孙,爹对这样的结果非常满意。事实证明,天从来都不会塌下来。

吕善祥说得没错。周生生的确不是池中物。结婚才半年,一张红头文件到了,周生生被调到了县中。李薇二话没说,辞掉镇文化站的临时工,跟着老公去了县城。

因为一开始就没有奢望,之后的日子也就少了失望。许昌是真心喜欢李蔷,凡事不计较,都听李蔷的。爹是乐得清闲,只要手里有一支烟一杯茶,三餐黄酒不少。于是家里大小事都是李蔷说了算,一家子和和满满的。那些年政策刚放开,镇里新办起了不少私营服装厂领带厂,李蔷上班的镇办企业眼见江河日下。正巧横街上有一家店面转让,李蔷就起了开杂货店的意,爹和许昌都不反对。于是,付了房租,把墙壁刷刷白,置俩木板货架和一玻璃柜台,去县城商业街进些日用副食,择日不如撞日,杂货店就开张了。李蔷的眼力很准,那地段本就缺一家这样的店,所以生意刚开张就红红火火。李蔷干脆就请了病假,一心一意经营起店铺。许昌还是不死不活地在塑料厂做机修工。看李蔷忙,许昌也提过停薪留职什么的,厂里也鼓励,但李蔷没答应。

这边多个人多不出一分钱,那边工资再少它也是钱。许昌平时不喝酒不抽烟,闲暇时就好打个牌搓个小麻将,李蔷都给足零花钱由着他去,只把每周入城进货的任务分派给了他。爹每天有事没事,都会来店里转一转。

李蔷的肚子一天天大了起来。

小东西时不时地在肚子里伸胳膊动腿。酸男辣女,应该是个小子。许昌却一心盼着生个囡女。当一加一等于三,或者约等于三时,日子就变得心安理得了。

每日午饭后那几个时辰,是杂货店最空闲最安静的时刻。吊扇在头顶若有若无地转着,各色百货副食妥妥帖帖地卧在货架上,空气中弥漫着老酒、酱油、洋葱头、菜籽油混杂的气味,那是让人死心塌地的人间烟火味。李蔷像只猫一样慵懒地伏在柜台上。这个时候,李蔷就会走一会神。这真的是我梦想的生活吗?那个混蛋周生生在暗处又朝李蔷笑了一笑。一个完全陌生的人,怎么会让李蔷动心呢?就因为他跟小镇上的小伙子长得不一样。这么说来,周生生是可以替换的,陈生生吴生生李生生,都一样,李蔷都会动心?为什么非得找一个不一样的人呢?是想借此离开这个烂熟的小镇,去过一种不一样的生活?李蔷想起了小时候做过的梦,在那些梦里,她长出了一对翅膀,是越剧《梁祝》里祝英台最后化蝶的那种。她真的跌跌撞撞地飞了起来,就像有一双隐形的魔手拎着似的,爹和妹,自家的院子,小镇的街道,那条穿镇而过的河流,小镇周围连绵的山峦,在她的脚下越来越远,越来越小。

李蔷已经看见了那对翅膀。华美,斑斓,薄如蝉翼。她只要踮一踮脚就可抓到手上。但是,在关键的那一刻,她的脚崴了一下。姐,要不我替你去?李薇说。鸡冠花开得猩红猩红的,李薇的兰花指跷着。搭着姐姐的肩,李薇只轻轻一跳,攥住了。李薇攥得死死的,再也没有松手。

4

李蔷生了,果然是个男婴。

卧床在家时,李薇来看姐姐了。捧了一大把百合。城里人生宝宝都送花。李薇说。李薇变了。抹了口红,涂了指甲。烫过的头发被重新拉直,并且染成了棕黄色。

李薇是一个人来的——周生生本来也想来。县中不比镇中,功课抓得紧。生生又兼了个什么教研组组长。李薇解释说。

李蔷忽然就想到了一件事。你孩子呢?李蔷问。应该早就有了的,好像结婚之后再也没人提起过这件事。

李薇微微一怔,笑着说,那个啊,早就做了!城里人结婚生子都晚。生生说了,事业要紧,过几年再要。

对了,我的宝贝外甥呢?让姨看看——李薇说。陪在边上一声不吭的许昌赶紧从婴儿床里把孩子抱给她。

李薇直夸孩子漂亮,又盯着婴儿五官说这里像爹那里像妈。

李蔷的心思却滞留在那件事上转不动了。那会,李薇真怀了周生生的孩子吗?按常理,不到万不得已,谁会把头胎做掉?那么,是她编出谎话,将了爹和姐一军?初次见周生生时,她真说了她不是李蔷而是李蔷孪生妹妹了吗?周生生看上去也不像个奸猾之徒,这一切会不会从头至尾都是李薇精心策划的?再追根溯源下去,会不会自己那一跤也是李薇暗地使的坏?李蔷被自己的念头吓着了。怎么能这样想自己的妹妹呢?怎么不能了!羞愧?李薇做不出来吗?该羞愧的是李薇!她都做得出来,我想一想怎么了?

李蔷抬头看李薇。李薇跷着兰花指在逗婴儿。这事当然不能直接问李薇,得问周生生。说不定周生生还蒙在鼓里呢。

但李蔷一直没逮到机会问。

一则是有了孩子,李蔷更忙了,心思哪放得到那上头?家里凭空添个人,吃喝拉撒都得伺候着,杂货店又一刻都离不了人。许昌挺顾家的,主动远了牌友,天天晚上待在屋里哄孩子。相对于生活中接踵而来你得立马应付的鸡毛蒜皮事,那心思怎么说都只是无理取闹的闲心思。二则呢,周生生也难得回趟小镇,李蔷根本就没有单独说话的机会。一年就那么一两次,清明啊中秋啊或者春节啊。大包小包地来,吃顿团圆饭就回。一家人满满当当围坐一桌,热热闹闹,又客客气气。我给你夹个菜,你敬我一杯酒。爹是爹,姐夫是姐夫,小姨是小姨。长幼有序。因为是一家人,所以说话的语气是大大咧咧的;可到底已经成了两家人,所以谈论的话题又是小心翼翼的。节庆的气氛欢快而又端庄,容不得人亵渎,哪能在杯盏间提那些让人不愉快的陈年狗屁事呢?

闹闹一天一个样地在长,让人心生欢喜。

李蔷的事业也在慢慢地变化。生意红火,就会有眼红的人。横街上又添了几家一模一样的杂货店,但李蔷不心慌。先是添了公用电话,因为小镇时髦青年的腰上都别了BP机。眼看种菜的人家越来越少,李蔷又在店门口设了个菜摊,卖新鲜蔬菜和卤食糟货。闹闹蹦蹦跳跳的,就要上幼儿园小班了,店面更见旮旯。李蔷咬咬牙盘下了隔壁的门面,又照城里人模样,把杂货店改成了小超市。过一年半载,另两家也依样画葫芦跟着改了。李蔷就动了更大的念头。斜对门有一家小旅馆在转让,李蔷想租下来开个棋牌室。爹和许昌终于都反对了。小日子过得好好的,老是折腾啥啊?李蔷说,不进则退,做生意就靠抢个先机。不知从何时起,李蔷忽然就成了一个要强的女人。爹和许昌都愁。生意哪里来?李蔷说,放上自动麻将机,我不愁没生意。那钱呢?李蔷说,不行就贷款!那人手呢?李蔷说,不够就雇人!其实看准了,关键也就是个钱。李蔷就去找了黄皮。黄皮是李蔷和许昌的同学,也给李蔷递过纸条,当时成绩不算好,复习两年考上了大学,毕业后分到镇信用社,前不久刚刚当上主任。事情根本没想象中那么难。就请了顿饭,送了两条烟,老同学爽快地答应了。一切水到渠成,这回李蔷选了个吉日,"许昌棋牌室"就热热闹闹开张了。

吕善祥经常来约爹喝酒。爹每回都喝得醉醺醺的,哼着小调像踩了高跷一般回家。李蔷劝过几回,但看他开心,也就睁只眼闭只眼。

每年一到暑假,爹就会去城里住上十天半月。回来后,爹总是一肚子牢骚,说城里人多得像腐尸上的蚂蚁,大街上到处都是喇叭声吵嚷声,空气中全是尾气和灰尘,阳台一天不擦就厚厚一层灰。待在鸽笼里吧,闷得慌;出门吧,又堵心。城里实在不是人待的地儿。每次回来都这么说,但临到下一回还是照去不误。牢骚发完了,爹就会轻描淡写地说起周生生和李薇的事。混蛋周生生做了县中副校长;你妹李薇落实工作了,在校办厂上班;混蛋周生生调县教育局了;混蛋周生生从副科长升科长了;你妹他们挪窝了,商品房换成了别墅,正在装修呢;你妹李薇去校企公司做出纳了,整天屁事都没;狗日的周生生又升官了,这回做了副局长。年复一年。李蔷只是听着,不吭声。李薇没看错人,周生生还真不是池中物。许昌会附和着爹说一句,咱妹夫真有出息。爹不在时,李蔷骂许昌,你羡慕啥?许昌总讪讪一笑,我不羡慕,我只是为你妹高兴。李蔷就不说话了。

有过那么两回。

一回是棋牌室出了点事。说白了,棋牌室就一打着娱乐幌子赌博的场地。一般搓麻将的都用牌点做筹码,桌面上不见现金,临散场时才兑付。正常情况,派出所也不过问,所谓心照不宣。开业没多久一个晚上,警察闯了进来,说是有人举报棋牌室在赌博。一个包厢一个包厢地查,还真在一张麻将桌上抄出了几沓现金。打牌的被干警带走了,同时被带走的还有许昌,说是去所里协助调查。棋牌室被搞得鸡飞狗跳的。爹着慌了,让李蔷赶紧给周生生打电话。李蔷拿着手机犹豫半晌,到底还是没打。磕磕碰碰地四处托人打点,事儿最终还是摆平了。自此,警察再也没来棋牌室找过麻烦。后来这事让李薇知道了。李薇挺生气,这种事儿周生生一个电话就能解决,干吗不说呢?直怪姐见外。

第二回是闹闹中考。临考前,家长们不管有门路没门路都在跑关系,有家长还拐弯抹角找上了李蔷她爹。许昌就提醒李蔷,让她跟妹夫打个招呼。闹闹成绩倒不差,但万一考砸了呢?李蔷却莫名其妙地朝许昌发火了,为什么要去求人啊,人帮得了你一时,帮得了你一世吗?没脾气的许昌这回也恼了,什么人不人的?是自家妹妹妹夫啊,碰上此等大事不找,什么时候找呢?夫妻俩为这事生了一礼拜闷气,但许昌到底犟不过李蔷。其实李蔷也自问也不安。为什么呢?这赌的是哪门子的气啊?做母亲的都敢拿儿子的前程赌?闹闹真要进不了县中,你后悔一辈子吗?很多年前,那个鸡冠花猩红猩红的春天,李蔷也赌了一把,结果,全盘皆输。这一回,李蔷又赌了一把,却赢了。儿子挺为娘争气,以全校第一的高分考进了县中。李蔷暗暗庆幸自己的选择。真要赌输了又怎样?儿子长大后会原谅娘的。

5

闹闹初二那个暑假,一直顺风顺水的周生生突然翻了船。

消息是爹带回来的。像往年一样,刚放假爹就去了县城。谁知第二天一早却灰头土脸地回来了。李蔷正在棋牌室里打扫卫生,上午生意一向是最闲淡的,店里只有两桌打小麻将的老头老太。爹慌里慌张地进来直冲李蔷喊,出事了。怎么了,爹?李蔷停下手里的拖把。出大事了——爹喊。几个老头老太闻声从包厢里探出头来兜乐事。李蔷听着不对劲,赶紧把爹拉到了隔壁的包厢里。

问半天,只说是周生生犯了事。犯了什么事?爹却说不明白。那周生生做不成副局长了?李蔷问。何止呢,是牢狱之灾。爹答。

李蔷掷下爹,给李薇拨电话。结婚后这么多年,主动打电话给李薇似乎还是第一次。谁想得到,打的会是这种电话?手机关机。又打家里电话。电话响了许久没人接,李蔷正准备挂断时,对方拿起了话筒。娇滴滴的声音忽然变得沙哑粗鄙了。听出是姐姐的声音后,李薇在电话那头哽咽了。

周生生是一个多月之前被纪委直接从办公室带走的。他在局里分管基建一块,一个让别人眼红的肥缺。先进去的是本地一个建筑包头,顺藤摸瓜到基建科长,再到副局长周生生。周生生在里边死扛了五天,到底还是扛不过,就和盘交代了。除了受贿,还有女人。让李蔷吓一跳的是,居然有三个女人。

李薇在电话里哭诉,平时也就收些烟酒实物,谁想这王八蛋还收了这么多现金。问到底有多少。李薇说,大概七十多万。那些钱我一分都没见着,他都花在那三个骚女人身上了。这个没良心的王八蛋!李薇越说越气。问周生生现在在哪。李薇说,押在看守所,案情都核实了,就等着检察院提起公诉。

问清楚了情况,电话里一时也找不出合适的话安慰,李蔷就先挂了线。从包厢出来,呆呆地在吧台里坐下,李蔷半天都没回过神来。脑袋瓜乱得就像一口烂泥塘,思绪拔一脚,陷一脚。这一切是真的吗?当然是真的。李薇在哭诉的那个周生生,就是当初自己喜欢上却被李薇抢走的那个周生生吗?黑暗中周生生的脸又闪了一下。还是邮局门口那个浅浅的笑。她进去,他出来,正好打个照面。让你们误会了,真是不好意思。我喜欢的是李薇,但我不知道李薇还有个姐姐叫李蔷。周生生说——一张落落大方又略带歉意的脸。如果当初自己的脚不扭,或者伤了腿还一瘸一拐地去会周生生,也是这结局吗?

下午,李蔷去了趟镇司法所。回来后翻箱倒柜了一番,跟爹说,我去看看李薇。

别墅在新区,好不容易找到了。偌大个花园,一条大狼狗没精打采地上来吠两声,又躺回了原地。李薇出来开了门。客厅装潢得富丽堂皇,却失了光泽。就像一堆珠宝,蒙了厚厚一层灰。李薇穿着睡衣,没化妆,看上去比李蔷还显老。

李蔷从包里掏出几张存折,递给李薇,姐也帮不上什么忙,这是我和你姐夫这些年的积蓄。

不行不行。李薇慌忙推辞,姐,我哪能要你的辛苦钱啊?

存折推过来推过去的。李蔷忽然生气了,别推了!还在姐面前装啊?我知道你现在最缺钱!

李薇就哭了,姐,我对不起你——

李蔷的眼圈也红了。一句"对不起",李蔷等了多少年啊?这么多年来涂抹在脸面的要强,一刹那,都转化成了内心的委屈。在无限的心酸中,似乎还夹带了那么一缕得胜的喜悦。孪生姐妹啊,怎么能当成对手呢?就算是对手,也已经手无寸铁。怎么能这样想呢?李蔷又感觉到了羞愧。

别提那些陈年旧事了——想办法救人要紧!李蔷对李薇说。

李薇已经找了很多人,十之八九都吃了闭门羹。以前这屋子天天高朋满座,你看看现在——门可罗雀。大多都躲着我,不是怕引火烧身,就是怕沾了晦气。真心相助的,也就他当官前的几个老同学老朋友。没遇上事,你不知道什么叫"世态炎凉"——李薇越说越黯然。

我听许昌那当律师的同学说,退了赃款可以减刑?李蔷问。

人都这么说。可我想想就来气。他贪了公家的钱,去跟骚女人花天酒地,现在出事了,让我去揩屁股?他那几个骚女人哪去了？李薇又来气了。

现在不是赌气的时候,李蔷说,你去看周生生了吗？我听说,现在可以探狱了。

我不想见他——李薇说。

还是见见吧,他在里边也不好受——李蔷劝。

我不去！谁想去谁去！李薇说。

一会儿,李薇的口气变了,李薇说,姐,要不你先替我去看看？

李薇还真说得出口。你不怕我抢了妹夫？李蔷差点就这样回一句。许多年之前,鸡冠花猩红猩红,刚出壳的蚕豆卧在盆里,绿莹如珠玉,李薇就是这样跟自己说的——不怕我抢了姐夫？——兰花指跷着,没心没肺的语气。当然,也只是想想而已,话并没出口,李蔷不是那种得理不饶人的主。

心肠一软,李蔷还真答应了下来。

李薇整理了一小箱换洗衣服。

看守所在县城西郊。围墙很高,上面还架了铁丝网。墙外开了大片大片的蔷薇花,姹紫嫣红。蔷薇花是这个季节开的吗？李蔷有点迷糊。其实家里从未种过蔷薇,爹也分不清月季和蔷薇。谁都不清楚爹为什么给姐妹俩取这名。先是被大门口站岗的武警拦下了。干吗？看人。找谁？周生生。你是谁？我是,我是周生生的老婆——李薇。真别扭。李蔷都要打退堂鼓了。

其实事先是托人打过招呼的。登记的地方又问了一次。真够荒唐的。找谁？周生生。你是谁？我是周生生的老婆李薇。但这回倒是答得顺溜多了。

周生生没怎么变，还是那么白白净净、斯斯文文。只是头发被剃光了，那副眼镜架在鼻梁上，看上去怪怪的。

你是李蔷。周生生说。

对。李蔷说。

李薇呢？周生生问。

李蔷把装换洗衣服的小箱子拎上大理石台面，说，正在外面忙着呢，过几天就来。

然后，隔着厚厚的防弹玻璃，还有那个医院挂号处模样的小门孔，两个人都沉默了。

你不是一直想找周生生单独问问吗？现在机会来了，干吗不问了？一个声音问李蔷。都到了这田地，问那些陈年狗屁事还有意义吗？另一个声音回答。

李蔷没问，周生生却先提了起来。

这些年，我一直有个疑问，那回我在邮局见的，到底是你还是李薇啊？那包裹单上明明写着你的名字。周生生抬起头，盯着李蔷。

李蔷的心颤抖了一下。又忆起在邮局初次见周生生时的感觉，嘣地一下，慌慌的，像有根弦不小心被手指拨了一下。她又看到那对美丽的翅膀，华美，斑斓，薄如蝉翼。同时浮上来的，还有那个童年时的梦。她真的跌跌撞撞地飞了起来,就像有一双隐形的魔手拎着似的,自家的院子,小镇的街道,那条穿镇而过的河流,小镇周围连绵不绝的山峦,在她的脚下越来越远,越来越小。事实证明,妹妹果然撒了谎,自己也的的确确被妹妹算计了。

我没在邮局见过你,你碰见的应该是李薇吧——李蔷听见有个声音对周生生说。呵,原来撒谎并没有想象中那么难。回答完这一句后,李蔷的心忽然就安妥了。这么多年来时时纠缠自己的心结终于解开。周生生真的成了自己的妹夫。

6

酷暑过后,小镇进入了漫长的雨季。

周生生被判了十年。谁都搞不清,那些上上下下的打点是否起了作用。生气归生气,夫妻毕竟是夫妻。第一回探狱李薇让李蔷代了,第二回到底还是自己去了。监狱在一个叫"双龙洞"的著名景点边上。探了狱,又游了"双龙洞",李薇回来了。爹和姐问她,怎么样?李薇说,我跟生生说了,让他好好改造,我等他十年。

偌大的别墅只一个人住,想想都让人恐怖。李蔷就让闹闹从学校搬出来寄宿到了李薇家。双休日到了,再外甥小姨相携着一块回小镇,两家人又变回了一家人。就当妹妹还没出嫁啊,李蔷说。

吕善祥果然也是个混蛋。靠着周生生,他做上了镇中校长。周生生出事后,为了避嫌,他再也不找李蔷爹喝酒了。镇里人的眼光似乎都带着毒,爹走在路上总是抬不起头。谁稀罕啊?酒咱自己喝得起,李蔷劝爹,想想这么多年周生生让你脸面有光,现在为他受点羞辱,也公平。这话难听,但话糙理不糙。爹只埋头喝酒不吭气。许昌也说,爹你早就说过城里不是人待的,现在倒不用去活受罪了。李蔷白了许昌一眼。对啊,这话是做女婿该说的吗?刻薄的话也只有女儿才能说。许昌就不吭气了。

最受煎熬的应该是李薇,但李薇却坦然接受了。闲着没事,李薇就帮姐一块照看棋牌店。窗外下着连绵不绝的雨,把人心泡得软软的、涨涨的。包厢里是噼里啪啦的麻将声,姐妹俩就伏在吧台上说话。

李薇说,姐,其实我挺羡慕你的。有许昌,有爹,还有闹闹。上有老下有小,小日子多美满啊。

李蔷说,哪能这么说?是周生生不懂得珍惜。

李薇说,姐,我对不起你,所以才有这报应。

李蔷说,能不能别提那事了?我烦。

李薇说,姐,其实那时我说怀周生生孩子是骗你和爹的。

李蔷说,我知道。

李薇说,姐,你怎么知道?

李蔷说,这个你别问。

李薇说,姐,其实我和周生生这些年一直没怀上过孩子。头些年,总以为是我的问题,寻医问药,花了不少冤枉钱。后来经人提醒,到医院一查,却是周生生的问题——说他的精子质量不好。之后,就是四处找方子给他补。因为两个人老想着要孩子,做那件事的兴趣便越来越寡淡。现在想想,可能也是周生生找另外女人的原因。

李蔷说,你现在倒反过来为他开脱了?

李薇说,那倒不是。姐,你想想,若没个孩子作调剂,这么多年香炉对着蜡烛头,能不生厌?

李蔷心里想,经这一难,妹妹倒是明白了不少事理。

入秋时,李薇又去探了一次狱,回来时挺高兴的。她跟爹和姐姐说,周生生长胖了。又说,周生生在狱里表现很好,正在争取减刑呢。大家都替李薇高兴。爹一高兴,又喝多了。不想,就出了事。

爹是突然在椅子上瘫下去的。

几个人七手八脚把他抬到床上,赶紧打120。

急救车从镇卫生院赶过来得有一段时间。大家围在床前,爹的神志倒清醒,缓缓说了句,我怕不行了,你娘来招我了——李薇在床边先就哭了起来。

爹笑笑,说,我还没断气呢。你们都出去,李蔷留下。

在推进手术室的途中爹断了气。医院的结论是高血压引起的颅内出血。爹走得利索,没遭什么罪。七十六岁,在农村也算是喜丧。

一切都按小镇的习俗进行。报丧,吊唁,入殓,发丧。每一个环节都有约定俗成的程序,烦琐又隆重,喜庆又滑稽,孝子孝孙们就像牵线木偶一样被使唤着,直到内心的悲伤被一点点地消磨殆尽。

最后一块青砖把墓穴封死了,也隔开了阴阳两界。

锣鼓声远了,所有送葬的亲友都走光了。苍松翠柏中,只剩下了花圈、经幡和遍地炮仗的碎屑,还有长眠于此的爹和娘。被喧哗和繁文缛节淹没的悲伤,一点点重新浮了上来。泪光迷离中,姐看见了妹,妹看见了姐。灾难也是黏合剂,两颗因世事人情而疏远的心,似乎又重新贴到了一起。

李薇说,姐,我想回去住了。

李蔷呆了呆,说,回去也好。

李薇说,姐,爹临终前跟我交代了一句话。

李蔷问,爹说啥了?

李薇答,爹说,你姐心善,不能欺侮她。

李蔷说,噢。爹多心了。

李薇又问,爹跟你说啥了吗?

李蔷又呆了呆,回答说,爹也跟我交代了一句:李蔷,你是姐。

李蔷,你是姐。——这句话李蔷听了一辈子。不就差几分钟吗？为什么偏偏我是姐她是妹呢？李蔷总这样反诘。但临终时,爹说的其实不是这一句。爹跟李蔷说,李蔷,爹也许弄错了。在生命的最后一刻,爹道出了一个秘密。刚出生时,娘给姐妹俩做了记号,但在洗胎澡时,爹却把姐妹俩弄混了。可总得有个姐有个妹啊？爹说,我就瞒着你娘私自做了主。

　　谁是姐谁是妹,真那么重要吗？爹说得对,总得有个姐有个妹啊！那么,就让这个秘密也陪葬于此吧。

　　几只乌鸦在墓地上空盘旋着。

　　黑云在慢慢散开,天亮了不少。

　　爹是盼着我们姐妹好。李蔷说。

　　我明白。李薇说。

我知道我犯了死罪

是的,那女人是我杀的。我知道我犯了死罪。

我的确是在找死。欠债还钱,杀人偿命,这是历朝历代传下来的规矩。我明明知道杀人要偿命,却乖乖地跑来自首,这不是找死是什么?

好汉做事好汉当,是有这么一句古话,可我能算哪门子的鸟好汉?我要是个好汉,我也就不会去杀人了;我要是个好汉,杀个把人就像踩死一只蚂蚁,踩了也就踩了,杀了也就杀了,心安理得,还用得着来自首?我更不是指望什么"坦白从宽",那是蒙人的,出了人命官司,再怎么宽也还得偿命。

那女人死了之后,我糊里糊涂又把她装上了田鸡车。田鸡车驮着我和那死尸像一只无头苍蝇一样在路上疯转了半天,我实在不知道该把那么大一具死尸弄到哪里去。后来,就转到了那地方,对,就是那片毛竹园。说出来你们一定不相信,那毛竹园里正好有一把锄头,像是谁知道我会碰上难题专门给我留着似的。于是,我就用那把锄头挖了个坑,把她给埋了。也许当时心里发毛,手直抖,所以埋得不是很深。我记得很清楚,从我埋那女人到小孩挖笋挖出死尸,时间已经过去了七个月零十四天,尸体早就该腐烂得面目全非了,而且我埋她时拿掉了所有衣物(这些衣物被我埋在不远处的另一个土坑里),所以,我相信,你们要根据这具死尸识别她的身份也是不可能的。

我知道你们查不到我,但我还是怕,怕得要死。我活着,可我活得生不如死啊。我是个怕死鬼,我天生不是块杀人的料。你们要知道,我平时连只鸡都不敢杀,我家里逢年过节或来个把什么客人,鸡都是我老婆杀的。我老婆如果不在怎么办?我就让我儿子张果果杀。我儿子第一次也不敢杀啊,我就骂他,连只鸡都不敢杀,你以后能成什么事?我嘴里骂着儿子,心里其实是在骂着自己。

可我还是把那个该死的女人给杀了。

熟悉我的人都说我老实巴交,是一个守本分的人。不信你们去问村里人好了,说我杀了人,打死他们也不敢相信。但我的的确确杀了人。这事我所有人都瞒得过,但是有一个人却瞒不过。

整个过程他都看到了:我怎样一刀一刀把这个女人捅死(我总共捅了十七刀);怎样连抱带拖地把她弄上田鸡车(我弄

不懂人死了之后怎么会变得那么沉);怎样沿着一条机耕路,然后是一条废弃的土坎路,把死尸驮到那片离城十几里的荒野地(我一眼就相中了坡脚那片毛竹园。说了你们一定不信,其实我自己也不相信,当我看见那片毛竹园和那把莫名其妙的锄头后,我忽然就镇静下来了,我对自己说,这是块肥地,你看毛竹都绿得发黑,保证是个埋死物的好去处);怎样用锄头一下一下地挖坑(当时天下起了雨,等我挖好时,坑里已积起一潭混浊的水);怎样背着死尸下了坡,蹚过那条小河,来到竹园里(下坡时我不小心滑了一脚,连人带尸跌到水里,那死尸压上来时像一团浸过水的木头,差点让我背过气去);怎样把死尸放下坑,又重新拉起来,剥了衣服再放下去(我记得好像谁说起过,衣物埋在地下几十年都不会烂,据说许多无头案最后就是通过某件衣物破掉的。当时我的脑子异常清晰,记得还犯了犯傻:怎么一件衣物会比肉身更能证明一个人的身份呢?这真让人想不通。在脱到她的粉色内裤时,我又迟疑了一下,当然最后我还是把它给脱了);然后,我又怎样一锄头一锄头地把土块重新填上,一下一下地看着她被泥土吞噬(挖起来的土块因为饱濡了雨水,变得黏糊糊的,啪嗒啪嗒落到她的身上,一点都不含糊)。最后,当我把这一切都干完之后,我拍拍手上的土,点上了一根烟。那个土坑在竹园中消失了,像是根本没被我挖起来过,那个女人也从我眼皮底下消失了,像是从来没在这个世界上存活过。

我抬头望了望天,雨不知什么时候也已经停了,就是在那个当儿,我忽然看见了那只晃悠在我头顶的竹篮。年深日久,竹篮已经快腐化了。你们大概也会猜,里面是不是装了只死猫?我想一定是的。小时候我家那只猫死了之后,我娘就是这样让我挂到树梢上去的。猫死了之后为什么要挂到树梢上去呢?我之所以记得这个细节,就是因为我当时又这样犯了一下傻。其实,这问题我小时候就问过我娘。娘说,猫逮老鼠,是益畜,吃不得。我就问,狗管家,也是益畜,为啥吃得?娘说,狗可是还会咬人闯祸。我又问,吃不得就吃不得,为啥不埋在地下,非得挂到树上?娘答不上了,就随手给了我一巴掌,去。当我把那个该死的女人埋掉之后,我对这个小时候的问题似乎有了答案,大概选择埋葬这种方式能够让人更快地忘却某样物或某桩事吧。

从这片竹园中走出来时,我甚至有点自豪,原来我也可以把一桩事情做得这样干净利落。我老婆时常骂我不是个男人,但从这桩事看,我其实也还是挺男人的。我当时想,如果知道了这桩事,我老婆对我的看法一定会有所改变,当然她是绝对不可能知道这桩事的。

但是,事情并没有到此结束。否则的话,我也不会来自首了。警察同志,我说实话,我来自首可并不是因为那个小孩挖笋挖出了尸首。那个女人是消失了,但她存活过,她只是被我杀了、埋了。我改变不了这个事实。刚才我也说了,这事我谁都瞒得过,但是有一个人却瞒不过。这一切(包括所有的细节)那个人自始至终都看到了——那个人就是我自己。我这人本来从不做梦的,每天忙个半死回家已是半夜,一碰到枕头就呼呼入睡。我老婆说我是头猪,我的确属猪。可自那之后,我却开始做起了梦,是噩梦,而且每夜都是同一个噩梦:那个女人光着身子从湿漉漉的土坑中站了起来,像一只被捅了许多口子的水袋,十七个伤口都在淌血。她在朝着我笑,笑得人毛骨悚然,接着她就开始说同一句话,你杀了我,哈哈,是你杀了我,哈哈,我的目的达到了,哈哈哈哈——

每次我被噩梦惊醒都是在后半夜,从床上坐起来,我不敢点亮灯,想抽根烟又不敢。老婆孩子都在呼呼大睡,整个世界黑乎乎的,像一座山压在我身上,谁都帮不了我。这时候,我唯一的念头就是来自首。我受够了,活腻了,我走投无路,生不如死,我只剩下了乖乖地来自首,来吃一颗花生米这一条路了。

我想我真的算得上是一个本分的人,可我怎么就落到了这一步?我娘在世时常跟我说,做人要本分。娘的话我一向是听的。她说我们惹不起可还躲得起。现在想想我那时还是把娘的话给忘了。

自记事起我就没见过我爹,是娘一手把我拉扯大,给我盖了新房,又给我娶回了媳妇。媳妇娶回来没几天,娘就咽气了。临死前她的眼老是合不上,眼泪哗啦啦流个不停,她说,儿啊,你人笨,可你媳妇是个能女人,往后你就听你媳妇的吧,行不?我娘没有看走眼,我媳妇的确是个能女人,她有心机,会盘算。原先积下的一屁股债没几年工夫都被她还光了,自家屋里屋外东西多起来了,大人小孩身上身下也光鲜起来了,以前娘俩村子里抬头低头矮人三尺,现在说话行事声气也一般粗壮了。

是的,我怕我老婆。但你们不要因此就以为我老婆是个泼妇或母夜叉什么的。其实她人挺温顺体贴的,只是对我有点恨铁不成钢。我这人也不是不会办事,如果一桩事情谁告诉我该怎么做,那我还是能把它做得滴水不漏的;但如果一桩事情可以这样做也可以那样做,这时候却没人来帮我决定一下,那我就不知道该怎么做了。不知道你们听懂了没,我就是这么一个人,而我老婆正好就是那种能做决定的人。我老婆如何温顺体贴,我就说一桩事,就是床上那种事。我想做那事了,她就让我做,我们结婚十几年了,从来就没有过她主动提出来想做的时候。我心里刚寻思想做,还没怎么表示,她就明白了。接下去,她就会主动脱掉衣裤躺到下面来由着我做,这种事不大说得清,我就不多说了。至于我老婆如何能干,我也说一桩事,就是车子的事。其实是两桩事。先说买车。我本来不开车,一直老老实实在家里握锄头柄,老婆孩子热炕头,生活也是舒舒坦坦的。可她却突然提出了买车。她说孩子不小了,要想他有出息,就得送到城里去读书。她又说,你看癞子、阿四他们,过段日子全家就要搬到城里去了,我们也得寻思寻思去城里买套房子了。我说,城里有什么好?我老婆声音就大了起来,你不为自己想也得为孩子想想啊,没出息!于是就买了这辆田鸡车,我也就干起了开车接客的行当。事实证明,我老婆是对的,我儿子张果果现在就在县城一中初一(三)班上学,家里的存折上据说也已有了半套商品房,的确,这些靠我捏锄头柄是几辈子也捏不出来的。关于车子的第二桩事情就发生在半年之前。有一天我忽然接到了一张通知,盖了个大红印,是县政府发来的,说是我们这种田鸡车(他们把它叫成残疾人专用车)影响市容市貌,又不安全,市里要进行整顿,像我这种好脚好手的主,车子都要取缔。这张通知我有点看不大明白,说我们田鸡车影响市容市貌,可那些满大街招摇的鸡就不影响市容市貌?否则怎么就不见整顿?另外,好脚好手的人不能开,为什么断胳膊缺腿的主反而就能开呢?难道他们开车更安全?不明白归不明白,我知道,这下我和我老婆的那另外半套商品房算是黄了。其他开田鸡车的哥们都很愤愤,于是就邀好了第二天集体到县政府门口上访。回家后把这事跟老婆一说,老婆拿着那张通知一宿没睡。第二天一早,我正想出门,她把我给拦下了。她说要上访她去,我哑巴一个去了也等于没去。到傍晚我老婆回来了,你们知道结果怎么样?我的哥们都下岗了,独独我没有。原来,我老婆从医院里给我弄到了一张医检证明,我知道我不瘸不跛,可那单子上明明白白写着,我的左脚比右脚短五厘米。天哪,我一夜之间变成了一个残疾人!

不过话又说回来,也正是这辆该死的车子惹的祸,如果这车子当时不买,或者就在上次整顿中整顿掉,也就不会有那女人的事了。

因为事实总证明我老婆是对的,所以我就免不了得听她的。听她的就听她的,有什么不好?不过有一桩事情的确也让我有点头痛。买了车后,我老婆就给我立了个规矩:每次出车回来,得把当天的收入如数上交,身上只留一些用来兑换的零票。这样,如果那一天凑巧碰上几个客人都拿大钞给我,我就得找其他哥们兑换零票。这一点让我在哥们面前挺没面子的,他们都说我是"妻管严"。当然我老婆这样做也有她的道理,我这人平时手有点痒,好赌。也不知这赌性是从哪来的,反正常常管不住自己的手。别人在赌钱,我其实也看不出谁大谁小,可就是忍不住也把手朝兜里伸。有一桩事就经常被我老婆挂在嘴边,那是好几年前的事了。有一次出车路过黄泥桥,村口聚了一大帮子人,因为没有客人,我就停下来看热闹。人堆子中间一个操外地口音的中年男人设了一个摊:一块平石上铺了块白布,中间放了只普通的碗,那男人在众多人的眼皮底下把两粒普通的骰子旋入碗中,等眼看着骰子快停下来时,他就用一张普通的硬板纸盖住了碗,然后让周围的人下注猜点数。男人先示范了几次,我觉得这个游戏很低级,很小儿科,因为每次我都猜中了。旁边有俩小青年开始下注,连续三次,果然都猜中了。那摊主一边赔钱,一边在顾自念叨,小兄弟眼力都不错啊。我的手就痒了。摊主又一次旋下了骰子,然后又把硬板纸给盖上了,让大家下注。我看得挺清楚的,一个是五点,另一个是三点,加起来就是八点。我其他不行,加加数还是没问题的。旁边人怎么都只看不下注啊?

我有点纳闷。当时我袋子里装了五百多块钱,本来想全部给押上,后来想想还是慎重一点的好,就只拿出一张五十元的押了。我的眼睛果然没有骗我——硬纸板拿开后,是一个五点一个三点。摊主又开始掏钱,今天我真蚀本了。他有点心疼地把一张五十元的票子递给我,又把两张一百元的票子递给俩小青年。警察同志,我开田鸡车赚的可是辛苦钱,哪见过这样轻松赚钱的?因此,当摊主又一次把硬纸板给盖上后,我眼一红就把兜里所有的钱包括刚才赢来的五十元都给押上了。是的,结果让你们猜中了,我输了。明明是两个四点,忽然就变成了两个三点。可我当时还不明白,我只是纳闷,怎么这一次我的眼睛会骗了我?灰溜溜回到家,老婆问我要钱,我没办法,就把这事给说了。老婆才听一半就明白了,她把我骂了个狗血喷头。她说我不是被自己眼睛骗了,我是被那三个断子绝孙的骗子给骗了。老婆说那摊主与俩小青年是一伙的,演双簧坑人,我当时听了还是不大明白。可事实证明我老婆是对的,因为没几天工夫县报就登出了这三个骗子落网的事。

　　警察同志,你们一定听得不耐烦了,我还是直接说那女人的事吧。

　　那女人是被我杀了,可我并不想杀她,而且我到现在还不知道那女人姓甚名啥,我总共也就见了她三次。我莫名其妙、糊里糊涂杀了人,又不知道杀的是谁,是不是有点冤?说实话,这女人是该杀,客观上讲,杀了她也是为民除害。为民除害,这倒也是我现在才想到的,我当时可没这么想过,而且我刚才也说了,我根本就不是什么英雄,狗熊还差不多。

说我不想杀她也不对,我其实是很想杀了她的。可你们想想,我一个连只鸡都不敢杀的人怎么就敢杀人,怎么就杀得了人呢?说来说去都是那条毛毛虫子惹的事。要不是那条毛毛虫子,我也不会摊上她,要不是那条毛毛虫子,她也根本死不了。

你们一定听得糊涂了,我还是从头说起吧。

我第一次碰到她应该是在八个多月之前。她被杀是在七个月零十四天前,这个我记得很清楚。而从我第一次碰到她到最后她被杀这些事都是在一个月左右时间里发生的。

那天上午,我很难得地接了一票从县城到北山镇的长途生意。我就是在从北山镇返回的途中碰见她的。那天天下着雨,路又不大好,所以我开得比较小心。出镇子没多久就碰上了她,那是一个四十岁左右的女人,因为没带伞全身都湿透了。她站在路边招手,我赶紧刹住车。她从车尾赶上来,二话没说就进了我的车。刚想问她去哪里,她倒先说上了,这鬼天气,说下就下了,把人淋了个落汤鸡。我说,是啊是啊。

一般来说,上我车的顾客有两种,一种是不爱说话的,另一种是爱说话的。不爱说话的上了车,一般得我先问他老板去哪里,他就答一声哪里,不带一点感情色彩,一个字都不肯多说,像是他多说一个字,就得多从兜里掏一张票子似的。然后就我开我的车,他坐他的车。下了车,一手交钱,一手找钱,两清。爱说话的上了车,我还没问,他就先说开了,天气冷啊,交通乱啊,先发一通牢骚,然后就开始温汤杀鳖地问,问一天赚几个钱啊,问哪里人啊,问孩子在哪上学啊。可等到下了车,却免不了一阵讨价还价。所以如果客人可以挑的话,我倒更喜欢挑那些不爱说话的。

所以那女人给我的第一印象是爱说话。她果然就问开了,姓什么啊,家住哪啊,生意好不好做啊,一天能赚多少钱啊,家里几口子啊,老婆在家干吗,孩子几岁了,在哪上学啊。她问得可真够多、真够细的。你说她坐她的车我赚我的钱,我生意好不好、家里几口子、儿子在哪上学关她屁事啊!想不通归想不通,但我还得一桩一桩老老实实地回答她。现在我当然明白了,她一开始就是有目的、有预谋的。可在当时,我只觉得她是特爱说话而已。

谁知接着她却一口一声大哥地来了。

大哥你这样晴天落雨刮风下雪地忙乎,可得自己给自己找找乐子啊。

大哥这什么话?你没见现在满大街的人,不管有钱没钱,谁不在为自个找乐子?

找什么乐子?大哥挺会装糊涂的。男人嘛,还能找什么乐子?

什么有钱没钱?都市场经济了,有什么样的需求就有什么样的供给。有钱人花大钱,没钱人花小钱,可事还是那回事,是不是？大哥你又装糊涂。

她的话温温软软,在我身上爬来爬去。那条毛毛虫子就是在这个时候出现的。毛毛虫子本来很细很细,她的话一阵一阵的,毛毛虫子就一蠕一蠕地大了起来,我的身体不知不觉就跟着热了起来。

说到这里,我必须先跟你们说一说那一次跟阿海胖子去洗头房的事。

你们知道,现在县城里满眼睛都是洗头房,我们开车的那帮哥们中有些人隔三岔五地也去,阿海胖子就是其中的一个。阿海是谁？就是上次领头到县府大楼门口闹事的那个胖子。阿海那天拉客不小心拾了个钱包,心情特好,就嚷嚷着带我去开洋荤,说是他请客。阿海每次去洗头房都说去"爽爽",我一直不明白,原来那个洗头房就叫"爽爽"。阿海曾经给我们出过一个谜语,说是:门面窄窄,里面大大;外面风平浪静,里面一浪一浪。大家都齐口猜了那东西,阿海说不是。大家都说是,阿海就说了谜底,说是洗头房。阿海还说,洗头房就是女人的×,女人的×就是洗头房。

我总共也就去了一次洗头房,而且中途就逃了出来。但阿海说的的确不假。你别看洗头房外面门面窄窄,风平浪静,可一走进去,真是里面大大、别有洞天啊。据阿海说洗头房内里都是三层,除了进去一层,楼上、地下都还各有一层。里面转来转去、绕进绕出都是大大小小的包厢和花花绿绿的小姐。

一走进去,我就后悔了,这不是我来的地方,我都不知道手怎么放了。幸好有阿海在旁边,他是熟客,我有了个照样画葫芦的本,见他坐下我就跟着坐下,见他端起了茶我也去端茶,他上厕所,我不想尿也还是跟了进去,可他上完厕所回来后却开始摸一个小姐的屁股,我于是就卡壳了。

我实在吃不准该不该像阿海那样摸身边的这位小姐。如果这一摸算在那笔费用中间,那我想我应该是可以摸了。可如果不该摸的东西我摸了,小姐当场给我两耳光,怎么办?即使是可以摸,可问题是我也摸不好啊,太轻了不行,太重了也不成吧?我又面临了选择,我说了,这是我最害怕的。我看见镜子中的另一个我看着外面的这一个我,脸都发白了。这时候,阿海凑了过来,悄悄关照我,等头洗好了就上楼,洗头加面膜加敲背再加泡脚,总共是五十块。完了他又凑近我耳根,笑眯眯地说,顺手摸两把不收钱。当然,如果你要洗另外那个头,那就得额外加钱了,就是小费,得你与小姐自己谈,这笔钱我可是不请客的!我还来不及反应,他就像条鱼一样从我身边消失了。

很快,我的头也洗好了。小姐拍了拍我的肩,先生楼上请还是地下室请?我赶紧说,随便。小姐说,那去楼上?我赶紧说,随便。于是小姐就带着我七高八低、七抹八拐地进了一个包厢。刚一进去,小姐随脚就把门给带上了。包厢里什么都没有,只有一张床。包厢的意思大概就是只有一张床的房间吧?房间很小很小,于是床就显得很大很大。封闭的空间里现在只剩下了两个人,一个是我,另一个是小姐。我知道我的麻烦大了,因为我知道接下去一定会发生点什么,但我又不知道到底会发生什么。更为严重的是,我不知道在这个只有一张床与一个女人的狭小空间里自己该做些什么。该死的阿海不在了,对我来说,那时刻,没有人比阿海更重要了。

小姐说你坐啊,我就坐下,但坐下的似乎是另一个人。小姐说天气真热啊,我说是热,但说热的又是另外一个人。小姐说你把外套脱了吧,另一个人又去脱外套。小姐说我也把外套脱了,小姐在解扣子,另外一个人坐着,我却消失了。可等到小姐把扣子全部解开并使力往后脱开外套时,那个消失很久的我忽然复活了。一对雪白的大奶子像兔子一样猛地从小姐的胸部蹦了出来。你们千万别误会,小姐没脱光衣服,她外套里面穿了一件紧身衫,但我当时真的就看见了一对雪白的大奶子。

后来,我就借口上厕所从洗头房中逃了出来。我的全身都被汗湿透了。我闭了眼睛躺在按摩床上,可满脑子都是那对像兔子一样雪白的奶子。

警察同志,我本来是没有必要啰里啰唆向你们说这些的,但问题是那条毛毛虫。我的意思是说,那个后来被我杀死的女人上车跟我说那么些话时在我身上出现的那条毛毛虫子,曾经在我身上出现过,我刚才跟你们讲了,那条毛毛虫子第一次在我身上出现时,我就躺在洗头房的按摩床上,满脑子都是那对雪白的奶子。

那条毛毛虫子拨开皮肤上的根根汗毛,一点点在我身上蠕动,它先把身子慢慢地躬起,成一个"几"字形,又慢慢地拉伸开去。它本来很小很小,每爬行一步,它的身躯就大了一点,在爬行过程中它变得越来越大,我所有的毛孔都张开了,身子跟着越来越热,越来越痒,越来越不属于自己。

那女人在后座说着,我自顾自在前面开着。雨在车外下着,那条毛毛虫子在我身体上爬着。我对自己说,我只是个开车的;她只是个坐车的,她坐她的车,我开我的车;我载她是因为她会付我钱,而我需要钱来供我的儿子上学,来满足我老婆对城里那套商品房的向往;她坐我的车是因为她想去一个地方,而我能载她到她想去的地方。

接下去的事是我完全没有料想到的。

那个女人突然在我后座惊叫起来,糟了!

我猛地踩下刹车,车子呻吟着极不情愿地停在了道路中间,那女人大概因为惯性撞了一下我的后背,又重重地跌到座位上。

我转过身,第一次正眼打量这女人。她穿了一条浅色的薄裙子,被雨一淋,裙子紧紧地贴到身体上,于是她粉色的胸罩和三角短裤就显了出来,另外,她还涂了口红,也被雨淋坏了。这时候,那条被我一个急刹车丢掉的毛毛虫子不知不觉又爬到了我的身上。

大哥,我身上一分钱都没带。她可怜巴巴地看着我,神色一点也不惊慌。

那条毛毛虫子又一点一点大了起来。

好吧,算我倒霉,你下车吧,我不收——这样对她说的同时,我也在慌慌张张地对自己说,阿德啊阿德,你只是个开车的,她只是个坐车的——

大哥,可你看看这天,你再看看我这裙子——她开始有意无意地撩拨她的裙子,于是我就真的看见了她的那条三角短裤,没错,是粉色的,就是上次我在百货商店那个模特身上看到过的那种。

那还能咋样?我的声音小下去了,事情正在朝着一个不可逆转的方向发展,现在已经不是她欠我什么,而是变为我欠她什么了。毛毛虫子越爬越快,越爬越大。

然后,她张开了她的大腿。

然后,她把裙子完全撩了上去。

然后,她直起腰,做了一个让我想象不到的动作——她拉开了我裤裆的拉链。

雨越下越大,雨越下越猛,整个世界只剩下了这条被废弃的机耕路,我的田鸡车变成了一只比洗头房还要小的包厢。那条毛毛虫子完全覆盖了我整个背部,它伸出两只坚硬的前爪扼住了我的喉咙。

我开始解自己的皮带,我听见一个声音在说,我可没有多少钱会给你。

我开始脱自己的裤子,那个声音在说,我只能给你一百块,我回家还得把钱交给老婆。

我终于脱下了自己最后一条裤子,我看见了自己那硕大无比、丑陋无比的家当,是的,它就是那条毛毛虫子的狐狸尾巴。那个声音还在说,好吧,我就给你二百,这下打死我也不加了。

接下去的事情,我说了你们可能不信,但是真的,我都是快吃子弹的人了,我还蒙你们干吗?

刚刚碰到她的身体,我那家当忽然就泻了。

是真的,我没骗你们。因为我闻到了一股奇怪的气味,一股很难形容的,但我觉得是世界上最最难以忍受的气味。那女人有狐臭。你们闻到过狐臭吗?那骚乎乎、臭烘烘的气味叫狐臭,我也是后来才知道的。

都是那该死的毛毛虫子害的。我花了两百块钱,却闻了一鼻子臊气,你们说我冤不冤?做了那桩事之后,我又怕又悔,我说了我怕我老婆。我们村里曾经出过一桩事,一个男的去洗头房睡鸡婆,不巧给公安逮住罚了款,老婆后来知道了,就哭哭啼啼地闹,我老婆听见这桩事,你知道她怎么说?哭有什么用,要是换成我,第一先割下男人的××。如果我那样的事让我老婆知道,那还了得?我怕是有一百个××也保不住了。

可事情还远远没有结束。

大概过了一个星期吧,我的呼机里出现了一个陌生的电话。有一回,天打雷劈,居然是她打来的。我到现在还搞不明白,她怎么就会知道我的呼机号码。你们知道她电话里的第一句话怎么说吗?

你那家当好毒啊!她说。

听到这句话,我的汗毛都一下子竖了起来,当时的第一感觉是遇上鬼了。她说她那东西自从上次让我干过之后,就犯上了病,医生说得动手术。

我说,你是谁啊?神经病,我又不认识你。

她说,你还想赖账?你叫阿德,你的田鸡车号码是04614。我是谁你还不明白?

我说,就算我是你说的那人,就算我干过你,那你去告好了,我×你有罪,你卖肉就没罪?

她说,我不去告你,我就去你家闹。

我说,去我家?你怎么知道我住哪里?

她说,你住哪里我不知道?我还知道你老婆叫什么呢!你不是最怕你老婆吗?你们村连吃奶的小孩子都知道你阿德怕老婆。

听到这里,我开始崩溃了。

我说,我老婆凭什么就相信你不相信我呢?

我努力做最后挣扎。

她似乎早已料到我会有这样一问,冷笑了一声,你忘记自己大腿根的那块黑记了?

我彻底软了。这个女人可真够狠毒真够阴损的,她老早装好了套子,就等着我去钻。现在,她像个捕蛇好手,一把就抓住了我的七寸。

我说,得多少?

她说,不多,就三千。

我说,三千?这么大一笔款,短时间内我可真没办法。

她说,医生说了,我得在五天内动手术,否则会更严重。

为了在五天内筹齐这笔钱,我伤透了脑筋。每天的车款我必须得如数上交,否则老婆起了疑心,所有努力也就泡了汤。去借,我又没什么熟人;去偷去抢,我又没这本领。拉车的哥们中,阿海还算比较要好,门路也比较通,走投无路之下,我就把这事跟他摊了牌。阿海开始不敢相信,就你?接着他就笑,笑得要背过气去,这不是讲故事吗?会让你这个老实人摊上这等鸟事?接着他就开始阻止我,你不能白白给那婊子钱,而且我告诉你,女人的×可是个填不满的窟窿,有了第一次,就会有第二次。最后他终于答应给我想想办法。

当我如数把那一大笔钱交到那女人手中时,她无耻地朝我笑了,阿德,你其实是个好人。大街上人来人往,车水马龙,看着她的背影渐渐走远,我真想冲上去一把扼住她的喉咙,死死不放,然后看着她像一条毒蛇一样慢慢断气。但我只能想想而已,我知道自己是谁,我是个连只鸡都要老婆儿子杀的人。

阿海说得没错。女人的×果然是个填不满的窟窿。差不多一个月之后,那女人又找上门来了。

这一个月里,我觉得自己活得像一只蚂蚁,而那三千块钱就

145

是一只大饼。我一天一天地用小嘴巴啃着,今天从车款中克扣五十,明天借口修车虚报一百。我觉得我是罪有应得,阿海平日里时常说,人活一辈子不尝尝女人的味道可就亏了,这话里的女人当然得除掉自己老婆。我总算是尝到了女人的味道,可要是早知道女人的味道是这种味道,你就是杀了我我也不会去尝的。

眼看着就快啃完这只大饼了,我觉得事情总算过去了,我的罪也受够了,可事情还是没完。

那天我呼机上收到的是另外一个陌生电话,可电话那头还是那女人。

她在电话那头说,阿德啊。

我吓得一声都不敢吭了,我想立马把电话搁掉。

她在电话那头说,你别搁电话,我看得见你。

我手中的话筒一下子跌到了地上,我抬头四顾。满大街是来来往往的行人和车辆。对面拉面馆里蒸气腾腾地立着一个束白围裙的男人,一团白面在他手中像变魔术一般变成了一根根很细很细的面条,这时候正好门前有一老一少两个乞丐经过。她在哪里?

我看不见她,她却看得见我。

你们无法想象我那一刻的恐惧。我娘在世时常说,不怕被贼偷,就怕被贼惦记。她似乎从未离开过我,自从那桩事情发生之后,她每时每刻都像影子一样跟在我的身后,她随时随处都在用一双毒蛇般的眼睛窥视着我的一举一动。我忽然间感觉到,我的一生已经再也摆脱不掉这个女人了。

她说她动过手术了,去复检时医生说上次没切除净,还得再切一次。她说这一次要贵一点,得五千。

我知道自己不该答应,但我还是答应了。除了答应她,我没有其他的路好走。

我说,这可是最后一次了。

她说,是最后一次。

我说,我还有个条件。

她说,什么条件你提吧,能满足的我都满足。

我说,说实话,上次我其实没干成,我想好好地再干一次。

她说,这个还不容易?

于是我就跟她约定了时间和地点。

三天之后,在县城南桥路的一个三岔路口,她上了我的车。

她又穿了那条浅色的薄裙子,隐隐约约能看到,里面也还是那个粉色的胸罩和那条粉色的内裤。

她问,钱带了吗?

我说,带了。

她问,去哪里?是去开房间吗?

我说,我可不想再为你花钱了。

你们知道我为什么那么镇定吗?因为我兜里藏了那把刀子。

她问,那还是在车上?

我说,不是。

她问,那去哪里? 总不能在大街上干吧?

我说,去城外一个地方,我早就想好了。

她说,这次你要还不成,可不能怪我。

我说,这一次肯定能成。

她问,你就那么有把握?

我说,有把握。

这样说着时,车子已经跑了起来。快出城时,我在一家杂货店停下来,买了一瓶啤酒。

她问,你带啤酒干吗?

我说,到时候用得上。

她说,呵呵,可能到时真有用。

她问,这一次这么短的时间你是怎么搞到这么多钱的?

我说,我有办法还给人家。

她问,你干吗那么怕你老婆?

我说,因为我老婆不像我那么容易上当。

她说,阿德,你其实是个好人。

我说,我要不是个好人,你也就不会打我主意了。

她说,阿德,我真有点不好意思了。

我问,为什么?

她说,其实你又没干我。

我说,那倒是。

她说,其实你赚的也是辛苦钱。

我说,那倒是。

她说,其实我也没患什么子宫癌。

我说,我知道。

她说,其实你真不该把钱给我。

我说,我知道。

这样说着时,车子开始爬坡,车速明显慢下了。县城已离得很远,路上再也见不着人影。

我问,你就那么相信我会把钱给你?

她说,我相信。

我问,为什么?

她说,你怕我上你家去闹,你怕你老婆,你们村连吃奶的孩子都知道你阿德怕老婆。

我说,这倒是。

我说,可我也许会想出其他的办法啊,既能不给你钱,又能让你没法到我家去闹。

她说,你没其他的办法,除非你杀了我。

我说,对啊,你就不怕我杀了你?荒山野岭的,又没人会看见。

她说,杀人又不是杀鸡,可不是谁都说干就能干的。

我说,你就那么肯定?

她说,我知道你,你平时连只鸡都不敢杀。你家里的鸡都是你老婆杀的,你老婆不在你就让你儿子杀。你儿子叫张果果,在县城一中初一(三)班上学,对不对?

我说,这倒是。

这样说着时,那地方就到了,我熄了火。

她从车里钻出来,四下瞅了瞅,问我,就这地方?

那是一片松树林。那天阳光很好。当然后来下起了雨。

我说,再朝里走走吧。

她说,你真胆小,这四下里又没人。

她就跟着我朝松树林里走。我说你等等。我折回去拿了那瓶啤酒,在车沿上我把瓶盖扣开了。

我在前面走着,一边走一边喝着啤酒,她就跟在我后面。

在那片空地上我停了下来,我说,就这。

四周都是密密麻麻的松树,那块空地像是谁专门为我留出来的。空地上的草长得很旺,都是那种我叫不上名的趴地长的草。空地中间还孤零零地留了四棵松树,像四根熄灭的蜡烛,形成一个规则的长方形。那地方我也是第一次来。可让人奇怪的是,那场景我却像是经历过了几百遍。

她说,阿德啊,看不出来,你还真会挑地方。

我说,那倒是。

这样说的时候,我就把那瓶啤酒的最后一口给干了。一些白色的泡沫慢慢沿着瓶壁滑到了瓶底。

她说,你先把钱给我看一看。

我就从兜里掏出那沓钱,掷到了草地上。

我说,你数数吧。

她拿起来掂了掂,说,不会错的。

我说,接下去你得听我的了,我让你干吗你就干吗,对不对?

她说,对啊,不就是再让你干一次吗?

我说你脱吧。她就脱了裙子。我说你再脱。她就解掉了胸罩。我说你再脱。她就拉下了内裤。

这个女人现在一丝不挂地站在了我面前。她脸上肆无忌惮的神情消失了。

我说,你是一只鸡吗?

她说,我不是。

我说,你是一只鸡。

她说,我真的不是。

我说,你是一只鸡,怎么看怎么像。

她说,我不是鸡,你要干就快干吧。

我说,我已经把钱给你了,你是一只鸡,现在你得听我的。

她说,你到底干不干?不干我穿衣服了。

我说,我要干,但现在你得先给我爬到那边去,就那几棵树中间。

她说,你把我当什么了?我又不是狗。

我说,我就是要看你像狗一样爬过去。

她说,我要是不爬呢?

我说,我有办法让你爬。

就是在这时候,我掏出了那把刀子。刀子在阳光下闪了一闪,我看见她的嘴唇跟着哆嗦了一下。

我说,你爬过去吧,我不会杀你的。

她就真的开始爬了,你们想象得出一个女人光着身子在地上爬的情景吗?

她爬到四棵树中间后,立了起来。

她说,大哥,你想干吗?

现在她叫我大哥不叫我阿德了。

我说,现在你得听我的,你躺下。

她乖乖地躺下了。

我说,现在你把手横着伸开。

她乖乖地把手伸开了。

我说,现在你把腿张开。

她乖乖地把腿张开了。

现在,她的身体终于完全打开了,她平躺在四棵松树中间,伸展开的四肢正好够着那四棵松树,阳光照在她白花花的身子上,有些晃眼,她看上去像一只随时等待解剖的动物标本。

她说,大哥你到底想干吗?

我说,你别急,我会干你的,现在我得先把你捆起来。

她说,大哥你疯了。

我说,我没疯,我清醒着呢,不把你捆起来,这事我干不成。

她说,大哥你有病。

我说,你别管我有没有病,来的时候我们可是说好了的,这一次你得听我的。

我把刀子换到另一只手上,然后就从兜里拿出了绳子。

她说,大哥你变态。

我说,你别管我变不变态,我花了那么多钱,无论如何都得好好干上一次。

刀子在我手中一声不吭,阳光照到刀子上,刀子就一晃一晃的。他们都说一物克一物,现在我总算弄明白了,我怕我老婆,而这女人却怕这把不会说话的刀子。

在捆她时我一直都没把那把刀子放下,因为我发现,拿着刀子的感觉其实挺不错的。

现在她的四肢终于被我牢牢地拴到了松树上。我放下刀子,从兜里掏出了一根香烟。

我说,我又没干成你,你干吗要说我那家当毒呢?

我说,我不但没干成,还闻了一鼻子的臊,你那一身臊难道值三千块?

我说,三千块给了也就给了,可你为什么还要再来拿五千块?

我说,如果这次我给了你五千块,下次说不定你就问我要一万块,对不对?

我说,你为什么那么不知足啊?我听阿海说,女人的×是个填不满的窟窿,我开始一直不明白,但现在我总算是明白了。

我说,你不但是一只鸡,你还是一条蛇,一条吃人不吐骨头的大毒蛇。

我说,现在我要干你了。

我走过去拿来了那只啤酒瓶,瓶底的泡沫不知什么时候已经消失了。

我说,现在你知道我为什么要带一瓶啤酒了吧?你不是一只鸡吗?反正谁干你都一样,现在我让这只啤酒瓶来干你。

她终于发出一声恐惧的叫声,她开始挣扎,但那几棵松树已经牢牢地拴住了她。

她开始哭了,她开始求饶了。她说她也是没办法,她没工作,而家里却有两个小孩嗷嗷待哺,她说她那挨千刀的男人,卷走她的全部钱财,撇下俩小孩,就再也没有露过脸。她说我是个好人。她说她不该拿我这样的好人开涮。她说只要我放过她,她就再也不来纠缠我了。她说她会把所有的钱都还给我。

我的手不知不觉中松了下来,她的眼泪开始起作用了,要知道我这人最见不得女人的眼泪。

如果事情到此为止,那么结果也就不是这个结果了。

你们一定以为我把她引出来是为了杀了她吧?错了。你们想想看,我一个连鸡都不敢杀的人怎么就敢杀人呢?是的,来的时候我是带了刀,可如果不带把刀,我又拿什么吓唬她呢?她为什么不怕我?因为她知道我不敢杀她。但我想,当我用这把白晃晃的刀子抵着她时,她的看法也许就会改变。她凭什么就那么肯定一个不敢杀鸡的人就一定不会杀人呢?狗急了都还要跳墙啊!是的,我就是想借这把刀子来了断她再来找我的念头。

但我还是小看了她。

当她感觉到我的手软下来后,你们知道她怎么着?

她却忽然开始破口大骂,骂我变态,骂我有病,骂我窝囊废,骂我胆小鬼,骂我是吃干饭的,骂我不是个男人。

她抓住时机,又把主动权抢了过去。

她说,✕你奶奶的,我要活着我就跟你没完。她说,你这个废男人,有本事你就干脆杀了我。

我放下那只啤酒瓶,从地上拾起了刀子。

但我的脸已经发白了。

我说,你现在还以为我不会杀你?

但我的声音在颤抖。

她说,你这个怕老婆的胆小鬼,你连一只鸡都不敢杀,你还要杀人?你杀啊,你杀啊!

我已经握不住那把刀子了。我明白我的计划就要泡汤了。那把刀子帮不了我,我的确是个胆小鬼,这一点我连自己都骗不了,又怎么骗得过她呢?

就是在那时候,我的眼前忽然出现了许多只大饼,它们在阳光下金灿灿的、香喷喷的,它们一个接一个地挡住了我的去路,我又变成了那只可怜的蚂蚁,我的小嘴巴又开始一刻不停地嚅动了。

恍恍惚惚中,我第三次看见了那条肉乎乎的毛毛虫子。现在,它被捆住了四肢,但它却变得更加庞大、更加肥硕了,它正在用力挣扎,它把头高高地昂了起来,它就要挣断绳子了,它又要重新爬到我的背上来了,我的喉咙又感觉到了它那坚硬的前爪。

是你害了我。我嘀咕着,刀子就落了下去,我看见一些青色的汁液从它体内喷涌而出。是你害惨了我。我嘀咕着,刀子又落了下去,一些热乎乎的汁液溅到了我的脸上。你还想害我。我嘀咕着,刀子再一次落了下去——

我总共在那毛毛虫子身上捅了十七刀。

后来的事你们都知道了。

说到这里,不知道你们听明白了没有。我其实没有杀那女人,我只是把那条害惨我的毛毛虫子给杀了。我说了,我挺想杀她的,但也只是想想而已。我明明知道,如果我不杀了她,她就会跟我没完没了,而且那时候刀子就在我手中,但我还是不敢杀她。她从一开始就把我给看穿了、看透了,我连鸡都不敢杀的一个人,怎么会杀得了人呢?

我所有的努力都只是为了保住我的家庭,可最终我还是把这个家给毁了。我觉得对不起我的老婆,当然还有我的儿子张果果。

在来这里之前,我给我老婆挂了个电话,我老婆在电话那头哭了,你们知道她怎么说吗?

我老婆说,阿德啊阿德,你可真是怕我啊,你怕我怕得连人都敢杀了。可你真是糊涂啊,你既然连人都敢杀,又为什么还要怕我呢?

警察同志,我已经把自己想说的话都说了。其实有些话我是没必要说的。

我这辈子从前没有说过这么多的话,我有点累了。

现在,你们枪毙我吧。

永和九年

1

这晦气事来从不打声招呼。

六根抬人去医院。病人被送进手术室,便没了轿夫事。难得来趟医院,六根就去挂了个号。最近老是前脚刚迈出,后脚就忘事。六根想找大夫问问自己是不是得了健忘症。这病是六根从电视上听来的,这些年播的连续剧里有不少主角都犯这种病。刚挂上号六根就后悔了,这人怎么一进医院就成了个皮球?从这窗口到那窗口,从这房间到那房间,从这楼道到那楼道。踢过来踢过去,踢到傍晚,终于踢出了个结果:六根得了脑瘤。脑瘤?六根不相信。好端端一个人,来趟医院就得了脑瘤?而且还

"动不动手术都有日子了"。

我不热不冷、不痛不痒挂什么号啊我？六根问自己。对了，因为来了医院。那我为什么来医院？六根想了一会，想到了：因为孙膑的腿断了。那孙膑的腿为什么会断呢？因为，因为，这回六根想了半天，到底还是没想起孙武造房子的事。六根就拿着结论单闷头闷脑地出了医院。六根，六根。有人在后面喊。但六根没停下来，他的脑子里只剩下脑瘤，早已把手术室里的孙膑和外面三个人给忘了。

六根的家里很热闹。他养了一头猪、两只猫、三条狗、八只鸭和十三只鸡。对了，六根还养了一只克蛇龟、一头野猪和数不清的蜜蜂。克蛇龟是六根去深山挖兰花时拾来的，平时看不到躲在哪，当你快要把它忘记时，它就会冷不防出来绊一下你的脚。野猪是放在大湾红薯地里的野猪套套来的，还是只幼崽，六根干脆把它跟母猪关到了一块，一大一小处得比骨肉还亲。那些蜜蜂嘛，连六根也不知道是怎么招来引来的。有了这么多活物，院子里整天闹哄哄的，可这房子在六根眼里依然空荡荡的。

六根屋里没别人，父母在他三十岁那年都去世了。六根父亲是个倒插门，一辈子被人瞧不起。土改时终于翻了身，当上农会主席什么的，所以斗村里几个地主下手很狠。村里的地主是按指标被摊派上的。一根绣花针掉灰坑也要用米筛找出来，有这样节俭的地主婆吗？运动雨雪样很快过去，阶级敌人又变成了乡里乡亲。六根家就此落了单。六根当时因为父亲的原因参了军。几年后复员回来,跟别人一样在生产队抡锄头挣工分。参过军,自然也算是跑过码头、见过世面的人了。六根有时说着说着,就免不了滔滔不绝唾沫横飞,"上知天文,下知地理"的。别人都听着,但心里不爽快着,虽然不爽快,还是捺着掖着,就等你露出马脚来。果然,天上翻跟头地上落脚,天文地理终于扯到了农事家事上。农事你也懂吗?家事你也敢死狗硬牙床吗?你知道××哪头大哪头小吗?于是一阵乱棒永世不得翻身。你不是想显得高吗?那就把你像狗屎一样踩在脚底。刚回来时,六根常吹嘘部队首长对他如何器重,如何打算把女儿也许配给他。后来六根再也不提这事。别人反过来问了,连队长、小队长也都跟着恶心他,六根啊,部队首长怎么就不把女儿许配给你?六根啊,首长女儿现在还给你写信吗?六根连个屁都不敢放了。六根成了村里的"大麦屁"。

从医院回家后六根开始翻箱倒柜,翻着翻着又忘了自己想找什么。×他娘的脑瘤。六根骂。这样骂时箱底里忽然掉出一本红本本。六根有点意外。虽然不是想找的东西,六根还是把它给打开了——一本结婚证书。天哪,这男的怎么跟自己长得这么像啊?六根吓了一跳。再看姓名,还真是刘六根。女的不认识,名字叫迟桂花。登记时间是七年前的冬天。

原来自己结过婚,老婆还是个美女呢。这让六根很兴奋。

可这个迟桂花是谁?我怎么会不认识自己的老婆呢?六根

搜肠刮肚,糨糊样的脑子里隐约显出一个场景。他和迟桂花并排坐着,拍照的喊,近点,再近点——你们俩怎么回事啊?然后是咔嚓一声。

可现在,迟桂花为什么没在身边呢?她去哪了呢?她跟野男人跑了?她被人贩子拐走了?要不,她是死了?

六根又开始翻箱倒柜地找,这回他知道自己想要找什么。可是,女人走得很干净,一点蛛丝马迹都没留给这屋子。

六根家离灵鹅村有几百步路。六根走进村长屋子时,村长老婆正和其他三个内眷在打麻将。喝麻将汤的人把八仙桌围得严严实实的。

嫂子,你知道我老婆去哪了吗?六根有点急,所以话出腔没一点铺垫。

六根你发夜热啊。

你老婆是不是那个首长女儿啊?

六根你想老婆想疯了吧。

村长老婆还没来得及回答,旁边的人先七嘴八舌答上了。

我老婆叫迟桂花。六根说。

还有名有姓的。

昨夜梦上了?

桂花?会不会是张桂花啊?

张桂花是杀猪佬余雷胖子的老婆,这会就坐在麻将桌上洗牌,听到这浑话,一把麻将就顺手砸将过去。满屋都是欢笑声。

你们不信,我还有结婚证呢。

六根想把证书拿出来,最后还是缩回了手。

从村长家出来,六根忘记了脑瘤。六根觉得自己有事做了,那就是在脑瘤发作之前找到迟桂花。

2

杨生姜躺在病床上打点滴,丈夫操家政一声不吭地陪坐在床前。

病房里有六张床,其他床都热热闹闹的,鲜花店拼着水果摊,探望的人一拨又一拨,小孩子爬上爬下跑进跑出,病人也喜气洋洋的,生病就像过节。但对杨生姜,生病就是生病。床前冰清冷水的,连一个探病的人都没有。杨生姜跟操家政结婚已经二十多年了,一直没个孩子。那些年,跑遍大大小小的医院,吃遍五花八门的偏方,杨生姜终于承认自己不能生育的事实。后来,操家政去民政局领养了一个女婴,嘴里抠出来似的养到五岁,都会拖鞋狗一样给操家政搬拖鞋了,女婴的生身父母忽然反悔,最终要死要活地领了回去。杨生姜自此冷了要孩子的心。

要喝水吗?操家政问。

杨生姜摇摇头。

两人就没话了。

过一会儿,操家政又问,

给你削个苹果吧?

杨生姜又摇摇头。

两人又没话了。

已经很多年了,这样你不言我不语地相处着。非说不可,那么就是:一来,一去。

以前可不是这样的。那时候操家政还是操书记。三合乡,僻是僻了点,穷是穷了点,可书记还是书记。照样有专车配秘书吃白酒打白条工资不动老婆不用说对了对说错了也对。杨生姜本来在丝织厂做临时工,操家政看不上那俩钱,就牛哄哄地让她回屋做了家庭主妇。因为离得远,操家政每礼拜回家一趟。但不管酒喝得多醉,麻将打得多晚,每周一歌似的家庭作业他从不拖欠应付。那时候,家不算圆满,夫妻还是恩爱的。

可有一天,杨生姜收到了一封信。"杨生姜同志:您好!"信就是这样开头的。生姜这辈子都没收到过信,拆信时那份激动可以想象。看着看着,她的手脚冰凉了。生姜识的字不多,但这封"一个不愿透露姓名的知情人"写的信她还是看明白了。信从头至尾都在反映操书记的男女作风问题,说得还很离谱。冰凉归冰凉,杨生姜不相信。老公在三合乡敢作敢为一手遮天的,得罪个把小人也在情理中。我才不中你们的离间计呢!生姜随手把信塞进了一本盖瓮口的书里。瓮里腌了白菜和萝卜。操家政每天大鱼大肉的,回家喜欢搞点腌白菜腌萝卜减减口。说是不相信,可生姜每次去瓮里挖腌菜或者萝卜,总会盯着那本书多看上两眼。那本书上还压了圆圆的一截松木,杨生姜记住了那书的书名,叫《恋爱·婚姻·家庭》。

又有一天,不知何故,生姜决定重新温习一遍那封信。可是信不见了,连同那本臭烘烘的《恋爱·婚姻·家庭》,取而代之的是一本白皮的《列宁选集》。这回杨生姜的心重重地咯噔了一下。

趁着操家政在县城开会,杨生姜去了趟三合乡。没费多少周折,杨生姜走进了迟桂花的办公室。没人知道杨生姜的身份。因为操书记工作和生活分得很清楚,从来没让杨生姜以三合乡第一夫人的名分出过场。

同志,你找谁?迟桂花从藤椅上站起来,是准备接待上访老百姓的架势。

生姜没想到狐狸精会这么年轻、这么漂亮,难怪我家老操动心啊。这样换位一思考,生姜忽然就不那么恨操家政了。

我找,我找操书记——生姜改口说。生姜当然不是来找操家政的。

操书记啊,他去县里开会了。提到操书记,迟桂花的脸挂上了笑。

那他什么时候回来啊?生姜盯着迟桂花。她不喜欢迟桂花笑,迟桂花的笑很放荡。八成操家政就是被这笑勾走了魂。

今晚肯定是回不来啰——迟桂花还是笑盈盈的,态度很好。

对,今晚你们肯定是快活不成了!看着迟桂花愚蠢的笑,生姜忽然又非常非常痛恨操家政。

同志,你找操书记有什么事吗?

生姜的眼睛从对方的脸蛋慢慢朝下移。猛的,生姜的眼黑了一下。那个举报人说得一点都不离谱。她不但跟家政睡了,她还怀上了家政的孩子!只差那么一点,杨生姜大概就扑了上去,那一刻她太想像扯稗草一样扯这张不要脸的脸了,但杨生姜没这么做。杨生姜是个有心机的女人。如果没点心机,操家政是不可能娶她的。虽说那时候操家政还只是一个普通的科员,但到底也是吃国家饭的人,农村户口的生姜是高攀不上的。就算天塌下来了,人总还得活下去。这话是生姜爹说的。生姜的爹在村里连续当了好几届的书记。办法总比困难多,关键是遇事要冷静。从小爹就是这样教育生姜的。于是,杨生姜笑盈盈地跟迟桂花道个别,走出了三合乡政府的院子。

杨生姜没哭也没闹,在家像个领导干部一样思考了三天,然后走进了县府大楼。大楼电梯口有块批示牌,组织部在 12 楼,纪委在 13 楼。杨生姜没按 12 楼,也没按 13 楼,她直接按了 18 楼,因为县委书记在 18 楼。鸭多不生卵,要找就得找拍得了板的人。

我是上林乡上林村杨有能书记的女儿,三合乡党委书记操家政的老婆。杨生姜自我介绍。县委书记很客气地让秘书给她搬凳上茶。生姜挡下了,书记我没心思喝茶。乡政府一个叫迟桂花的女人勾引了我丈夫,蓄意破坏我们家庭,请组织给我做主。说到该哭的地方生姜就哭起来了。小杨你别急。我让人调查一下,事情会搞清楚的——书记很和蔼。还调查什么?!那女人的肚子都大起来了。生姜不哭了。我请求组织把那不要脸的女同志调走,我们家政忠厚老实,就是心肠有点软。请组织放心,我不会跟他大吵大闹,我知道这样会影响三合乡的工作。生姜又说。这些话生姜在来之前盘算过了上百遍,所以说得一点嗝顿都没打。

人民政府为人民。半个月后,如生姜所愿,迟桂花被调离了三合乡政府。让桂花没想到的是,操家政也被同时革了职,革职不算还丢了饭碗。

丢了饭碗可惜,可老公又变成了老公。生姜不后悔。

可没过多久,生姜就发现自己错了。

操家政去外面抽完两根烟回来了。

我出去一会。操家政对杨生姜说。

像往常一样,杨生姜没问什么,她知道操家政要去哪里。

3

六根在县城找了个小旅馆。

找人就非得来县城吗?这个六根没想过。

第一天,六根去大街上转了转,大街上到处都是女人,但没一个是他要找的迟桂花。晚上来了个敲门的小姐。六根伏在猫眼上看了会,没开门。

第二天,六根去车站转了转,还是没转出眉目。晚上又来了个敲门的小姐。六根伏在猫眼上看了会,又看了会,还是没开门。

第三天,六根去了广场,广场上凑巧有人在演马戏,六根挤进人堆,看着看着就把迟桂花给忘了。晚上又来了个敲门的小姐。六根又伏到猫眼上看。这回六根看清楚了,小姐的眉眼挺不错,就是前两晚敲门的那个。六根没怎么多想就打开了保险。

六根被抓进了派出所。

六根坐在指定的凳子上接受审讯。手铐明显大了几号,为防滑脱,六根的手一直朝上撑着,像端了碗满满当当的水。

姓名!

刘六根。

年龄!

四十六,不,四十七。

籍贯。

金庭乡,灵鹅村。

刘六根——

到! 六根站了起来。

你坐着回答好了。张警官笑了。张警官三十出头,方盘脸,满面须,浓眉大眼,本来不怒自威的,但一笑就显出了憨态。

刘六根,你的字,写得不错啊! 张警官说。

六根没想到警察会问这个,点点头又赶紧摇摇头。

六根从家里出来时,带了那本已散架的《兰亭序》。晚上没事做,就拿毛笔在旧报纸上临摹。写着写着,六根就会忘记小旅馆忘记脑瘤忘记要找的迟桂花。六根练字干吗?不干吗! 习惯而已。

练许多年了吧? 张警官问。

这习惯六根读小学时就养成了。字就像一个人的脸面,小学老师说,有文化没文化,一提笔就看得出。六根不爱读书但这话却听进去了,天天晚上趴在饭桌上练。初中毕业回村务农没停,去部队当兵没停,复员回来继续务农还是没停。但事实证明,字跟文化或者脸面一点都没关系。村里人都承认六根的毛笔字写得不错。但六根还是六根。要说六根有文化,扯淡。村长和会计的字歪歪扭扭的,像蟹爬的一样,他们照样当着村长和会计,他们毫无疑问是村里最有文化的人。等到六根明白这个理时,练字的毛病已经像香烟一样掷不掉了。六根的字让村里人想起的时候也有。腊月二十七、二十八,家家都在杀鸡鸭裹粽子做麻糍为置备年货忙得不可分交,忽然想起春联还没贴,就急匆匆夹几张红纸来找六根。有的干脆红纸也不带,掷根烟给六根,给我写两副。六根就屁颠屁颠地笔墨侍候了。其实写来写去,"门心"无非是"五谷丰登""百畜兴旺"之类,"横批"也就"春回大地""福满人间"几种,"框对"再多也跑不出"爆竹一声开新宇""春到山乡处处喜""好风好雨好年成"和"生产致富送走一穷二白"这么十来副。一年四季二十四个节气七十二桩农事,村里人最不爱干的活是清明脚跟给新竹号字。一千杆新竹你就得签一千遍名,又不是明星,谁不烦啊?可六根最喜欢干这个了。刘——六——根——,一笔一画,毕工毕整。本来"刘"字是可以省略的,但六根不。刘六根,刘六根,刘六根——六根签得忘了饥忘了渴,如果可能六根真想沿山沿弄这样一直签下去。但每年也就过一个春节,出一批新竹,家里的东西大到风车、稻桶,小到盘碗瓢筷早都号上了"刘记"或者"六根"的名号,剩下的时间,六根就只能拿旧报纸出气了:永和九年。永和九年。永和九年——

我写字的确有些年份了。警察同志,你也喜欢写字?六根没想到会在派出所里遇上知音。

喜欢是喜欢。但我还是新手,刚刚上路,跟你没法——说到这里,张警官打住了,笑容也雨伞一样收拢。

刘六根,我们的政策你是知道的,坦白从宽,抗拒从严,你,老实交代吧!张警官的脸现在回到了那顶帽子下面。

警察同志,我、我没嫖娼!

老实点!你不都不打自招了吗?!

我规规矩矩在自己房里写字,深更半夜的,响起了敲门声,我就去开门。门才打开一条缝,不,半条都没到,那个女人就影子一样飘了进来。一进门,那女人就像到了家似的脱下外套,顺手掷到写字台上,屁股跟着就挪到了我床上——

说下去!

那时我没在床上,我站着。那女人的眼睛一直没离开过我,有烟吗?她问我。我就摸出一根"云河"递上去。火!她说。我就掏出打火机,她没来接,而是叼着烟等着,我只好上去给她点上。她舒舒坦坦地吐出一个烟圈,看见了地上的旧报纸,你喜欢写字?旧报纸上写有什么意思?到我身上来写吧——

审到这里,另外一个警察从外面跑进来,鬼鬼祟祟咬了会张警官的耳朵,又出去了。

接着说。

没了!

什么没了?

没等我回答,你们就冲了进来——

张警官的口气缓下来了,刘六根,就算你没嫖成,但你有这企图就不对,这叫嫖娼未遂,听说过杀人未遂吧,性质差不多。本来要拘留的,我看你老实,就罚款算了吧。

可我兜里只有三百块钱,够不够啊?我出来找老婆,没带什么钱。其实六根还带了存折,他把它藏在旅馆的鞋柜下面。

你老婆跟人跑了?

我也不清楚。我得了脑瘤,记不起事,医生说我活不长了。我只想在临死之前找到自己老婆。

你长了脑瘤?你老婆叫什么?要不我帮你在电脑上查查。

跟电脑比人脑简直就是猪脑。人民的好警察张警官在电脑面前噼里啪啦没敲几下,电脑马上就回话了,草桥县总共有六个迟桂花,分别是——

至此,六根的寻找终于有了眉目。

4

从三合乡供销社烟酒柜下岗后,迟桂花回城开了家杂货店。

店开在城北一个小区门口,租金便宜,地段不闹。经营的也就柴米油盐醋、烟酒茶糖等副食零食百货之类零七碎八的东西。加上独手少脚,没个帮衬的人,送罐煤气、进回货就得关次店门。手忙脚乱焦头烂额的,白天赔笑脸晚上抹眼泪的,生意开始慢慢好转,日子到底也一年年过来了。迟桂花知道,除了货源来路正、利润压得薄之外,小店的生意主要还是靠小区里的人在暗地帮衬着。看见店门关着就抽根烟等会,煤气干脆都自己扛着来调换了,来买包烟还附带出个点子:装个公用电话啊,做点小孩子的生意啊,"会稽山"比"古越龙山"更不上头啊。

迟桂花用剪刀在拆一箱金龙油。操家政又来了。

柜身外的碎嘴老太婆先看见,跟桂花说,你男人来了。

迟桂花抬起头望见了操家政。

他不是我男人,我男人早死了。迟桂花说。

操家政的手里拎了半斤猪头肉。操家政从不空着手来杂货店。

在这里吃吗？迟桂花接过猪头肉。

不了，我还得回医院。操家政回答。

她的病怎样？迟桂花端上来一杯茶。

现在住院观察，过几天复检。医生说应该没什么大问题。操家政说。

离开乡政府后，他们一直没再见面。迟桂花觉得操家政会来找她，但操家政一直没出现。

自从在街上不期而遇之后，操家政几乎天天都来桂花的杂货店。有事帮上阵，没事就抽根烟，喝会茶。话聊不上几句。时间让迟桂花的话变少了，更让操家政从原来那个台上口吐莲花、台下油嘴滑舌，在官场混得如鱼得水的副处级后备干部变成一个沉默寡言、温汤杀鳖的老男人。人就是这么奇怪。菩萨明明还是那个菩萨，可一旦脱去头上那圈光环，活菩萨就成了泥疙瘩。

鸡零狗碎的桂花也知道了操家政这几年的事情。办过织机，销过领带，做过传销，跑过保险，还炒过股票和基金，每一行看上去都像肥皂泡一样诱人，可当你的手指头一触到，啪的一声，肥皂泡就破了。

这几年我一直都在找。你的号码换了，我找不着你。第一次来杂货店时操家政说。

脸盆大一个县城，找个人有这么难吗？就算之前你一直在找,因为这个偶然那个意外你一直没找着。那么现在,你总找着了吧?迟桂花想。

操家政每天都来,但他什么都没说。

有一次在杂货店,趁着柜身外没人,操家政忽然从背后抱住了迟桂花。迟桂花激灵了一下,手里的热水壶差点失手。

记得在三合乡时,操家政就是这样在迟桂花宿舍门口抱住了她。那天两人一块去抓一个计划外对象。那时的乡政府主要工作就两桩,抓大肚婆和收农业税。皇粮国税都收了几千年,老百姓有这觉悟,但床上这档子事还要田地样计划就没这觉悟了。大肚婆没抓着,村书记家正好杀了只狗。两人都被灌了不少的加饭酒,回来时全身热腾腾的,步子已经有点飘。迟桂花刚把钥匙插进锁孔,操书记从背后猛地抱住了她,迟桂花只感觉屁股上硬邦邦的像顶了杆枪。快半夜了,整个院子很静很静,能听到雪石子落地的声音,但隔壁人武部长和联防队长的几个窗户还亮着灯。别出声!桂花,把门打开吧。耳朵边的声音像是威胁也像是恳求。

这一次,迟桂花狠狠地摔开了操家政的手。迟桂花忽然就有种说不出的厌恶。

你来干什么呢?迟桂花说,你以后别来了。

操家政像只瘪兔一样缩回手,没再作声。

但第二天,操家政又来了,这回提了一条斤把重的剖好的草青。

5

六根终于找到了迟桂花的杂货店。

店里只有一个小姑娘。六七岁,扎了根辫子,伏在柜身上玩拼图。

迟桂花呢?六根问。

我妈进货去了,小姑娘抬起头,你要买什么?

六根觉得自己找着迟桂花了。瞧小姑娘那眉眼,跟照片上那个迟桂花印版印出的一样。

给我一包软"利群"。六根说。六根不是来买东西的,但临时决定买了。六根平时抽五块的"云河",但这次决定买一包软"利群"——城里人都抽这种烟。

二十块。小姑娘很老练地说。

六根一直看着小姑娘。看着看着,六根的眼有点花了。小姑娘不但像迟桂花,还像刘六根。你瞧那小鼻梁,挺挺的,把五官顶得特匀称。六根小时候听娘说起过,看相的都夸他的鼻子,说是比蒋光头的鼻子还周正,有大富大贵相。

小妹妹,你叫什么名字?掏钱的时候,六根问。

我叫迟男。小姑娘说。

你姓迟?六根又问。

我姓迟,我妈也姓迟。小姑娘回答。

当天晚上,六根就搬到了杂货店对面的小旅馆。六根的行李很少,搬起来不费事。

洗个澡,看会电视,六根又开始在旧报纸上练《兰亭序》。

迟桂花已找到,六根反而不急了。

六根没有另外的要紧事要做,在死之前,六根要做的就这一件事。迟桂花好好的就在斜对面,像猫眼皮下的老鼠,跑不掉的。

后半夜,小姐又来敲门。六根朝猫眼看了看,坚决没开。六根忽然为上次开门的事后悔了,虽然只是"未遂",可一样对不起迟桂花。

第二天刚醒过来,六根就趴到了窗台上。六根房间的窗户就斜对着杂货店。

杂货店的卷闸门早就打开了,店门口被打扫得干干净净的。迟桂花正在用刨花引一只煤饼风炉。炉子旁边围了不少热水壶。

六根没看走眼,杂货店的迟桂花的确就是他想找的迟桂花。但六根心痛地发现,跟相片比,迟桂花老了不少。

六根一整天都趴在窗口,房间在三楼,居高临下的正好能看到大半个柜身和柜身里面的迟桂花。杂货店上午的生意并不好,只有一些小区的居民三三两两地提着空热水壶来打了开水;还有几个过路的人打了几个公用电话,其中一个顺便买了包烟。

175

阳光蹑手蹑脚地爬上墙壁,几个老头老太来到店门口,迟桂花搬出了凳子。此外,六根还看到迟男跑出来,在店门口跳了会绳。中午下班前后那段时间,杂货店的生意算是不错,时不时有自行车、摩托车和小轿车在门口停下。下午也没什么生意,那几个老头老太还坐在店门口晒太阳,迟桂花出来给他们续了几回水。

傍晚时分,一个男人走进了杂货店,挟了个公文包,拎了只塑料袋。半个小时左右,男人走了,公文包还挟着,塑料袋没了。

第二天差不多同一个时间,那男人又来了,一个小时不到又走了。这中间,六根看到那男人把一袋东北大米扛上了一辆踏板车。

第三天上午,等迟桂花踩着三轮车出去,六根下了趟楼。

六根又去店里买软"利群"。

那男的,每天来你们店的那位是谁?六根问迟男。

我舅。迟男说。

你爸呢?六根问。

我爸死了。迟男说。

怎么死的?六根再问。

我妈没说。反正我从没见过我爸。迟男说。

迟男还在玩那拼图,都好几天了她还没拼起来。

你把颜色相近的分开放,再拼拼看。六根说。

没一会儿,拼图拼成了。很好看:有绿的树、青的草、蓝的湖,还有大象、猴子、小兔子和蝴蝶。迟男笑成了拼图里的一朵花。

你妈从不教你？六根问。

我妈总是没空。迟男噘着嘴说。

我有空。我就住对面。下次我再教你,好不好？六根跟女儿说。

此后,一逮着迟桂花没在,六根就会出现在杂货店。

陪迟男做游戏,教她识字,给她讲村里"五通"和"九缸十三瓮"的故事,教她念"妈妈我要豆,什么豆,罗汉豆,什么笋,三斗笋——"的童谣。六根甚至还手把手地让她练起了毛笔字。

六根教迟男写的第一个字是"永"字。

"永和九年"的"永",六根对迟男说,你把"永"字写好,其他字就拆拆拼拼地很容易。

迟男跟六根慢慢就亲近起来。

有一天,六根去新华书店买回一本故事书,伏在柜身上给迟男讲。故事书叫《逃家小兔》,迟男听得入了迷。兔妈妈说,来一根胡萝卜吧。——六根就把大拇指送到迟男嘴边,迟男被逗得咻咻地笑了。

故事讲完了,六根想把书送给迟男,可迟男却拒绝了。

我妈说过,陌生人的东西不能要。迟男说。

六根没了办法。

你要是我爸爸就好了。迟男盯着那本《逃家小兔》,声音很低很低地说。

六根听得很难受。

叔叔本来也有个女儿。她应该也是六岁,跟你一样聪明可爱,可是她像故事里的那只小兔子一样离家出走了。

她为什么要离家出走啊?迟男的眼睛睁得大大的。

我不知道。连故事里的小兔子也不知道自己为什么要离家出走啊?

叔叔,她一定会回来的。迟男很认真地说。

为什么啊?六根不解。

故事里的小兔子后来不是回到兔妈妈身边了吗?迟男的眼睫毛忽闪忽闪的,像那只小兔子一样。

你刚才叫我叔叔了!叔叔怎么会是陌生人呢?六根说,如果迟男不收下故事书,叔叔会哭的。

六根的嗓子痒痒的,六根是真的想哭。

那——好吧。迟男就收下了故事书。

6

六根本来是来找迟桂花的,可碰上迟男后,他差不多都把迟桂花给忘了。

现在他趴在窗口就干一件事:等桂花离开,然后下楼去找迟男。

看着迟男忽闪忽闪的大眼睛,六根都要感激那脑瘤了。但一想到自己过了今天没明天的,六根又会黯然。

六根像个田螺姑娘一样出没于杂货店,到底还是给迟桂花撞上了。

六根很慌张,像做贼被抓了赃似的。

就是你啊?迟男都跟我说了。迟桂花倒是落落大方的,我们迟男这些天长进了不少,我真得好好谢谢你呢。

迟桂花并不认识六根。在她眼里,六根只是那个住在对面小旅馆的好心的叔叔。

她怎么就不认识我呢?六根有点蒙。我得了健忘症,不会她也一块得了吧?不过这样也好,六根来杂货店再也不用躲着迟桂花了。

迟桂花对六根说,我还不知道你的名字呢。

六根呆了呆,回答说,我们村里人都叫我"大麦屁"。

迟桂花又问六根,你住在旅馆里干吗呢?

六根说,找人。

迟桂花没再问下去。

过了几天,迟桂花又问六根,你说你在找人,找谁啊?

六根说,找我老婆。

过了很久,迟桂花又问了句,你老婆怎么了?

六根说,有一天回家,我老婆忽然不见了,我不知道她怎么了。

迟桂花就没再问了。

因为有之前那段暗暗的好感,迟桂花对六根并没什么戒心。闲着也是闲着,六根开始帮迟桂花做事。卸卸货,背背米袋子,扛扛煤气罐。迟桂花说,我可付不起工资啊。六根说,你也没收我茶钱啊。这样说说笑笑的,迟桂花偶尔也就留六根吃饭了。

六根还给杂货店写了大大的"迟桂花杂货店"的店名。白的墙,红的纸,黑的字。

一天,一个过路的男的停了下来。指指店楣上大大的墨字问,这几个字谁写的?

桂花不在。六根正在门口与迟男玩陀螺。陀螺是六根用榆树根削出来的,尖顶上填了颗亮晶晶的钢弹子。小木棍上拴根布条就成了鞭子。迟男已经能把陀螺抽得滴溜溜转了。

六根头也没抬说,我。

那男的让六根再写一张看看。还没到过年就有人让写字,六根自然是高兴的。六根就屁颠颠地去对面小旅馆取了笔墨纸砚,纸当然还是旧报纸。男的说,等等,从自行车的挎包里拿出一张长条的宣纸,写这上面吧。

写什么啊?六根问。

六根从没在这么白的纸上写过字。

男的说,随便。

写满吗?

写满。

六根就伏在迟桂花的柜身上开始写了:永和九年岁在癸丑暮春之初会于会稽山阴之兰亭——

写到"情随事迁",纸填满了。

等等。男的说着又从挎包里拿出一张宣纸。

一样大小,一样白。

写框对啊,原来。六根想。于是,六根添添墨,又伏到柜身上接着写:感慨系之矣向之所欣俯仰之间以为陈迹犹不能不以之兴怀——

终于,字写完了,可纸却还空着一长缕。六根握了笔待在那。

男的说,刚好,落个款吧。

男的拿着两副字走了,走远又折回来问六根的手机号码,但六根没有手机。

一边的迟男抢着说,留我家的电话好了。

六根就给了迟桂花的公用电话。

迟男的舅舅已经很多天没来店里了。

六根问迟桂花,他舅呢? 好些天不见了。

迟桂花的脸就阴了下来,他又不是我男人,是死是活,我怎么管得着!

六根就不问了。

六根告诉桂花他得了脑瘤,所以许多事都记不起。

你鲜虾样一个人,会得脑瘤?迟桂花不信。

桂花让六根再去查查。

人又不是一株菜一棵树,是死是活的事医院还会搞错?

但六根还是去了趟医院。

六根回来的时候是兴高采烈的。医生很明确地告诉六根,上次是误诊,把他的样本跟一个叫杨生姜的人搞错了。

那么你的意思是,杨生姜得了脑瘤?桂花问。

六根奇怪了,你认识杨生姜?

桂花笑笑,也算不上认识。

7

重症病房外响起笃笃的敲门声。

杨生姜猜多少遍都猜不到,进来的会是迟桂花。

迟桂花拎了一只黑色的塑料袋。

我是迟桂花。迟桂花说。

我认识你。杨生姜说,你来干吗?

她们的确见过面。迟桂花的自我介绍是多余的。

坐啊。因为觉着生硬,生姜加了一句。

生姜暗地里恨迟桂花恨得咬牙切齿,可现在见着了也就见着了。生姜甚至觉得以前的恨有点夸张。

桂花就犹犹豫豫地坐下了。

床前还坐了一个四十来岁的女人,生姜朝她使使眼色,那女人出去了。

我堂妹。生姜对桂花说。还是不合适——刚才一句太生硬,可这一句又太近乎。

这是,操家政让我转交给你的。桂花把塑料袋递给生姜。

是什么?生姜没接。

操家政给我东西为什么要你来转交呢?生姜听了生气。

你自己看吧。迟桂花说。

生姜只好接过来。黑色塑料袋里是几沓崭新的人民币。生姜呆了呆,笑着把塑料袋递还给桂花,别骗我,这是家政给你的。

……

我的,家政已经另外给了。杨生姜说。

迟桂花的脸红了,你瞧我,真是多事。

来之前,桂花没想这么多。她只是不想要操家政的钱。什么意思呢?算是补偿?那天操家政拿钱来时,桂花没在店里。操家政找不着,桂花就想到了医院里的杨生姜。

这钱你数过吗?杨生姜很小心地问了句。

数过——迟桂花老老实实地回答说。桂花知道杨生姜还等着听那个数字,硬生生地刹了口。自己多了,伤对方的心;对方多了,又委屈自己。

除了钱,他还给我留了张字条。这个没良心的男人!杨生

183

姜说。

我可连张字条也没有。迟桂花说。

操家政当然也给迟桂花留了字条。那字条上的字,迟桂花背都背得出了,我到南边去了。也许回来。也许,就不回来了。对不起。

我的病是家政告诉你的?

不是,我是偶尔听说的。

唉,我干吗不成全你们呢?我都快死的人了。也许这样,那死鬼就不会走了。杨生姜说,迟桂花,你恨我吗?

要恨也该是你恨我。说真的,我不恨你,我恨操家政。迟桂花说。这是实话。

我不恨他了。回头想想,他其实也挺可怜的。我清楚你和他之前的事,他后来天天去看你,也不瞒我。这么多年来,我知道他一直在等我提出离婚。可凭什么要我先提呢?他做得出怎么就提不出呢?其实,他若先提,我决不会拖泥带水。杨生姜说。

这时候,一个护士进来了,想好了吗?手术动还是不动?

如果动,医生现在就有空,你只要让家属签个字。桂花看见护士的脑瓜后面拖了根很细很细的小辫子。

我想不好,是做还是不做。你帮我决定吧。杨生姜对迟桂花说。

不做你等死啊?做吧。你会没事的。迟桂花答得很干脆。

杨生姜似乎还有点犹豫,迟桂花忽然就把嘴附到她的耳边说了一句。

杨生姜就很听话地进了手术室。

六根回了趟灵鹅村。他特意给迟男带了几斤炒香榧。

等到他回来,杂货店里多了个病恹恹的女人。

六根问迟男,那女人是谁?

我舅妈。迟男说,我舅舅留下个条子,不见了。她没人照顾,我妈就把她接了过来。

迟桂花踩着三轮车回来了。六根就帮着一块卸货。

找老婆的事有眉目了吗?迟桂花问。

我决定不找了。六根说。

如果有缘分,总会碰上的。如果没缘分,找着了又怎样?六根又说。

迟桂花点点头说,倒也是。

迟桂花最后把杨生姜劝进手术室的那句话是这样说的,你想知道我跟操家政是怎么好上的吗?你手术做好后,我就全告诉你。

其实怎样跟操家政好上的,连迟桂花自己都说不清。

迟桂花大学毕业分到三合乡时,操家政已经做了好几年的书记。

操书记对小迟一上来就很关心。关心的结果是,迟桂花三年多一点时间就从一个普通的干部变为全县最年轻的分管计划生育兼教科文卫的副乡长。除了工作,操书记在生活上对小迟也很关心。操家政先先后后给迟桂花介绍了不下十个对象。迟桂花一个一个大大方方地见,又一个一个不紧不慢地回绝了。

迟桂花啊,你到底想找什么样的老公啊?有一次在车上操家政就发火了。

我说不上他们哪不好,我就是一个一个看着都不像。迟桂花说。

我跟你说吧,小迟,日子总是凑合着过,别太不切实际了。操家政的话说得很老套。

操书记,你干吗这么急地把我嫁出去啊?你又不是我爹。迟桂花耍起了嘴皮子。几年乡镇工作下来,迟桂花早已不是原来那个腼腆的小姑娘了。

当时在车上,操家政哈哈一笑没回答。这个问题,操家政后来是在床上回答迟桂花的。

现在,你知道我为什么像你爹一样急着把你嫁出去了吧?干了一仗后,操家政从床上坐起来,很杀瘾地点了根烟。

你老在我面前晃来晃去的,我天天都担心自己犯错误。思前想后,让自己死心的唯一办法,就是把你嫁掉。

我也跟你说实话吧。你给我介绍这么多男人,为什么我都不满意呢?不是他们不好,而是因为每次你都很不识趣地站在一边,把他们一个个比矮了。

这么说,你是老早就瞄上我了?操家政有点得意,又有点隐约的失望。

喜欢归喜欢,我可从没朝那边想过。谁不知道你是有妻室的人。迟桂花说。

有妻室怎么了?我可以离婚!话借着酒意出口,操家政立马后悔了。

这话你自己说的!我可没逼你噢。迟桂花接过他的话,铁板钉钉地垫了一句。

操家政更后悔了。但是后悔又有什么用呢?都到了这份上。

操家政掷掉烟蒂,又压到了迟桂花身上。

8

大清早的,六根还在睡懒觉,迟桂花来敲门了。

电话,你的电话。迟桂花看六根的眼神有点怪。

电话是那个让六根写字的男人打来的。那人是县书协的秘书长。他先是把六根的字拿到县里的书法预选赛上,后来又拿到全省的书法比赛上。六根的字很无厘头地得了金奖。男人是来通知他参加省里的颁奖大会的。

六根云里雾里地放下电话,迟桂花还在盯着他看。桂花的表情很复杂。

你叫刘六根?

是的。

你是灵鹅村人?

是的。

那你认识郑和吗?

郑和?

就是三合乡政府的联防队员,别人都叫他郑三麻子。

郑三麻子!六根的脑袋像一杯被不断搅动的混混沌沌的泥浆水,忽然在这一刻安静下来。"郑三麻子"这个名字就像一袋沉淀剂,把泥沙和清水顺顺当当地分离开了。

对,就是因为郑三麻子。多年前刘六根和迟桂花被驴唇不对马嘴地扯到了一块。拍照的喊,近点,再近点——你们俩怎么回事啊?咔嚓!那是相机按快门的声音。沙沙沙!那是数钱的声音。郑三麻子把一沓钱分成了两份,一份递给六根,另一份也是你的,但那是红本子换绿本子时。

六根的寻找有了结果。一个理所当然的结果,一个六根等待的、不需要多少想象力的结果。

原来你一直在找的人就是我。迟桂花说。

我不认识什么郑三麻子。我跟你说了,我得了健忘症。六根说。

得健忘症的人是我,不是你。你早就找到了想找的人,可我居然没认出你来。迟桂花说。

我什么都不记得了,有一天我在家里翻到了这个,六根终于掏出那本证书,它在兜里已经藏了很久很久,我只想弄清楚这是怎么回事。

你当然明白这是怎么回事。我想把孩子生下来,就找到了郑和,而郑和又找到了你,事情再简单不过了。要不是那个电话和这本证书,我都忘了还有这桩事。迟桂花说着也从抽屉里拿出了一本证书。

桂花盯着证书上那张照片,照片上那个人年轻得很难想象。

这么说,我的婚姻只是一桩交易?六根问。

是的,这的确是一桩交易。但是,如果没这桩交易,迟男就没法来到这个世界。迟桂花的声音大了起来。

就算这一切都是真的,可这么多年你为什么一直没来换那本本子呢?六根的声音忽然有了一点怨恨。

这么多年来,我一直都在等待另外一本本子,但我到现在也没等到。我可能永远都等不到了。迟桂花的声音低了下去,眼睛慢慢地浮上了一层雾气。

拿掉!当迟桂花把怀孕的消息吞吞吐吐告诉操家政时,操家政就是这么说的,说得斩钉截铁。是啊,对那些计划外大起来的肚子,怎么可能有商量的余地呢?记得有回,计生办的同志好不容易逮到了一个计划外对象。可她的肚子实在是太大了,少说也有七个月吧。办事一向干练的迟副乡长终于也拿不定主意,就去找操家政商量。拿掉!操家政说。这种事还用来问我吗?操家政头都没抬。

我知道。迟桂花说。迟桂花当然知道应不应该拿掉。管了这么多年别人的肚子,临到头自己的肚子却出了纰漏。这怎么说都是件丢脸的事。桂花的避孕工作一向做得很到位。有好几次操家政性子上来等不及了,但桂花不管,再怎么干柴烈火也没用,尼姑把着门,秃头和尚就是进不了庙。可百密难免一疏,鱼儿到底还是漏了网。丢脸的不只这个,桂花居然还让这个该死的受精卵在肚子里安安静静地待了三个月。怪月经不正常?怪妊娠反应不强烈?总归说不通。丢脸啊。

迟桂花一点都没犹豫。迟桂花甚至已经躺到了乡卫生院的手术台上。乡卫生院的条件虽然简陋,可做起这种手术却绰绰有余。手术室的气味是迟桂花熟悉的,迟桂花是个负责任的干部,对每一个被送进卫生院的计划外生育对象,不亲自监督到手术的最后一道环节,不看见那一脸盆血水端出来,她都是不放心的。

阴沟一样淫荡的下体暴露出来了,连同那个丑陋的爬满妊娠纹和蓝色毛细血管的高高隆起的下腹,一只夹着酒精棉的银色镊子像湿润的舌头一样在下体游走,然后冰凉的剃须刀像一辆推土机一样爬下坡来,那一小簇被操家政赞美过无数次的阴毛一根一根地掉到水泥地上,终于,一根带着铁锈味的钢钩像撬杆一样伸了过来——

等等。迟桂花像梦魇似的喊了一声。

迟桂花改变了主意。

9

天刚透亮,六根就起来收拾行李。其实也没什么可以收拾的:笔墨纸砚(事实上没纸),散了架的《兰亭序》,几件换洗的衣服,毛巾牙刷,还有一把用了很多年的剃须刀——是退伍时李小雨送的。

每次剃胡须时,六根都会想起李小雨那双眼睛,池塘似的蓄满了水,可就是没朝外掉一滴。李小雨给六根写了三年的信,六根一直没回。男儿膝下有黄金,容不得后悔。

费时间的是墙角那堆旧报纸,因为里里外外都被六根涂上了劣质墨水,碰上去硬邦邦的,像遗了精液的内裤。但六根还是把它们一张张齐齐整整叠了起来。

六根背着军用挎包走下楼。

旅馆老板刚起床,正在刷牙。他抬起头,满嘴白沫地看着六根,你要走了?

老板显得很失望。他喜欢这个顾客,一住就是几个月,还不用打扫房间。六根每天都把被子叠得豆腐干似的,房间整理得比宾馆服务员整理的还干净。老板唯一能做的就是隔两天亲自送一叠旧报纸上去。

找到要找的人了？老板问。

是的。六根说。

迟桂花已经等在杂货店门口,手里牵了迟男。

她吵着一定要跟去。桂花带着歉意地说。

她想去,就让她去吧。六根说。

杨生姜站在柜身里面,也劝,让她去吧,不碍什么事的,店有我看着呢。

六根走上去摸了摸迟男的脸。迟男一声没吭。

桂花把一个装了钱的信封递给六根。

六根说,我不要。

桂花说,不是一开始就说好的吗?

六根说,那是我跟郑和的事,跟你没关系。要给,也是郑和给。

在街口,桂花拦下了一辆出租车。

桂花坐前排。桂花跟司机说,民政局。

六根和迟男坐在后排。

六根拉迟男的手,迟男,今天怎么不说话啊?

迟男还是没吭声。

秋深了,大街两边落满了杨枫树的叶子。还没到上班高峰期,路上人不多,司机把油门踩得很大。车过处,一些叶子就翻卷起来。

迟男忽然叫了起来,妈妈,我肚子痛。

桂花回过头看了看,这孩子,刚才不还好好的吗?

哪痛?很痛吗?六根用手乱按迟男的肚子。

要不,先去医院吧?六根跟桂花商量。

没事的。这孩子。桂花说。

我真的很痛。迟男嚷嚷得更厉害了。

就先去医院吧。六根跟司机说。

别理孩子,先去民政局。桂花说,办完事再去医院也来得及。

有什么事比孩子更重要的吗?六根的声音大了起来,听我的,先去医院!

司机猛地踩下了刹车,我到底听做爹的还是做娘的啊?

到底还是先去了医院。

迟桂花去挂号。六根抱着迟男等在急诊室。

肚子还痛吗?六根问。

我是骗你们的,我的肚子没痛。迟男说。

什么?六根有点意外。

我知道你们去干吗。迟男说。

去干吗?六根问。

去一个地方,去了那个地方后你就要走了。迟男说。

……

我不想让你走。迟男说。

迟男还小,迟男不懂。六根说。

谁说我不懂,我什么都知道。我爸没死,那个舅舅就是我爸爸。可他不好,他抛下我和妈妈走了。迟男说。

叔叔要是你爸爸就好了,可叔叔不是。六根说。

我妈说了,没有你,我就只能待在她的肚子里。是你给了我生命,你才是我的爸爸。迟男说。

这个时候,六根忽然听到了身后的抽泣声。

一扭头,就看见了泪流满面的迟桂花。

10

一个天朗气清、惠风和畅的日子,六根雇了辆卡车,带着迟桂花、迟男还有大病初愈的杨生姜,回了趟灵鹅村。

六根回村主要做两件事。

一件是帮迟男圆梦。明年迟男就要上小学了,迟男一直想知道那么好吃的香榧是从哪一种神奇的树上长出来的。在村口的老香榧树前,六根给迟男拍了很多照片。当然,六根也给迟桂花拍了,还有杨生姜。

另一件事是处理家里的财物。相比之下,这件事并不重要。

六根把山林田地包括毛竹啊茶叶啊香榧啊都转包给了村主任刘浪(要的人很多六根有点为难,最后还是杨生姜决定的。

杨生姜说,以后总还有事要碰到刘浪的,留条后路吧,而且给了刘浪别人有意见也没意见了。到底是书记的女儿啊,六根想),屋里的鸡啊鸭啊猪啊狗啊猫啊蜜蜂啊野猪啊(除了迟男看上的那只花猫和那只克蛇龟)都打包卖给了堂哥刘大根(六根离开那段日子多亏大根老婆照看着),还有号着"刘记"或者"六根"字样的家当,大到风车、稻桶,小到盘碗瓢筷也都半送半卖地给了村里人。

搬东西时,村里人围在旁边七嘴八舌地问,

六根,你干吗去啊?

六根,你发横财了?

六根,首长女儿给你回信了?

六根不紧不慢地一一回答着他们的问题。

六根说,我要搬到城里去住。我没发横财。我这种人能发什么横财?我办了个写字培训班,我现在写写字就能挣钱了。

六根说,我不是"大麦屁",我没骗你们,部队首长的确想把女儿许配给我,如果那样我还可以提干呢,但我不想像我爹那样做倒插门,所以我就回来务农了。首长为什么喜欢我?我现在总算明白了,因为他喜欢我的字。

回答完这些后,六根给空荡荡的屋子上了锁。在跨上小卡车时,六根对全村人最后补充了一句。

还有更重要的呢,六根说,我找到我的老婆迟桂花了。

打白竹

光绪三十三年十月,嵊西乌带党首领裘文高,会同仙居郑万枝等,率义勇二百余人自仙居至嵊县白竹村宿营,筹划攻打嵊城。清军派管带刘庆林、哨官杨泰华率兵前往镇压。裘文高派部分人员身穿清军号衣,混入清营。然后内外夹攻,击毙刘、杨两头目和士兵共八人。清军败回县城,数日不开城门。

——《嵊县志》

有句老话,叫妻不如妾,妾不如偷。

老话一句是一句,不会错。我没老婆,一直没。之前没,之后也没。之前是不想娶,娶老婆干吗?我对我爹说。娶老婆干吗?那你不娶老婆又想干吗?我爹那个急啊,你不为自己想,可你得为爹想,得为你爷爷想,得为你爷爷的爹、爷爷的爷爷想,得为你的祖宗十八代想啊。我爹一急,瘦猴脸上就会绽出一根根青筋,多得就像我的祖宗十八代。可是,我爹的爹、我爷爷的爷爷、我爷爷的爷爷的爷爷跟我有什么关系呢?我又不认识他们。当然,我是认识我爹的。他看上去挺可怜,那一根根青筋把他的瘦猴脸搞得跟他的小腿肚似的。事实证明,我不是捡来的,我的确是我爹生的。因为我也有张瘦猴脸,跟我爹那张就像印版印出的一样。还好我的小腿肚没跟着脸像。我爹的小腿肚胀鼓鼓的,里面爬满了绿莹莹的蚯蚓,很丢人。出于同情,我在嘴上应承了我爹,好的好的,娶一个就娶一个吧,又不是要阉掉做太监。一样是出于同情,我在私底下替自己关了肚肠门。像我爹一样生个儿子,一把屎一把尿地养他,然后让他像我同情爹一样来同情我吗?除非把我的脑袋翻个面!我爹的确是死不瞑目啊。但终于还是瞑了,是我在合棺前把他给瞑上的。在这之前,我咬了咬他的耳朵,爹啊,我没妻没妾,可我有很多相好。

我的确有很多相好。她们就像收镰后被遗弃的稻头,星罗棋布在白竹村周围的村堡里。赵宅的杨月桂、李庄的柳小满、张村的吴菊花、蔡家湾的李小娟、施家岙的施银钗、眠牛弄水库的孙水琴,当然还有甲秀坂的夏水荷。听听名字你就想象得出她们的模样,可她们的命都不好,按瞎子的说法是命硬克夫。作为仁义之地忠烈之乡,她们只能老老实实在家守着死鬼男人的木主。就像寺庙里供奉的水果,男人们看在眼里,馋在心里,但是,不行,万万动不得。我可没那么多讲究。既然菩萨不吃,那我还谦让什么？就只是伸伸手,梨、苹果、水蜜桃都到了我的嘴里。果然,梨很脆,苹果很香,水蜜桃都快熟透了。

但我也有我的禁忌。比如,白竹的赵二娥我就不碰,所谓兔子不吃窝边草;比如,今天吃了梨,苹果和水蜜桃什么的就得留到明天;再比如,这个村里找了杨月桂我就决不再找李月桂孙月桂什么的。

跟我爹一样,我也是个阉鸡的。所不同的,我爹半路出家,而我不是。我从小就干不了农活,碰到锄头柄就脚酸手软眼冒金星。我爹说,行行出状元,你就跟着我阉鸡吧,这是命。果然是命。没几天工夫,我爹在我跟前变得笨手笨脚了。于是我理所当然地就接过了爹的家当。我爹的全部家当就是一块褡裢,平时就褡在肩上,一前一后晃荡着两个口袋,后面用来装铜钿,前面装了阉鸡用的工具:一刀一钩一绳。刀很利,钩很长,绳子就是一根带活扣的棕丝,都是细得不能再细。老实说,这的确不是我爹那双长满老茧的手干得了的活。

天蒙蒙亮时,我已经踏着露水出现在村口。因为"阉"字不雅,老祖宗传下来时立了规矩,这门手艺是动手不动口。其实根本用不着吆喝,我只要在村子里转上一圈,然后回到村口那棵大槐树下等着,生意自然上门。树下有现成的青石条。我点上烟。为什么所有村堡都会有这样一棵该死的大槐树呢?我想不明白。很多问题我都弄不明白,比如,为什么每个村都会有一个等着我的寡妇?每次我这样犯迷糊时,墙角就会准时闪出一个骚抖抖的女人和一只倒霉的公鸡。我把刀钩绳取出来咬到嘴里，再把褡裢翻个面铺到膝盖上，第一笔生意就接手了。鸡到了我的手上后忽然安静下来，装腔作势的挣扎变为乐颠颠的战抖。这个时候，我总会想到那些女人。我不急，一点都不。鸡一样，女人也一样。鸡爪已被布条缚住，就像门上了闩。我的大腿稍稍一用力就夹住了翅膀，那是它们的胳膊。这些肚脐下的绒毛就像衣裤鞋袜，只会妨碍我的活，当然得先除掉。我轻车熟路地找到了那个地方，对，就是这里。我的刀子早已经亮出来，就等着这一刻了，现在，我可要出手了。疼？开始时会有一点，之后就好了。忍一忍吧，我还没用钩子和绳子呢。太浅了，我还得深入一点，再深入一点。躺好了。你看我干吗？对，是带钩的，倒扎钩。快了，就快好了。我已经用上绳子了。现在感觉如何？舒服了吧？一个很小很小的手术，完事后连伤口都不用包扎，怎么会疼呢？

爹，鸡干吗要阉啊？第一次干时我问我爹。阉了长膘。爹说。鸡阉了之后是公鸡还是母鸡啊？我又问。不是公鸡也不是母鸡。爹说。那是什么鸡？我再问。叫草鸡。爹说。那人要阉了呢？我继续问。不男不女，就成了太监。爹终于直起了头，他干完了活，他又让一只公鸡变成了草鸡。干完活后爹的话多了起来，不知道太监吧？太监都很胖。当然，爹也没见过。太监可不是谁想见就能见的。你要坐了龙庭才会有很多太监来服侍你。为什么皇帝老儿要让太监来服侍呢，因为皇帝有很多老婆，三宫六院七十二嫔妃,全天下的美女都在那,让男人来服侍吗?我要是皇帝,我也不放心啊。我爹说到这儿,我忍不住喊了出来,爹,我也要做皇帝。爹劈头给了我一巴掌,短棺材,你想造反啊?造反可是要杀头的!

前半场戏唱好,还有后半场。热水热茶,热酒热菜,当然还有热炕头热身子。唱后半场戏时,我一般就会讲一讲草鸡、太监的闲话。她们都爱听这个,嘻嘻哈哈的,像添了道下酒菜,身体自然也更来劲了。但甲秀坂的夏水荷是个怪胎,她不爱听这个,她也不笑。你知道你说第几遍了吗?她板着脸。进门之前,她会递一块碱皂给我,把你那身臊洗洗吧。在床上时,我说,你上来吧。她说,我又不是婊子。第二天天不亮走之前,我会从褡裢中匀出一半的铜钿放在那个谁的床头柜上。铜钿叠起后细细长长的,有点扭,就像女人的腰身。有人会说多了少了,有人会装作没看见。总之两厢都喜欢。但夏水荷不,她像是跟铜钿有仇,抓起来就朝我身上砸,有多少砸多少。铜钿满地乱滚,我只得贼一样落荒而逃。

妻不如妾,妾不如偷。老话总是对的。但白竹村的炳汉老秀才说,天要变了。他懂一点三脚猫的星相。天怎么变得了?我白天阉我的鸡,晚上偷我的相好。天变不变关我什么事?但天的确有点要变的样子。先是听说广东有个叫孙大炮的跑去北京城找李中堂,要求搞个什么官当当,但中堂理都没理,孙大炮一怒之下就扯起了反旗,好像成立了个什么会,里里外外声势很大。后来绍兴府也跟着热闹起来。一个叫光汉子的混到安徽衙门里,杀了巡抚大人,还有一个半雌雄的女人舞刀弄枪地也跟着造起了反。我们嵊县也出了好几个人物,董龙岗的金发龙头、灵鹅村的牛大王竺绍康、廿八都的张伯歧,还有我们白竹村的裘文高,七党八会的,都跟绍兴那个汉子和女子有来往。但天到底还是没变。京城照旧坐着皇帝,造反依然要被杀头。据说孙大炮逃到了南洋。据说绍兴的女人被砍了头,据说光汉子的心肝被挖出来炒菜下了老酒。嵊县的几个头目也都遭了通缉,避走到了隔县外府。据说裘文高就一直躲在天台、仙居一带。

　　天没变,我却变了。有一天我忽然动起了娶老婆的念头。因为什么呢?可能是因为我老了。我的脑子开始不管用了,我的××也不再是从前的××。十五到六的,有一次我居然把李小娟叫成了柳小满,还有一次我居然把吴菊花托我买的鞋样送给了施银钗,不对,可能是把柳小满叫成了李小娟,也可能是把施银钗的鞋样给了吴菊花,反正就那么回事。本来挺得心应手的一件事,现在让我觉出了烦。另外一个原因跟小铜匠有关。那天我跟他在开牌九时因为一点莫名其妙的事闹了起来。小铜匠论不过我理,就骂开了,你个腌臢阉鸡佬,有什么可显摆的?老大年纪了怎么连个老婆也没混上?娶个老婆也算能耐?我挺恼,当时就在牌桌上搁了话,半个月内我娶回一个给你看看。

　　话搁了,娶谁去呢?手指头扳过来扳过去,我就想到了夏水荷。这么多个相好的中,就她怪胎。她不好好做我相好,难道是在盘算做我老婆?越想越觉得是这么回事。于是那天我连鸡都没阉就去了趟甲秀坂。

你跑这寻我开心啊?她上下瞧我,眼睛像个鸡毛掸子。

说正事呢。这回我有点急。

你不就图个快活吗?你以为我不知道赵宅的杨月桂、李庄的柳小满、张村的吴菊花、蔡家湾的李小娟、施家岙的施银钗、眠牛弄水库的孙水琴——她像我一样扳起了手指头。天!她二门不出的人,怎么知道得比我还清楚?

行行行,算你说得对。可我烦了腻了厌了,我现在就想娶个老婆过日子,你倒说句肯还是不肯。

这之后,她说话变得扭扭捏捏起来。闹半天,我明白了。她是肯的,但场面上只能装作不肯。所以我娶她,就得换一种方式。

不就是抢吗?我说。真是脱裤子放屁。

我找到独眼标时,他正在院子里和他的二十四结拜喝酒。大路碗里的老酒满腾腾的,一只热络络的狗只剩下了一躯骨头。那寡妇真愿意?强抢民女的事情可做勿得!阿标开始有点犹豫。但他的弟兄们黄汤落肚听到有事做,都来了精神,标哥,带上家伙吗?我赶紧说,不用不用,女方是愿意的,去抢也只是做个样子。我知道阿标有一支过山龙,束了红绸,枪管有一人高,篷一铳,五里路会去。又不是去杀人放火,带什么家伙?阿标同意了。那我也跟着去吧？我问阿标。你去干吗？你就在家等着做新郎官吧。阿标拍拍我的肩膀就带着弟兄们出发了。

后来的事，是谁都没料到的。中午时分，阿标他们回来了，没带回夏水荷，却一个个鼻青脸肿的。事后据阿标的一位兄弟说，本来事情挺顺当的，夏水荷哭也哭了闹也闹了，终于在众人的围观中被塞上轿。眼看就要出村，谁知半路上却杀出了个程咬金，就是甲秀坂的武生，当时担任乡团团董的宋保兴。他横在大路口把轿子给拦下了，小小一个白竹村，青天白日敢来撒野，当我们甲秀坂没人吗？乡团一拥而上，双方就动起了手。阿标他们势单力薄，又手无寸铁，面对越聚越多的甲秀坂人，只好掷下花轿，狼狈而回。我真的没想到会闯出这么大的祸。早知这样，给我十个胆我也不会去找阿标的。我就上去劝阿标，标哥，你消消气吧，都是我不好，我不要那女人了。什么女人？阿标本来一声不吭地蹲着，这会忽然像铳伤野猪似的暴了起来，这儿没你事，阉你的鸡去吧！现在，是我阿标跟宋保兴的事了。

我知道阿标不是一个打落牙齿往肚里咽的人。我还知道阿标有一支过山龙，束了红绸，枪管有一人高，篷一铳，五里路会去。我一直担心闹出人命案，但蛮七蛮八的阿标却想出了一个文文气气的让宋保兴难过的法子。白竹和甲秀坂在甘霖和石璜中间，白竹人赶甘霖市得过甲秀坂，甲秀坂人赶石璜市得过白竹。第二天正好是石璜市日。近晌午时，阿标带上人在村口的路廊里设了伏。等甲秀坂人赶集回来，阿标是两只手捉蟹，来一个捉一个。捉到村里后,该吊的吊,该打的打,嘴犟的还被沉了粪池。被捉的要问缘由啊,阿标答得干脆,去问宋保兴。当天夜里,两边都挺热闹。那边宋保兴家被村人围了个水泄不通,骂的骂,吵的吵,砸的砸,打的打,宋保兴光着屁股在街上过了一夜;这边阿标和他的二十四结拜扬眉吐气地喝了顿酒,吃了裘阿根家一只狗。恶气是出了,可事情却越闹越大。第二天宋保兴去甘霖找了师傅赵诗高,赵诗高又去县城找了县令秦家穆。阿标遭了通缉,县令悬赏三百大洋,罪名是私通盗贼,图谋造反。差役来捉,阿标星夜逃出了白竹村。

　　造反,造反可是要杀头的,阿标哥被我害惨了。他老娘天天哭,哭着哭着就把眼睛给哭瞎了。我的日子也不好过。我天天心惊胆战地挨在家里,等着差役来捉我。罪名是私通盗贼,图谋造反,跟阿标一样。这事因我而起,不捉我捉谁呢?我生了场大病,瘦猴脸更瘦了。因为我的缘故,周围村子里的公鸡耀武扬威了好一阵。本来它们在学会打鸣之前就得变成草鸡,现在倒好,它们都学着在半夜三更打起了鸣,但差役一直没有上门。

　　阿标逃走时背走了那支过山龙。我说过阿标不是一个打落牙齿朝肚里咽的人。果然,那年麦黄时节,阿标背着过山龙回来了。阿标不是一个人,他带回了蟒蛇样的一大队人马。有多少人?曹操兵马八百万,想过一座独木桥,一个,两个,三个——黑压压的,数也数不过来。阿标扛着过山龙耀武扬威地走在最前面,之后是裘文高,裘文高之后是一个鲁智深,后面的人举五色旗,都穿了黑色对襟短衫,中间一个白底的"义"字,都扛了家伙,有五发套筒、土制双转筒两发头、独响枪和土铳,再后面队伍就有些七零八落,衣衫不整不说,操的武器是板叉、斧头、钩刀,锄镰钉耙,什么都有。据阿标讲,他逃出白竹后就去找了裘文高。他知道裘文高跟宋保兴是死对头,乌带党中"文高道卫"的陈道卫就是宋保兴杀的。果然文高对攻甲秀坂杀宋保兴很有兴趣,但他却是空口讲白话,手头连一兵一卒都没有,于是文高就带了阿标去找东阳九龙党的大开和尚。据阿标讲,大开和尚是个酒肉和尚,他力大无比,能"举臼当帽,掌磨作扇,捏竹如泡",听到攻打号称浙东粮仓的嵊县县城他来了兴趣,可问题是他也刚刚吃了败仗,手头只剩下了十几个徒弟。据阿标讲,事情来得凑巧,当时正好仙居佬借道大盘山准备攻打东阳县城。文高和大开就去找仙居佬商量,但仙居佬对宋保兴和嵊县县城都没兴趣。七拉八扯的不知怎么就提到了嵊县绿营管带刘庆林,仙居佬忽然就来劲了。刘庆林?我倒想去会会他!原来仙居佬跟刘统领有渊源,从前两人一块带过兵,打下了半个台湾,阵是仙居佬排的,功劳却被刘统领独得了。于是仙居佬就放下东阳城来打嵊县县城。据阿标讲,仙居佬的人马本来也没这么多,一路开过来,田坂里的人听说到嵊县去吃大户,都掷下了田稻,连烧炭佬也大钩刀拿拿跟来了。据阿标讲,义军经南山八宿屋,夜驻蔡山湾,本来是计划第二天先吃掉甲秀坂然后攻打县城的。但那天早上,他们一马平川开到剡溪南岸,却出了点小问题。由于前几天发大水,江面上的木桥被冲毁了。没办法,只好原路折回,绕道石璜过白竹攻打甲秀坂。一来二去,等部队开进白竹,已是中午时分,只好驻下吃饭。文高在路上发了不少的狮象图,陆续有乌带党徒操着家伙从四方赶来,上于的张立民还扛来了一箩筐炸药,队伍又壮大了不少。文高当然不想把战场摆在家门口。队伍刚开进村,就发生了偷鸡摸狗的事,村里人都来找文高理论,文高很恼火,却又发作不得。正在这时,探子来报了,刘统领带着人马已经从甘霖开向甲秀坂,新昌的凌统领带部也正在朝嵊县进发。在阿标家的院子里,文高与仙居佬发生了争执,文高主张速战速决,攻入甲秀坂,而仙居佬则主张就地布阵,以逸待劳。没人帮文高讲话,连阿标这样的外行也认为仙居佬到底是打过台湾的,行军布阵有一套。箭在弦上,不得不发。于是,村前屋后的风水树、居家竹被砍倒了,村子里所有的桌椅、水车、稻桶都被搬了出来,所有的棉被都搜出来泡浸到了水里,祠堂、土地庙、沿村的房屋的墙壁都被凿开了,瓦屋顶被掀掉了,所有的铁锅被挖出来做了盾牌。仙居佬随机应变,就地取材,布下了著名的"长蛇阵"和"蜂窝阵"。下午三点光景,刘统领骑着大白马,挥着指挥刀,带着队伍冲了上来,看看近了,仙居佬一声令下,枪声像锅底的竹节一样噼里啪啦响了起来。就这样,计划中的打甲秀坂变成了打白竹。

阿标说半个台湾都是仙居佬打下来的可能没吹牛。仙居佬后来又布了疑兵阵,用了火攻,把刘统领的队伍打了个落荒而逃,刘统领本人也被砍下了脑袋。仗是打赢了,可白竹村却遭了殃。仙居佬带来的兵趁乱劫了财劫了色,烧村董裘阿根那把火也蔓延开来殃及了大半个村。一仗打下来,村堂变成了瓦砾堆,几个小脚老太婆逃不及,也被烧死在里头。本来说好取了甲秀坂再攻嵊县县城的,仙居佬得了刘统领报了私仇借口攻打东阳城连夜开拔了。大开和尚死了几个徒弟又打不成嵊县县城,也计划走。裘文高没报成仇,反倒引狼入室在家门口开了战场,很没脸面,只得跟着大开溜了。阿标本来挺兴高采烈的,像是立了头功。别人跑来告诉说,自家屋子被毁了,瞎眼老娘也被烧死了,这才清头过来,没命地向回跑。

仗打起来时,很多人都朝村外跑,我没跑。我目睹了打白竹的整个过程。阿标带着仙居佬入村时跟我打过招呼,兄弟,我替你报仇来了。报仇?我跟谁有仇啊?是宋保兴吗?好像不对。可我难道是个局外人吗?也不对啊。整桩事情,前因带后果,一环扣一环,不都是因我而起的吗?可我又做错了什么?我不就想娶一个寡妇吗?我为什么就不能娶一个老婆呢?人家不都有老婆吗?

打白竹是光绪三十三年秋天的事。那之后我就放弃了阉鸡这门手艺,我重新握起了锄头柄。奇怪的是,碰到锄头柄后我脚不酸手不软眼也不冒金星了,我把我的一亩三分田拾掇得很地道。阿标被抓进去又放了出来,因为他疯了。他看见我总是呵呵地笑,兄弟,我替你报仇来了。裘文高一直逃亡在外,因为打白竹的事他成了全村人的仇人。他是个孝子,总记挂着家里的老娘,时不时潜回家探视,又不敢在家过夜,只得露宿野外。盛夏时为免蚊咬,他全身用沙覆盖,仅露朝天鼻眼,在沙滩过夜。为防不测,他还毁坏了自己的脸。但终于还是被告了密,于三十四年春被砍了头。世道反反复复的。先是宣统皇帝下了台,造反的孙大炮上了台,不叫皇帝叫总统了,县太爷也改叫知事,后来孙大炮不知怎么的就把位子让给了袁大头,袁大头不想叫总统又要叫皇帝,孙大炮就又起来造反。白竹村安安稳稳的,没人再对这些感兴趣。造反?造反总是要被杀头的。我也一直安安稳稳地待在白竹村,春播秋收。我还养了一院子的鸡。公鸡,母鸡,但没有草鸡。我再也没起娶老婆的念头,我把我的那些个相好都给忘了。赵宅的杨月桂、李庄的柳小满、张村的吴菊花、蔡家湾的李小娟、施家岙的施银钗、眠牛弄水库的孙水琴,但我还是会想起甲秀坂的夏水荷。她后来嫁人了吗?她的日子过得咋样?当然,没人来告诉我这些。

有一年,村里来了一个年轻的阉鸡佬。他一进村就吆喝开了"阉鸡了阉鸡了——",听口音不像是本地人。像我一样,他在村口大槐树下的青石条上开始了他的生意。我有点兴奋地坐到了他的旁边。我没有看见那块熟悉的褡裢,替而代之的是一块皮革做的围裙,这让他看上去像个杀猪佬。他的嘴里叼了根烟,烟灰长长的,随时都会掉下来。鸡在他的手里死命挣扎。他没给鸡褪绒毛,直接就下刀子了,刀口很长,然后他把他的食指很愚蠢地伸了进去。

　　小子,鸡可不是这样阉的。我真想跟他说上这么一句。

　　但我没有。

合 欢

  赵小丽长了俩酒窝。来幼儿园接孩子的家长，都爱多看她两眼。赵小丽没觉出什么不对，她就是这样被别人看大的。搭班的黄老师到底忍不住了："赵小丽，你真不知道自己长了对酒窝？"赵小丽把眼睛睁得大大的："黄老师问得奇怪，酒窝长在自己脸上，我怎么可能不知道呢？"黄老师说："你只知道自己长了酒窝，却不知道那对酒窝能醉死人，还不等于不知道？"

  黄老师是个直肠子，赵小丽第一次听她把话说得这么绕。办公室里很安静，小朋友都已午睡，只有空调像怪兽一样嗖嗖地吐着冷气。赵小丽看了看窗外，园子里的那棵合欢树又开花了。"黄老师，你说笑了！"赵小丽继续埋头写她的备课笔记，一脸的波澜不惊。黄老师就急了："谁说笑了？！是男人都会想着跳下去试一试冷热深浅。我要是男人，我就一头扎进去淹死得了。"

黄老师没事就爱直勾勾盯着她的脸看,这倒是真的。就隔了两张办公桌,香炉对着蜡烛台。赵小丽开始觉得别扭,但黄老师人好,对她没恶意。天天看,也就习惯成自然了。

赵小丽并没把黄老师的话放心里。但当晚临睡前用洗面奶洗脸时,她还是忍不住多看了一眼镜子。没什么啊?不就一对酒窝吗?说难听点是脸上长了两个小窟窿,能淹死人?又不是太平洋!赵小丽不相信。

脸洗好之后是头发,头发完了才轮到洗澡。就不能洗澡时一块洗脸洗头发?不行。"你真是个怪胎——不过搞艺术的凡事不同常人!"刚结婚时,他是这样说她的。后来,他话说简单了——"怪胎!"再到后来,他不说了,看见了也像没看见。老夫老妻的,谁还说这种废话?其实她小时候就这样。刚在痰盂里解了小便,才穿好裤子,她又喊开了:"外婆,大便!"别人都恼她。但外婆不恼:"大小便分得清爽,长大了才是正经女人!"她没跟谁提过这事,想到一次就会偷偷地笑一次。"正经女人",外婆可真会找词。

热水龙头拧开后,她就在外间一件一件地脱衣服。再热的天,她也洗热水澡。一整天神经都绷得紧紧的,只有泡了热水,那些毛孔才能个顶个花一样绽放。她看见了镜子里的那个人。她用毛巾小心地擦了擦镜子。这躯一丝不挂的身体是谁的?她当然不是别人的,但是真的是我的吗?她看见镜子里那个人用手(分不清是左手还是右手)抓了抓小腹,没有多余的赘肉,但是皮肤松弛了。她看见那个人又用手(现在是两只手)托了托乳房,也许它的形状没变——一对带蒂的柠檬,但是已经散了架,只能靠手或者带骨架的文胸支撑着。那对挺在衬衫底下的骄傲的乳房到哪去了?以前,她总觉得文胸这东西滑稽而又多余,但是青春会逝去,就像歌里所唱的,"我的青春小鸟一样不回来"。于是骄傲的乳房下垂了,琴弦一样绷着的皮肤松弛了,只留下个内心空空落落,一片荒凉。记得上个周末开同学会,又有不止一个男同学夸了她的身材。她看上去还是那么的无可挑剔,甚至更美了,因为比少女时多了一分调理后的韵味。但它是虚假的(至少也是半真半假的),靠着化妆品和一身穿戴,其中就包括那只有骨架的海绵文胸。虚假的身体。她想。但是,他们永远都不可能接触到我真实的身体。她又想。等等,他们不知道,但是,他知道。她想到了他,而不是他。这是否意味着,他比他更重要,对她来说?这样想时,镜子里的那个人笑了一下。于是她又看见了那对酒窝。嘲讽的酒窝。

里间已经雾气腾腾,她暂时地离开了镜子里的那个人。她走进去,把身体藏匿在雾气里,然后开始一点一点地调试那只冷水龙头。

她又忘了拿睡衣。这事像在她梦中发生过很多次。她想喊他,但只是转了转念头。他把自己严严实实地关在书房里上网。你把门敲破他也听不见。以前不是这样的,以前只要她在里面发出一丁点儿响声,他就会像只警觉的兔子一样跑到她跟前。

但现在不是以前。女儿都上小学了。所谓婚姻,就是两个人听觉、嗅觉、味觉慢慢钝化的过程。她想。

她裹了浴巾从浴室走出来,忽然就有点恍惚。

她不是走在家里,而是走在另一个房间里。束了头发,裹了浴巾,穿了宾馆一次性的拖鞋。他正在床上等着她。当她从卫生间走出去,他会悄无声息地靠近她,并试图解她的浴巾。这个时候,她总会及时提醒:太亮了。于是他走过去拉上厚厚的窗帘,又走回来拧亮床头灯。在她走进房间之前,那层薄薄的纱窗是拉着的。隔着透明的纱窗,能看见那条熟悉的大街,阳光明媚或者雨雾迷蒙,来来往往的车辆和行人,在那些陌生的面孔中间阴险地夹杂着几张熟悉的脸。现在好了,房间已裹上了厚厚的外套,那个世界和那些窥视的眼睛已经被阻隔在窗外。白日的黑夜。这是另一个世界,从日常生活中抽身而出的房间,游离于时间和空间之外的白日梦。于是,她自己解开了浴巾。在这个白纸一样的世界中,面对另一躯赤裸而又真实的身体,任何身体之外的东西都是多余的。她为什么每次都会说"太亮"呢?房间并不亮,即使不把厚窗帘拉上,别人也一样看不见他们。他是这样解释的:与昆虫相反,爱有避光性。爱只能是隐秘的,当它一旦面对大众,进入日常生活,就成了婚姻。

换上睡衣,回到客厅,她在CD机上放进一张碟。梁静茹的《宁夏》,正是当下流行,旋律简单得一塌糊涂。暂时逃离大师们那一张张古板严肃的脸孔,通俗一会儿,好听一会儿,没什么错的。他真的在书房吗?如果没在上网,那一定在上厕所,卫生间要再没有,那他一定是出去了。驴友、网友、乐友、车友,他有满世界的朋友。她想去证实一下,但只是转了转念头。在怎样?不在又怎样?他有他自己的世界。有次她出门提早回家,蹑手蹑脚地上了楼,书房的门虚掩着,他在打电话。她正好听到了一句:"天凉了,多加件衣服。"原来他依然有温柔,只是给了别人。她站在书房外面,一片茫然。他当然不知道她在,他继续温柔无比地与另一个人通话,但她一句都没听进去。她不知道该怎么办。她的大脑大概空白了有一分钟。她重新蹑手蹑脚地下了楼,再次爬楼时她把脚步声弄得很夸张。"呵,今天这么早?"他破天荒从书房迎出来,笑容可掬。后来她从他的手机里找到了那个号码,省城的同学马上给了她回应,说是一个年轻女子,在银行上班,声音很嗲。"还要更详细的情报吗?"同学问。她赶紧说:"够了。"再详细又怎么样呢?过了一段时间,他去了趟省城,说是办点事。下午去,第二天早上才回。结婚这么多年了,他是从来不在外面过夜的。他居然还给她带回了一件礼物。蹊跷,反常,明显的做贼心虚。但她已经没勇气再去深查了,她主动给他找了一千条理由。

赵小丽倚在窗口看那棵合欢树。合欢树开花了。她看见合欢树开花了。这是两回事。赵小丽已经看了它十年。同样的姿势:两腿微屈,身体斜倚在窗台,双手托着腮帮。一个少女时代的姿势,一以贯之了十年。合欢树也看了赵小丽十年。十年前(那时她刚刚幼师毕业)树长什么样呢?赵小丽想不起来了。那时它应该还很小很小。它是怎么长高的呢?谁都没看见它在长,它像是根本就没长。但它确确实实在长,每一天都在长。在赵小丽的眼皮底下,合欢树偷偷摸摸长了十年,现在树冠已经高过一楼。一天一天,一星期一星期。时间是个胆大心细的窃贼,一眨眼工夫,十年不见了。仿佛做了个短暂的梦,等醒过来,青春也就成了过去式。

去年合欢树刚开花的时候,她给他发了条短信:"合欢树开花了!"她觉得只有他才配分享这份秘密的喜悦。他没见过合欢树,他甚至不相信她们园里有合欢树。发短信时合欢树就在她的眼前,但她却找不到合适的词语来描述,她只给他回了两个字:"很美!""怎么个美法?"他问。合欢树在风中摇曳,随着日光而变幻,她是那么的妖艳,又是那么的端庄。最美的事物总是无法描述。"你找机会自己来看吧!"她说。没想到他真的来了。站在教室门口,喊她赵老师。他一直都在她的短信里,但是现在他站到了她的面前。教室里只剩下三五个小孩,可她觉得满世界的眼睛都在看着他俩,她满脸滚烫。"你怎么来了?"她这样问时,他还不是他。"来看合欢树啊!"他这样回答时,他就成了他。院子里人还很多,一样恋物的小孩、耐烦和不耐烦的家长。他其实是来接他外甥女的。他外甥女在滑梯上爬上爬下,玩得正欢。那棵合欢树就在滑梯旁边。树只是树。他们站在一边,看着他的外甥女,看上去就像一对家长。不时有家长过来喊她赵老师,她的脸一直红着,她觉得有点别扭,但是又舍不得离开。那天他很意外地穿了件白衬衫,比以往任何时候都显得帅气。"白马王子",她脑子里冒出了这个词,一个被别人用滥的词。太俗气了吧,无论如何都不该是她用的,而且是用来形容他。但是没有比这个更确切的了。现在,他离她是那么的近,却又是那么的远。"咫尺天涯",又一个用滥的词。她突然想起了他的一句话。那次春游回来,他说了一句莫名其妙的话:"你跟他走在一块,真是般配。"她的心像被针扎了一下。在这之前,她见过他几次,也许彼此都有好感,但也仅此而已。她从来没敢那样想过。因为他是他的朋友,他有他的她,而她也有她的他。每一个琴键在键盘上都有固定的位置。这个黑键靠着的是这个白键,那个白键紧贴着的是另一个黑键。

　　传达室的老头准时拉开了大铁门,开始有小朋友三三两两出现在楼梯口,她离开了窗口。

　　黄老师又迟到了。她从楼梯上面进了办公室,找到自己的椅子坐下,喘着粗气,一声都没吭。往日她来上班总是眉飞色舞的。一夜没见,她会像只檐滴下的七石缸一样,积下很多话的。赵小丽给她的杯子加了水,又加了自己的。她的眼圈黑得像大熊猫,看来一宿没睡。赵小丽没问。赵小丽等着。果然,黄老师憋不住了。

　　"没良心的!"

"不要脸!"

"什么东西!"

"他不臊,我还替他臊呢!"

看着差不多,赵小丽就插了一句:

"你骂谁呢,黄老师? 谁惹你了?"

"还能有谁? 真是气死我了,这个老东西!"

赵小丽猜得没错,黄老师又跟她老伴吵架了。

"你是在骂戚叔叔吧? 他可不显老,他年轻着呢。"赵小丽说。她认识黄老师的爱人。一块吃过饭,聊过天。原来好像是那个文化部门的副局长,前两年刚退下来。

"年轻个屁! 天天就知道折腾,可折腾来折腾去的,折腾半宿也软不拉几的,还年轻?"

这话赵小丽没法接口。赵小丽对他印象挺好的,温文尔雅,幽默风趣,属于那种让人喜欢的长辈形象。跟他在一块不会让人觉得生分。他爱开个玩笑,但绝对是点到即止,很有分寸感。

"他在家折腾也就够了,可他居然还想到外面去折腾。"

"赵小丽你知道他去哪了吗? 他去了——天上人间!"

"去了也就去了,可你知道他还干了什么吗?"

赵小丽及时回了一句:"戚叔叔知书达理——"

"知书达理个屁!"黄老师抢了她的话,"他干吗了? 他找了个小姐。"

"不会吧?"这回赵小丽是真的有点不相信了。对了,赵小丽与戚叔叔不但一块吃过饭,聊过天,她还跟他跳过舞呢。"赵小丽,在干吗呢? 一块出来跳舞吧,别闷在家里了。"黄老师给她打电话。跳舞? 赵小丽不想跳。她已经很多年不跳舞了,反正结婚后就没再跳过。"算了吧,我不会跳舞!"她推辞。"也不一定跳,就出来看看吧!"黄老师说。拗不过,她就去了。舞在广场跳,都是些老年人。没想到戚叔叔也在。赵小丽当然会跳舞,而且跳得很好。戚叔叔很绅士地伸出手邀请她。黄老师说:"既然来了,就跳跳吧!"于是就跳。戚叔叔的动作略微有点僵,但那是跟年轻人比。第一个跳了,第二个就不好不跳。第一次去了,第二次也就不好不去。戚叔叔跳得彬彬有礼,他总是先跟赵小丽跳一个,再跟黄老师跳,再又是赵小丽。这么一个有长者风范的人,很难相信他会做出什么出格的事情。

"什么不会? 我妹子隔壁那家的二姑娘那晚当班,看得一清二楚。他喝得醉醺醺的,居然在走廊上搂着那小姐亲嘴。"

黄老师在说,赵小丽在听。

"他以为他是谁啊? 还去找小姐,让他搞他搞得动吗?

"除了自己老婆,谁会陪他那样瞎折腾?

"赵小丽,你知道他在床上怎么折腾吗?"

赵小丽听着听着,觉得有点不对味,但黄老师刹不住了。

"别看他平日道貌岸然的,在家里整个一变态。

"我是怎么待他的? 他让我做什么我就做什么。

"他让我穿上那件睡衣,我就穿上那件睡衣。"

赵小丽的心咯噔了一下。她有一件天蓝色的睡衣,是跟黄老师一块买的。后来聊天时黄老师提起过,她也买了一件。她当时心里还笑,黄老师要穿上那睡衣,像个什么样?

"他让我叫他戚叔叔,我就叫他戚叔叔。"

赵小丽的汗毛竖了起来。

"他不但让我叫,他还让我应。他叫——"

黄老师猛地刹住了口。她看着赵小丽,脸忽然红了。

赵小丽跑出了办公室。她把一筷子青菜放进嘴里,慢悠悠地嚼着,忽然,在她筷子伸过去的碗里,在一片青菜叶上,她看见了一条蛆虫。当她发现它时,那条肉嘟嘟的蛆虫停止了蠕动,它抬起头看着赵小丽。关上卫生间的门后,赵小丽开始伏在水槽里呕吐。早上刚吃下去的两只肉包子出来了,一根油条出来了,半碗豆浆出来了,昨夜吃下去的那一只苹果出来了,一瓶牛奶也出来了。但是,那条雪白滚壮的蛆虫,还在她的胃里一蠕一蠕。

晚上上完两节钢琴课后,赵小丽换了身衣服,就来到操场。

操场在市中心,傍着丽湖,它的东边是所学校,西边是家医院。原来叫体育场,市里在新区建成新的体育馆,这边就被废弃,操场又成了操场。

赵小丽来操场跑步。来操场的人是一天比一天少了,那些人都去了健身房。在健身房不但可以锻炼,还能被人欣赏。但赵小丽还来操场。赵小丽已经跑了很多年,差不多天天来。别人都夸她有毅力。赵小丽笑笑。其实这根本不是毅力不毅力的问题,赵小丽是跑上了瘾。不骗人,跑步也会上瘾的。一晚上不来操场,赵小丽就郁闷。

日子有很多种过法。有多少种分法,就有多少种过法。对有些人而言,例假来了,又是一个月。对更多人来说,双休日过去了,又是一周。而赵小丽觉得她的日子是一天一天地在过。步跑好了,往回走,日历就撕去一页。日复一日,生活就像一台吐纸的复印机。

但是,当她跑着的时候,她会忘记这一切。她的耳边只有风声。圈的概念没了,生活的慢感觉不到了,那台一张一张吐纸的复印机也看不见了。一圈和另一圈是连着的。现在她的脚下没有生活,只有400米标准跑道。跑步不但会上瘾,跑步还有快感。跑着跑着,脚离开地面,整个人就飘起来,轻得像一张纸,轻得像空气,轻得就像轻本身。"飘",或者"飞",还有"晕"。这些词都适用,适用于跑步,也适用于做爱。看来快感与速度有关。速度能对抗时间?

她终于慢了下来。她继续沿着跑道走。脚一落到实处,桂花香就飘过来,浓得能把鼻子都塞住。花是旁边校园里的。现在是桂花,夏天的时候就是栀子花。另外一个季节,也许就是合欢。是什么花并不重要,关键是香气。当她闻到香气,就会感觉到操场的静。远处变幻不定的霓虹灯,东方大酒店顶上那盏扫过来又扫过去的探照灯,她都看到了。堤岸上传过来的若有若无的卡拉OK的喧哗声,旁边工地上连夜作业的机器的搅拌声,大街上来来往往的汽车的喇叭声,她都听到了。但它们都被挡在围墙外面,它们在围墙之外陪衬着操场的静。在骚动的城市中间,在灯红酒绿与花天酒地的夜生活的腹腔里,操场像一只空荡荡的胃,保持着旧时代的贞操。操场安安静静地待着,静得就像只属于她一个人。操场每天都在等待,等着她来享受一天最好的时光。

以前,这个时候,她会给他发短信。他们不打电话,一直靠短信联系。有次,一桌子的朋友聚餐,都带了家属小孩。她与他像两个叛徒一样混杂在中间。杯盏间聊起男女之事时,提到了短信。有人说,男人总发短信不正常。又有人说,手机攥在手心一刻不离的男人一般都有问题。有个女人惊叫了一声:"天哪,我老公最近手机碰都不让我碰一下,以前可不是这样的。"于是彼此就相互检举揭发,笑声都掀翻了桌子。她听得心惊肉跳。他夹在中间笑,但脸部肌肉明显有点僵。在一块时他说过,回家前的第一桩事情就是删短信。男人都粗心,落手机、忘删短信的事不可能不发生。之后,她就很少主动给他发短信了。

之前他是从来不发短信的。有事打电话啊,三言两语,多干脆。记得她第一次给他发短信时,他还不知道怎么回复呢。她清楚地记得那条短信的内容——"阳光明媚的下午,心情还好吗?"就这么一句话,她在脑子里过了不止十遍。那天是周六,她一个人呆坐在客厅,整个下午都在犹豫要不要给他发短信。

两周之前有人组织了一次野营。五六个家庭,围着篝火喝善酿、咖啡、铁观音和果珍,吃狗肉、烤羊肉串、方便面、压缩饼干和馕。一直到火苗幽了,话语稀了,才分头钻进帐篷睡觉。但她睡不着。睡袋里挤了三个人,很是燥热。男人们的呼噜一个跟着一个起来。挨到后半夜,她忽然想到了星星。穿好衣服,钻出帐篷,一抬头,果然是满天星斗。但她没想到,那个时候他还会在篝火边。火堆里的炭火已经七零八落。于是他们重新燃起了篝火。这还是他俩第一次单独在一块聊天,他们都感到意外。意外于话语中的那种坦诚,意外于不设防带来的那种投契。在看似美满的家庭生活背后,他居然有着与她一样荒凉的内心。幽蓝的火苗像舌头一样一次又一次地舔着对方的伤口,他们说了很多很多的话,他们的身体也因此有了微妙而又暧昧的接触。第二天天刚亮,有人就吵起来了,于是男人拆除帐篷,女人收拾行囊,同一辆面包车返程回家。她与他回到了和谐的小家庭中,小家庭又组成了一个交响乐似的大家庭。一对离家出走的黑键和白键,很自然地就在琴座上找到了原本一直待着也是今后一直该待的位置,后半夜的篝火仿佛只在梦里燃起过。但是,不是的。她心如止水的生活被打翻了,就像一阵春风吹过,荒凉了很多年的山冈重新长出了青草。她开始有了莫名的期冀,她觉得自己又回到了少女时代,但他一直都没跟她联系。她从他的手机里找到了他的号码,犹豫再三还是给他发了那条短信。她踌躇不安地等着。她的手机响了,《卡门》序曲,是他的号码。他为什么不回短信而要打电话呢？对了，他不可能知道是谁，他不熟悉她的号码。《卡门》序曲固执地在她手中重复，她坐在客厅的沙发上，手心都出了汗。她没接手机，她怕听到他的声音。

他们开始来来回回地用短信交流，她打拼音，而他打笔画。"上帝为什么不给我们单独见面的机会呢？"她在短信里抱怨。她抱怨的不是他，而是上帝。他不置可否，但几天之后反问她了："给你做道选择题：如果有一天我喝醉了，在某个地方等你，你会来吗？请二选一，A或者B。"她回答得很狡猾："你知道答案，所以我就不选了。"她清楚地记得内容，因为在她与他的关系中，这是两条很重要的短信。一样地给了对方机会，又一样地给自己留了退路。当然前提是不可能。谁都没想到，几天之后，不可能的事情发生了。她真的收到了他的短信："有空吗？我在国大1509房。"天！他想干吗？他疯了吗？我该去吗？去了会发生什么？真的到了那一步如何应对？满脑子都是问题，没有一个答案。但是这样想的时候，她一刻都没停。她已经换好了衣服，她已经出了门，她已经拦下了街上的的士，她已经进了宾馆的大堂，她已经上了观光电梯，她已经穿过了长长的走廊，她已经按响了房间的门。门开了，他刚刚洗完澡。他抱住了她，他开始吻她长长的脖颈，他开始解她的上衣扣子。对了，在这之前，他关了门，并且上了锁。于是那些问题都被拒之门外。多么可笑、荒唐而又多余的问题啊。他笨拙地褪她的牛仔裤，但是裤子被鞋帮卡住了——他忘了脱她的鞋。之前她的眼睛一直闭着,她不敢面对一躯陌生的身体。"我自己来吧。"她终于睁开了眼睛,同时感觉到了房间的光线。"太亮了!"她说。这是她第一次跟他说这句话。于是他走过去拉上了厚厚的窗帘,又走过来拧亮了床头灯——也是第一次。

第一次见面之后,她觉得委屈。不是为自己,而是为他。她觉得,他该得的应该是她最好的,包括身体。他是那么迷恋她的身体,他给她背过叶芝的诗,"多少人爱你青春欢畅的时辰,爱你的美丽,假意或真心,只有一个人,爱你那朝圣者的灵魂"。但这是否意味着他就不在乎那些呢?他一定是在乎的,他只是觉得没有权利要求更多。在一块的时候,他是快乐的,忘乎所以,跟她一样。但没在一块时,他却是痛苦的,这一点不一样。对她来说,即使没在一块,想想一起度过的时光也是甜蜜的。有好几次她在教女儿弹钢琴,教着教着就走了神,自己笑起来。"妈,你怎么了?有病啊?没病你干吗傻乎乎地笑啊?"女儿问。"女儿听话,有出息,妈妈高兴啊。"她回答。而他就像个自虐者。在短信中,他说,它是真的,也是美的,但不是善的。他说,他听从了灵魂的召唤,却成了个罪人。他说,她是魔鬼,不过是他让她成了魔鬼。他说,当他面对别人时再也不能泰然自若,因为他知道自己是一个叛徒、伪君子、背信弃义者和谎言专家。他一边艰难地忍受着痛苦的噬咬,可另一边却又想方设法地寻找着与她偷偷相会的机会。他们就像一对幽灵,穿行在宾馆与宾馆之间,从一个房间到另一个房间。她瞒着他悄悄记下了一个个房号,因为那些房间的每一张床的床单上都曾经留下过他们爱的印记,她的头发,他的体液。除了宾馆的房间,这个城市没有一个地方能容下他们两个。他们只能以赤裸的状态相见。当他们穿好衣服一前一后走出房间,当他们在大街上相遇,当他们出现在一次又一次的聚会上,他们已经是另外两个人。他是她先生的朋友,而她是他朋友的妻子。关于他和她,她知道得太多了;关于她和他,他也知道得太多了。而许多,他们是不应该知道的,也是不可能知道的。所以,当别人谈笑风生时,特别是事涉男女时,他与她都必须绷着那根弦,在喉咙口过滤自己的每一句话。她觉得这是代价,所以理所当然地接受了。而他却觉得是惩罚,所以总是耿耿于怀。

  那几个零星锻炼的人都走掉了。像往常一样,她离开跑道,在操场中间的草坪上坐下。因为没人料理,杂草已疯长到了膝盖。记得以前,不管什么季节,草坪总是光秃秃的,她从来都没见草长高过。透过杂草,她又看见了入口处那个已经废弃的铁铸看台。那一次,他就是坐在上面看着她跑步的。铁铸看台在靠围墙的角落里,人行道上一棵大树的投影正好落在顶上。她进来时,根本就没注意到上面坐了个人。等她跑完步慢下来时,兜里的手机震了两下。在她翻看短信时,他喊了她一声。其实他一直就在旁边看着她。她感觉到了幸福,那种幸福是做多少次爱都做不出来的。他们并肩在跑道上走,但身体中间保持了合适的距离。不时有锻炼的人从身后悄悄超上来,他们的话语会暂时中断一会,就像在琴谱上遇到了一个休止符。休止过后,他会偷偷地握一下她的手,然后羞涩地放开。他们看上去就像是刚刚从隔壁校园里溜出来的一对早恋学生。很可笑的一种状态,却是他们之间从来没有过的。在房间相会时,他们是赤裸的,没有过去,也没有未来,只有当下,只有现在进行时的肉体。那天在操场,他们并肩沿着跑道走,后来又坐到了草坪中间,他们很意外地说起了许多过去的事情。

"那个时候应该有很多的男孩追你吧?"他问她。

"为什么?"

"因为你漂亮啊。"

"我漂亮吗?再丑的女孩也总会有人追的。问题是我不知道几个以上才算很多。"

"十个总有吧?"

她还真从没算过这个。她扳了扳手指:"差不多吧。"

"那么,他是其中最优秀的一个吧?"

"绝对不是。"她回答得斩钉截铁。

"不是?那你为什么会嫁给他?"他觉得意外。

那天晚上,他们应该说了很多很多的话(那几个跑步的老头像是跟他们较劲似的,迟迟不肯走)。其他的话她已经一点都不记得了,但这段话,却一句是一句,像印在她的脑子里一样。

"不是?那你为什么会嫁给他?"

她感觉到此刻他就坐在旁边,又重复着问了她一遍。

我为什么会嫁给他呢？这是一个奇怪的问题。应该很好回答，但她根本答不上。那些人各方面的条件都要比他好，他除了会每天傻乎乎地站在园门口等她外，还会什么？他根本就没有吸引她的地方。对了，可能还有一点。他本来对音乐一窍不通，但是为了追她，他学会了五线谱，到后来，他甚至还懂得了对位和复调。但这些足以成为一个女人嫁给一个男人的理由吗？她找不到理由。在拼命寻找理由的时候，她的脑子里忽悠忽悠地晃出一个人。

一个男人，穿着白衬衫，脸孔是模糊的。她不知道他的名字，也从来没跟他说过一句话。但是，她却跟他跳了整整一年的舞。她几乎每天都去，他也天天来。除了迪斯科，他几乎每支舞曲都跳。但他只请她跳，从来不请别人。她也只跟他跳，别人再怎么请她也不为所动。他的舞跳得可真好，她还从未碰见过舞跳得像他那么好的男人。从前跳舞总是她带对方，但是现在不一样了。他会指引着你，让你死心塌地地跟着他飘起来。对。轻得像一张纸，轻得像空气，轻得就像轻本身。旋律出来，他过来邀请。旋律结束，他再送她回到座位。整整一年，有多少个晚上啊，他真的没跟她说过话，一句也没有（他不是哑巴，她曾亲耳听到他跟别的男人说话）。有很多次，去之前她都盘算好了，晚上无论如何要跟他说上话，哪怕一句寒暄也好。但是不行。为什么必须我先说呢？于是一句到喉咙口的话又咽了回去，她像赌气似的等着他开口。她没有等到较量的结果。有一天，他突然消失了。她还像往常一样天天去那家舞厅,也许他只是想跟她开一个小小的玩笑,她觉得他迟早都会出现。但是没有奇迹,他再也没有出现。她问了很多常去舞厅的人,居然没有一个人认识他。他就像水珠一样消失了,仿佛从未在这家舞厅这个小城出现过。

"你在想什么呢?"她看见他站了起来,又一次来拉她的手。冰凉冰凉的手。

"我们跳个舞吧。"他说。

枪毙爱情

"胡皓摘掉眼镜后一定是个美人!"卡卡第一次在校门口见到胡皓时就有了这样怪异的想法。

如果你凑巧也与卡卡大学同班,你将不得不承认:胡皓是个美人——即使戴了眼镜。其他同学第一次见识胡皓是在刚开学军训时。全班被分成两组由两个年轻的教官带队练习基本步法。

事情出在正步走的时候。

随着教官"一、二、一"的口令练习了半个上午之后,大家都已口干舌燥,那段日子正是夏天太阳最毒辣的时节,白晃晃的水泥操场镜子般反射着白晃晃的日光。在教官"立定"的号子声后都以为可以休息一刻了,教官却把胡皓叫出了列。教官的胡子稀稀疏疏刚刚从嘴唇上方拱出来,年纪比学生们大不了几岁。

"你,"教官把手中的皮带一指,"听我的号令,走!"

其他人站在旁边发觉胡皓的确错了,但是,又错在哪里呢?

"分解动作。你,听我口令。"教官在吹到"一"的哨子后猛刹了口,胡皓硬生生算是稳住了手脚。

卡卡和你和其他同学终于看出了名堂:胡皓把手脚搞错了。踢出左脚后人家都同时伸右手,胡皓却伸出了左手。

"错了。"教官朝她示范,"继续走。"

可胡皓还是错了,大家都哄堂大笑。

"笑什么?继续走!"

胡皓干脆站着不动了:"我从来都是这样走的。"胡皓扶了扶镜框脸色平静。

"你……"年轻的教官忽然找不到办法了。

这件事情之后,男生们都说胡皓不但是个美人还是个怪人。胡皓的行动就只是怪(她把左右手搞错了),没有人敢去触动问题的实质,也许胡皓站出来独自对抗"暴虐"这一事实多少会损伤男生们的自尊。

军训过去,女生们的皮肤渐渐转白,又都脱下军装换上了风姿绰约的裙摆,校园被装扮得美丽起来。刚进大学,谁都想在里面画上属于自己的漂亮一笔。男生们开始蠢蠢欲动。卡卡寝室的两个弟兄就同时瞄上了胡皓。

"可惜她戴了眼镜……"卡卡说。

那个夏天下了几场暴雨,校园里的树木都变得苍翠欲滴、生机勃勃,爱情也就跟着雨水疯长起来。随着电影院舞厅双数票的增多,卡卡寝室两个追胡皓的男生却狼狈地败下阵来。卡卡的这二位老兄一位热爱足球和马拉多纳,另一位迷恋探戈和水兵舞,性格各异,却都把卡卡当好朋友,他们暗地里跟卡卡说的话一模一样:胡皓像一根不冷不热的榆树木头,徒有其表。卡卡嘴巴上安慰着他们,内心却幸灾乐祸。当然那时卡卡不可能料想到,不久之后会被校报拉去与胡皓共事。

"在我背后总有一双手,它通过一根看不见的线操纵着我的生活。我发现自己是在背着身行走,我只能看到那些经过和错过的往事之花,未来对于我只是一个时长时短的投影。"类似的话,卡卡对朋友们说过不止一次。那时卡卡刚刚大学毕业,回到老家被分配到了一个国有工厂里。那时的卡卡好像有发不完的感慨。现在听起来,这些感慨显得很滑稽。我想现在卡卡是不会承认他亲口说过这些话了。我记得一个月之前卡卡正巧来过你的居室。他在你的屋子里坐立不安,不断地搓他的手。碰上麻烦了。他说,在他的焦虑背后更多的是兴奋和受宠若惊——因为他的妻子就要临产了。是的,这就是卡卡现在的生活观。

事实上,那时吸引卡卡的是另一位叫璐的女生。"胡皓摘去眼镜后一定是个美人。"我已经说过,卡卡与胡皓的最初交往就只是这样一个念头。胡皓很少参加班团活动,她似乎更喜欢独来独往。卡卡觉得她在用脸上一贯的笑拒绝着别人。胡皓给卡卡的印象是永远戴着眼镜。卡卡从来没想过要介入她的生活。

校报由校团委主办,每周出一期,两人凑巧被一同分在报纸第四版编文学稿。他们开始经常凑在一起,时间一般是夜自修。胡皓一直彬彬有礼地对待着卡卡和另外两位同事。一晚上下来,胡皓总背台词样几句话。有时候,卡卡想开个玩笑,可一看到她礼貌的脸孔,话就咽回了喉咙。卡卡只能生自己的气。

有一个晚上,编得迟了点,卡卡就想到了请她去吃夜宵,似乎只是为了换换这种沉闷的空气。卡卡发出邀请后,胡皓在眼镜背后迟疑了几秒钟,答应了。两人一起熄了灯锁上门走出教学楼。

热气腾腾的水饺很快端了上来。小吃部只剩下了他们两个,摊主已开始收拾桌上的残局。卡卡是在咬到第三个饺子时发现胡皓没摘眼镜的。卡卡想起了女生们的传闻,据说胡皓吃饭睡觉上厕所干啥事都不摘她的眼镜。卡卡为了证实一下,就用肘碰了碰她。

胡皓抬起脸——她的镜片已被热气熏得雾蒙蒙一片。

"这个……"卡卡指指眼角,小心地问,"你不摘下……吃?"

"什么?噢……我不习惯……不不,我习惯戴着……"胡皓有点吞吐地回答着,你根本看不见她眼镜后面的神态。卡卡有点窘,似乎自己问了个很不该问的问题。

那时候,没有一个人知道,胡皓的父母在她很小时就离婚了,她一直跟着母亲长大。你一定想象得出胡皓不幸福的童年。大学似乎像一张公平的白纸,每个人看上去都一样的单纯、朝气、自有追求,而事实上,以往生活的阴影盘踞在灵魂深处,每时每刻规范着一个人的行动。大学毕业卡卡与胡皓都各自回到了命中注定的家乡。天各一方,卡卡再也没有胡皓的半点音讯。一个悲痛的雨夜,卡卡接到了胡皓的电话。太久的沉默之后,两人似乎已找不到一句问候的话语了。后来,胡皓说我这里下着暴雨。卡卡说我这里也下着。又一阵沉默之后,线路忽然断了。被同时吵醒的妻子迷迷糊糊地问:"夜这么深了,谁来的电话?""一个同学。"卡卡说。卡卡抬腕看了看表,正好是午夜两点。

"谁都无法抹去往事。"卡卡对我说。

那次吃夜宵之后,胡皓的形象开始经常在卡卡面前呈现。那是雾气蒸腾中的一副眼镜,胡皓的脸色隐在金属架背后,若有若无。卡卡发现自己已处在虚幻之中。

接下去我要讲述的这段经历是卡卡告诉我的。讲这段故事时,卡卡神思恍惚,似乎意识陷入了一片迷蒙的沼泽地。我直到今天都还没搞清楚,卡卡到底是在讲述他的梦境还是回忆着真实的经历。

洞内彻骨奇寒,胡皓叫了声好冷,我就把外套脱下来披到了她的身上。很快,洞内的奇幻景象就把我们迷住了,恍恍惚惚的灯光、曲曲折折的石径、上垂下挡的石笋石柱,布置了一个冰雕玉砌的奇谲世界。我的躯体开始衣衫一样剥落,剩下梦游的灵魂叹息着忧郁着一路游移。不知什么时候,我与胡皓的手就握到了一块,阳光、季节和人世已被全部阻隔在洞外。

在一泓泉眼边,我们停了下来,我们扶着岩壁凑上去看,于是我的手就停留在胡皓肩上,我的下颏就搁到了她的发上。一切都用不着暗示,一切都由不了自己。我只觉得身体进入了一个神秘的陶罐,里面有水有音乐有烛光,我们走进去,于是成了其中和谐的部分。

在这之前,我从没想过要去亲近胡皓,但是走着走着我的手已经握住了她的手,我的臂已经揽住了她的肩,我的下颏已经搁到了她的发上。

上面那些基本上属于卡卡的原话。他们就这样偎依着,似乎是无意地相互感觉着对方,并没有更进一步(哪怕是一小步)的渴望。他们在时间之外看一些清水从泉眼里涌出来。

我记得卡卡有一次在我屋子里翻书,偶然发现了法国诗人古尔蒙一首题为《发》的诗歌。"天哪……天哪……"他少有的激动,飞快地把诗翻给我看:"难道这该死的法国佬也有过这样的经历……"然而很快他又黯然了。"每一段故事,开头总是开得美丽。"卡卡说。毕业三年了,我知道卡卡一直没有忘记胡皓。

从溶洞中出来,阳光像金色的针毡刺疼了卡卡的瞳孔,卡卡不得不站着闭了很长时间的眼睛。重新睁开之后,阳光已变得柔和,卡卡于是注意到了胡皓的眼镜。她刚才在洞中也戴了眼镜吗？走出洞之后，胡皓像换了个人，又变得冷冷淡淡。卡卡开始回忆洞中的情景，他力图看清她偎着他时的情景，一起携着走路的情景，他把外套披到她身上的情景，他将下颏搁到她发间的情景，但是徒劳。现在她戴着眼镜平静、优雅地与另外的人说话，她无视他的想象。甚至，不知什么时候，那件外套也回到了他的身上，洞中的胡皓留给卡卡的只是个恍惚暧昧的影子，卡卡根本无法回忆当时她戴没戴眼镜。

卡卡平静无争的生活被彻底掀翻了。我后来找寻起来，发觉卡卡那段时间的诗歌充满了激情。这对于卡卡是反常的，我记得他一向推崇理性，而最讨厌的就是浪漫主义。我比卡卡先一年考进大学，那时我告诉他，大学里流行一句话——大学女生一年娇二年佻三年拉警报四年没人要。又说校园里遍地只见爱情生根发芽，男女生是一个萝卜一个坑，谁都不见闲下。而卡卡并不相信，校园里会有爱情？他们也许只是寂寞、空虚，没事找点事干。一到毕业，哪里来回哪里去。"我是不会去恋爱的。"卡卡在回信中说。我知道事情远没有他所说的那么简单。果然，半年之后，卡卡来信了。

你将发现，接下去胡皓已经成了卡卡生活的目的。她像一块顽固的石头挡住了道，卡卡只能别无选择地搬开她。卡卡恨透了这个戴着眼镜不可一世的女孩。请想象你自己就是卡卡，于是接下去你终于放下斯文的架子，开始违背自身，急躁而俗气地追起胡皓。

一碰到上选修课，你就挟了课本换到她旁边抄她的笔记。上食堂你就端了饭碗换到她旁边吃她的菜。班级春游你就去叫她，胡皓说我骑不来自行车的，你说我载你啊，胡皓就去了。学校舞会你又去叫她，我跳不来舞的，胡皓说，我教你呀，你说，胡皓就去了。我们都知道你原是个不爱显山露水的人，从那时起却变了，你开始拿你的诗歌外寄，开始起劲地参加校内名目繁多的比赛。你开始名声日上，随着你诗歌的不断发表，一些比赛频频夺魁，学校里爱挑剔的女孩子不得不开始私下或公开承认你的才华。

　　"因为她，我所有的诗歌都找到了主题，我游荡的灵魂似乎也隐隐看见了梦寐以求的家园。"卡卡给我的信越写越长，"即使她是块冰，也总会有融化的一天。"

　　而事实上，胡皓却不为所动。她不拒绝，也不响应。她依然有条不紊地进出教室，依然用冰冷的镜片抵挡着卡卡炽热的目光。她的眼睛藏在镜片背后，像一口深不可测的古井。卡卡把天才的石子投入其中，似乎并不被拒绝，却也起不了半丝波澜。

　　卡卡一次次在梦中把胡皓的眼镜砸得粉碎，而现实中，他却连她的金丝眼镜的边儿都没法碰到。

　　"我一定要把她的眼镜摘下。"卡卡又一次在信中对我说。

　　一次上选修课，卡卡假装看不清板书，说声借个光，就去摘胡皓的眼镜，胡皓像被烫着似的一下子挡开了他的手。卡卡只好缩回手，尴尬得红了脸。"太深了，你没法戴的！"胡皓歉意地说。

这一年冬天与接着的次年春天变得无限漫长。卡卡写给我的信却越来越短,最后只剩下一些绵延抽象的诗句。"现在是冬天/雪花一直没有开放/现在是春天/花朵一直没有降临。"卡卡这样表达着内心。如果你看过卡卡那一时期的诗歌你将会发现,在他的诗歌里出现最多的意象是"眼镜"和"月亮"。这二者在诗行里不断地变幻,卡卡时而将它们对立,时而又会将它们二者彼此混淆。

同一年冬天和春天在别人却是丰收的季节。先是那个热爱足球和马拉多纳的老兄找上了一个音乐系的女孩;接着另一个迷恋探戈和水兵舞的老弟也拐上了同班一位女生——这位女生凑巧是胡皓的好朋友,两人一起吃饭,当时曾经替她现在的男朋友给胡皓递过求爱信。

正当筋疲力尽的卡卡准备自动引退时,事情却有了明显的转机:胡皓开始接纳卡卡。

卡卡接下去的日记记叙了好几个美妙的夜晚,我发觉卡卡在精心描述着这一幕幕场景:静谧的月夜,雨后清新的校园,灯光迷离的水泥路面。胡皓愿意陪着卡卡在这种设想的情节的背景里静静漫步,无疑是一种默许和让步。卡卡小心地把握了每一个细微的机会。穿行在清香馥郁的灌木之间,卡卡的激情在慢慢升腾,有时他们的肩膀悄悄碰在一起,有时胡皓会故意驻下步,卡卡顺势攀过她的肩膀,他们就面对面地停在路心。接下去的情节是安排好的,像一部电影或某篇小说。有好几次卡卡已经俯下了他的脸。

但是这个时刻,卡卡总会意外地猛然发觉胡皓的眼镜。卡卡升腾得足够高的冲动一下子像水银柱样跌落下来:胡皓的眼镜凭空插了进来。故事就在这个节骨眼上卡住了,金属眼镜不但遮住了胡皓的眼睛,还同时遮住了她的嘴她的整个身体。

卡卡无法穿过绝缘的镜片去吻胡皓,在安排好的情节中也没有吻前摘掉对方眼镜的细节。这是个完整的过程,卡卡根本无法在中间腾出手。卡卡只能尴尬地从胡皓的肩膀上撤回双手,卡卡一次次感觉到了欲望消失后的空洞和乏力。

我记得卡卡在与现在的妻子结婚之后再没写过一首诗歌。他说他现在要对付的东西太多了,于是再也没时间钻牛角尖面对自己,生活就是生活,根本用不着你去思考——你去思考了又怎样?生活还不是这副老面孔:你每天要抽"三五",你老婆每天要抹粉,你儿子每天要喝"娃哈哈"。而这些都要你用"人头"去交换。

"写诗能换来什么?最主要的,我现在发现活着并不一定要什么信仰。"朋友们都说卡卡变了。的确在他身上我们再也找不到半点他原本的诗人气质。尽管依旧有那么多麻烦事困扰着卡卡(因为他常常上门诉苦),有了孩子之后,卡卡却明显地富态了。在大的方面,他似乎变得事事顺利。兵来将挡,水来土掩,他只是沉着应付着生活,于是生活不再使他长久地烦恼。卡卡的妻子告诉我们,卡卡每夜一触到枕头就呼呼入睡。我们终于不得不相信,现实的生活已彻底治愈了卡卡以前顽固的失眠症。

卡卡现在的妻子叫李霞,在卡卡结婚之前我们从来没听他提起过这个名字。卡卡的结婚毫无前兆,有一天他忽然给我们打来电话,他说他下个礼拜天结婚。卡卡结婚那一天正好是国庆节,我们都措手不及。

后来仔细想起来,卡卡的突然结婚与璐有关。我记得我已经在上面不小心提到过这个名字。璐是卡卡毕业后唯一一个保持着联系的同学,卡卡常常会在偶然之中提到她。我们无法了解璐,我们只是从卡卡口中猜测,璐似乎是个美丽、剔透的女孩,留短发。两个人天南地北地通着信,那时候,我根本不知道璐在卡卡心目中的地位。——直到有一天夜里,卡卡闯进了我的寝室直言要与我喝酒。卡卡是整个崩溃了。一瓶"四特"下去,他才告诉我,他说璐要结婚了。她结婚又怎样?我纳闷。"我当初怎么追起了胡皓?……"我才开始有点明白过来。

现在,我必须先把卡卡与胡皓的故事讲完。

事实上,卡卡与胡皓真正的恋情只持续了一夜。

雨落下来的时候,卡卡与胡皓正在操场上沿着跑道散步。天已经全黑了,并没有星星。卡卡正好捉住了一只萤火虫藏在手心,胡皓就俯过身来看。萤火虫一闪一闪地刚到胡皓手中,初夏的暴雨就毫不商量地倾泻下来,周围根本找不到可以遮蔽雨水的地方。卡卡拉了胡皓朝操场另一头跑——借着教学楼的灯光,胡皓先发现了假山上的那个八角凉亭。

胡皓的长裙还是被雨淋了个精透。卡卡携了胡皓在亭子里坐下。那只萤火虫慌乱中居然并没有跑掉。胡皓摊开手掌,小精灵悠悠地沿着她的手指爬动。似乎连萤火虫也感觉到了阵雨的粗暴,于是留恋温暖的手掌,再不忍飞离。

雨缓下来,却持续着。有灯火从教学楼射出来,像谁从黑暗中精心凿出的一条隧道,另一头到达草坪。成批的雨滴横穿过光道像一群失措的鸟雀。

四周的植物贪婪地吮吸着雨水。卡卡的眼睛收回到了胡皓身上,打湿的薄裙紧贴着她的肌肤,虚构和扩大了一个未知的领域。渴意从深处升起来,一瓣瓣地展开。一只手抓过了另一只手——另一只手充满了同样的渴意,胡皓的身子自动靠了上来。当卡卡又一次意识到该先摘去对方的眼镜时,他已腾不出手——那双手停留在她的后腰部已经无法转移。为什么不能早一点,早一点摘掉它呢?那些电影和小说中只有漫长到让观众窒息的接吻,你无法指望它们教会你在一个合适的时机先除去对方的眼镜。谁都无法帮忙,这种细小而尖锐的绝望让卡卡在瞬间闭上了眼睛。

胡皓的眼镜却已被谁摘去——我们发现卡卡一直忽视了另一种可能:胡皓的双手始终空着。

梦中虚拟了千百遍而遭到拒绝的嘴唇,现在主动迎了上来。

除去眼镜的胡皓恢复为一朵赤裸的花。卡卡于是看到了一双真实的眼睛,一双女人的普通的眼睛:真真切切,但已无关乎美。

一张唇被动地接近了另一张唇。"不!不!……"一个声音带着它的一半在拼命嘶喊,拼命挣扎,可这一半无法阻挡另一半,另一半甚至带着背叛的快意暗暗走上了毁灭之途。雨水在不停地敲打着那个幽闭的陶罐。"不……不……"喊叫的声音越来越弱,这一半与另一半终于完全脱离,这一半只能逃遁到半空,痛苦地看着另一半不断壮大,以操纵别人的形式被人操纵,它在把幸福的路一寸寸走尽,它要到达那虚无的终点,让自己不是自己。"我要你我要你爱我我要你永远爱我我要你永远只爱我就像我给你就像我爱你就像我永远爱你就像我永远只爱你……"胡皓一直都在喃喃。

卡卡与胡皓松开的时候,雨已经停了。四周饱尝了雨水的植物在风中满意地摇曳,嘲笑着卡卡。那清醒的一半重新回到了卡卡体内,而另一半——盲目的一半已经没有了,它停留在那个虚无的终点,再也无法找回。

胡皓忽然想起了那只萤火虫。不知什么时候,萤火虫已经飞走了。"萤火虫躲过了一场大雨!"卡卡乏力地说。

胡皓再一次偎到了卡卡身上。

"我爱你!"胡皓说。

"——也许……"卡卡的声音很轻。

"你呢?说你爱我!"

"我……我爱……我……我不知道。"

"什么？你——并——不——爱我？"

"我……我真的不知道！"

我们想象胡皓摔开卡卡的手,哭着奔出了凉亭。卡卡茫然地跟着站起来,还没搞清该不该挽留,胡皓已跌跌撞撞地奔下了假山。卡卡眼睁睁地看着胡皓像白蝴蝶一样飞快地飘过操场,最后在学生宿舍门口消失,卡卡的大脑一片空白。

"我真的不知道自己是否爱她,我只是想摘下她的眼镜。我从来没想过要得到她,但拥有了她。我觉得我承受不了她那决堤般的无一丝一毫保留的爱,我绝不应该碰她,但是我一边说着'不'一边却迎了上去。当时我无法逃避,而现在当我吻了她,当我拥有了她,我却一下子强烈地想到了退却,如果我对她说爱,那不仅是欺骗她也是欺骗自己。我把路走到尽头的时候,才发现自己从来没想过要到达尽头。"这是卡卡第二天写给我的信。我们后来知道,事实的情况是胡皓比卡卡更早地爱上了对方。胡皓是一个慎重的女孩,她对爱情的理解是全部的付出和同等的回报。她甚至打算好了毕业后带卡卡一起回她的老家。胡皓的家乡是一个开放的沿海城市,卡卡的家乡则在偏远的内地。

我们都猜测到了他俩的结果。

三天之后,卡卡去找胡皓。卡卡觉得事情总得有个了结。

胡皓看上去憔悴了许多,神情却出奇地平静。没等卡卡说话,她就先开口了。"你也用不着再说了,事情已经结束。"停了停又说,"我不怪你,我怪我自己!"卡卡想再说点什么,胡皓却起身走了。卡卡待在那里,满操场干巴的阳光让卡卡无法忘怀。

对于我们来说,卡卡大学里唯一的一段故事就这样过快地结束了。可是对于卡卡,一切似乎才刚刚开始:漫长的煎熬在后面耐心地等待着他。

卡卡与胡皓几乎是同时辞去了校内的所有职务。"我想把余下的一年半时间留给自己,我承认我是个自私的人。"班主任找卡卡谈话时,卡卡这样回答。

校园在卡卡眼里变得越来越小。卡卡不得不在许多场合与胡皓迎面碰上。胡皓一下子变成了一个招摇过市的人。对于卡卡她视而不见,她还当着卡卡的面主动与另外的男生打情骂俏,用夸张而放肆的笑声故意把卡卡晾在一边。

卡卡忍受着这一切:"玫瑰,肌肤中的一场高烧/生命的病床上一段短暂的健康/收复黑暗又提供更大的黑暗。"

当卡卡在最后的校园忍受痛苦的噬咬时,我们有了了解另一些事情的空闲。卡卡的痛苦与我们无关,更妥当的说法应该是:我们不关心卡卡的痛苦,我们只关心故事本身。

在这里,我不得已抄摘了卡卡的几则日记:

×月×日

早上坐在教室,人挺少。看见璐进来,像是去座位拿什么东西,折回来后,她就站在我旁边看起了黑板报。正巧上面抄了我的一首《雪花在冬天开放》。"写得真不错!"她回头对我说,又指着黑板,"我最喜欢这一句。"我吃了一惊,那一句也正是自己所心仪的——"瞎子的眼睛永远明亮"。

×月×日

夜里班级组织舞会。与张上去跳舞,自己班的人并不多,只看见几个女的。舞池里不小心却看见了璐——是被一个陌生的男孩拥着。那几个女的中途歇下来坐到了旁边,友好地招呼我与张。不知道因为什么,却没了心情,懒得搭理本班的那几个女孩就出来了。

×月×日

璐真是个剔透的女孩,像她的名字。——"像名字那样剔透,还像名字那样易碎吗?"

×月×日

夜自修快下课时,教室极乱。拿了李的一本《收获》站在教室后面翻。璐正巧走来,就停下来看,翻开的目录内都是些熟悉的名字。靠得很近,她的下颏正好够着我圈开的臂膀。她一定是刚洗过头发。

×月×日

夜里约了胡皓去看电影,快到校门口却看见璐与另外两个女同学走在前面,不知不觉慢下了脚步,但愿她看不见。

×月×日

校报答应给我们班出专辑,就想到了向璐约稿。晚饭两人都吃得迟,整张餐桌只留下了我们俩,就坐在她旁边问起了这事。一起出去洗盘子,刚洗好天却下起了雨,陈正好蹿出来,她就借了伞。两人一起撑过去。从水槽到餐厅没几步路,为了照顾我,她把伞擎得老高。放好盘子出来,她已拿了自己的伞,慢下来问我:"一起撑过去?""我等一下撑回寝室。"我虚伪地说。看着她的背影远去,我却忽然产生一种弄丢钥匙的感觉。

×月×日

夜里编专版,我约了璐到后面我的位置,教室的喧闹声仿佛做了背景,话题很快就从版面蔓延开了。与她说话总是那么投契。她说自己总是懒,写不了文章。谈到家族她向我说起了她的父亲,她的父亲成分不好,被下放了。遇一个姑娘,一眼就看中了。开始那姑娘和家里人都不同意,但她父亲并不气馁,漫漫长长地追,"那姑娘现在就成了我妈"。看我笑了她也笑,眼睛盈盈的。

她的睫毛一长,夜自修忽然就短了。

这几则短短的日记,夹在卡卡大学三年那几本厚厚的大日记本里,显得琐碎、无足轻重,包括卡卡自己,也一直忽略了它的地位。

在离开校园前最后一个晚上的告别餐上,同学们都逐个地相互干杯道别。当卡卡擎着满满一杯啤酒走向璐时,他开始有一种如释重负的感觉,因为这之前他刚刚与胡皓干了一杯,当面对胡皓说出那句"祝你永远快乐"时,卡卡觉得自己与胡皓之间的恩怨已经随着满杯啤酒一饮而空。他是彻底解放了。

"我希望……我希望以后,还能再看到你的诗歌……"璐的声音有点哽咽,她看着卡卡,率先干下了那杯碰过的啤酒。

卡卡的内心像被钝器击了一下。"我也许再也见不到这个美丽的姑娘了!"卡卡想。悲怆,啤酒沫一样从他的心底翻上来。

卡卡缓缓咽下杯中的液体,把空杯朝向璐,又看着璐重新坐下,觉得这杯啤酒真苦。但是接下去,还有许多人等着他去敬酒,卡卡于是走向了另一位同学。

与别的同学干下的啤酒也是苦的。大众的别离淹没了卡卡与璐的别离。这一点卡卡毕业很久之后都一直没有弄明白。

如果不是那个电话,卡卡也许永远都不会明白。

毕业之后,卡卡与其他人一样回到了自己家乡,续上了原本熟悉的环境和人群。大学生活变成了一段意外的插曲。只过了短短一段时间卡卡就与同学们失去了呼应,意外地却与璐不时通着信继续保持联系。

那是个平常的夏日下午,卡卡独自对着一大堆数字表搞烦了头,就站起来休息,忽然想到了给谁打个长途。翻电话簿就找到了一个叫邵的女同学的电话号码。

电话一下就通了。长久失去联系,双方都有了生疏,也就只能谈一些同学,谁谁怎样了,谁谁又怎样了,邵跟璐在校时是好朋友,于是半途中邵就提到了璐。

"你知道吗?璐有男朋友了!"邵在另一头说。

"你说什么?谁?"卡卡蒙了。

"璐。我是说璐有男朋友,都快结婚了!"

毕业三年,许多同学都结了婚,璐有男朋友本是件再正常不过的事。卡卡听见却像遭了雷击,声调都变了。

"你没听说?"邵在另一头也许并没感觉到卡卡的变化,"真可惜,当时你为什么没追她?……我看得出你喜欢她……其实——跟你说实话吧——她也喜欢你……可你……这种事总得男的主动……你们两个看上去那么般配……"

卡卡就是在这一刻突然意识到,他已经永远地失去了璐,他已经再也见不着璐了。别离,并不是说说而已。卡卡这才发觉三年之前饮下告别餐上那杯碰过的啤酒之后,在离开胡皓的同时,他与璐也就已经永远地别离了。绝不是"也许"。而在这之前,自己从来没有真正把碰杯与别离联系起来。他觉得那一次他只是跟胡皓跟他的同学,跟自己抽象的校园生活别离。

"当时,你为什么没有追她?"邵的这一句话闪电般击穿了卡卡。与璐交往的所有细节都在这时浮现出来,自己对她哪里只是欣赏、喜欢、忘不了,自己分明是——爱她。卡卡长期阻塞的线路在同一刻接通了电源,许多疑惑不解自开:为什么在与胡皓交往时总有心灵的一半跳出来阻挡;为什么面对胡皓的表白,自己会那么软弱地说出不……不知道。

卡卡瘫在椅子上,眼泪终于流了出来。

你一定想象得出那天夜里卡卡倒在我的寝室连瓶喝着"四特",背诵他半年前写成的一首十四行诗的情景。

> ……
> 你却没把一个学号带走
> 我的留言簿当中空着一页
> 在南方你一定恋爱了
> 南方多水
> ……

虽然卡卡会在诗歌里想象璐"一定恋爱了",而事实上卡卡根本接受不了璐与任何一个具体男人的恋爱。卡卡终于明白了为什么别离之后,时间会让她的脸一天一天变得清晰。在卡卡的灵魂深处,她永远剔透美丽,为那个逃避说出的字眼终生留着嘴唇。而现在,一个轻巧的诗句应了验,卡卡注定要为他的诗歌付出代价。

现在,我们知道了这一切,而卡卡还在校园里继续忍受痛苦的噬咬。据说胡皓很快就与外班一个男生恋爱上了。卡卡寝室的其他人都知道了这件事,却好心瞒着卡卡。他们都同情卡卡,以为是胡皓抛掉了卡卡。

后来室友们又探听到了更细节的情报,说是胡皓跟那个男生接吻时从来不摘掉她的眼睛。戴着眼镜也能接吻?室友们都纳闷,却没人敢去问一问卡卡。

事实上,卡卡又怎么会不知道呢?卡卡只能忍受命运给他的安排。

在我这篇小说快结束时,请想象卡卡的妻子李霞已经为卡卡生下了一个漂亮的千金。我们赶去祝贺,卡卡一定会喝醉,醉了之后,他依然会提起璐。他只能用酒来埋葬他辉煌的大学生涯和糊涂的青春。

"胡皓摘掉眼镜后一定是个美人!"我们自然也无法忘记卡卡在开学初见到胡皓时起过的这个古怪念头。

今夜无人入眠

1. 李白

　　李白发现那个未接电话,已经是第二天早上的事了。
　　"蹊跷!"李白对着手机嘀咕了一声。老婆正在客厅里给女儿把尿,就问了:"什么?""噢,没什么。"李白敷衍了一句。有些事还是别让女人知道的好。这是李白结婚七年总结出来的经验。"爸爸,是什么啊?"三岁的女儿跟着问了一句。"爸爸的手机上有一个未接电话。你撒你的尿吧。"李白说,李白对女儿从不敷衍。号码是马拉家的。李白对数字木讷,能立马反应过来的号码没几个。让李白觉得蹊跷的不是号码,而是来电时间:凌晨2点18分。昨夜看完演出喝完酒,到底几点回的家,李白已记不确切,但不会超过凌晨1点,这个酒喝再多也不会错。

李白的单元房不大,两室两厅一厨一卫,不到九十平方米。因为缺个书房,装修时李白就把饭厅合并到了客厅,反正家里从不开伙,可伸缩的西餐桌收紧了靠在客厅空着的那堵墙边,也碍不了什么事。为了给走廊腾地方,餐椅的屁股都被藏到了餐桌底下,只露着几张靠背,却成了天然的衣架子。每天回家,李白第一件事情是脱衣服。等到衣裤在椅背上一一找到位置后,李白才会晃荡着一身赘肉挪进卫生间如厕冲凉。然后当然是上网,直到凌晨。如果应了饭局牌局或者卡拉OK局回来,则是如厕冲凉后直接睡觉。但不管有局无局,进卧室之前,李白铁定会有个动作:从椅背的裤袋里掏出手机,上闹钟,再带到卧室里。

如果不出差错,这个电话应该是已接电话,但显然昨晚进房间前李白遗漏了那个动作。这个遗漏显得不可饶恕——虽然李白还是准时醒了过来。是的,它很小,小得无足轻重。但再小也是生活不可分割的部分,所以依然不可饶恕。

嘀咕着"蹊跷"时,李白就站在餐桌前面,他刚刚从房间出来,身上只穿了一条裤衩。一模一样的裤衩,但已不是昨天那条。除了裤衩,还有这张戏票为证,它安静地躺在餐桌上,已经过期;还有李白嘴里的酒嗝为证。

在去单位的路上,李白给马拉打了个电话。他没回拨那个未接电话,而是打了马拉的手机。

凭直觉,李白认为那个未接电话不是马拉打的,马拉不可能这么迟给他打电话。不是马拉,那么就是马拉老婆。马拉老婆打这个电话只有一种可能,马拉那个时候还没回家。在把其他人送回家的至少一个多小时里,马拉干吗去了?马拉老婆不知道,李白也不知道。李白只知道,一个多小时能干成很多事,特别是一个男人和一个女人。现在,第二天的早上8点,马拉在哪里呢?他回家了吗?作为一个目击证人,在没有弄清来龙去脉之前,冒昧地把电话打到他家里,主动接受一位女警官的诘问,肯定是不明智的。

能不能打通手机李白并没把握,因为马拉昨晚喝酒时就宣称他的手机没电了。

但手机通了。看来他已回家——如果当晚他没说谎的话。

"喂!"是马拉的声音。嗓门沙哑,有些迷糊。

"昨晚给我打过电话?"李白问得小心翼翼。

"没事了——再说吧。"马拉说。声音一如往常地平静,连一丝起码的涟漪也没有,但李白却感觉到了底下汹涌的暗流。李白把手机放回裤兜,开始想象手机另一端的场景:客厅里还亮着昨夜的灯,曙光被窗帘严严实实地阻隔于外面,马拉高大的身体深陷于沙发——看上去一点都不高大。他的老婆就坐在对面,穿着睡衣。没人吭声,空气凝重得能绞出水来。

在办公大楼的电梯里,李白碰见了一位女同事。她看了看李白的眼睛,很关切地问了一句:"昨夜没睡好?"李白去洗手间照了照,眼白里果然有不少血丝。我睡得不好吗?昨晚我可能是睡得最好的一个。李白想。这样想时,他去开水间打来开水,倒掉烟灰缸里的烟蒂,擦干净办公桌和茶几,然后坐下来打开了电脑。新的一天开始了,看上去跟昨天没有两样,但确确实实是新的一天。

文书送来了文件夹。又是厚厚一叠,即使从头至尾看一遍,也得花去李白整整一个上午的时间。刚参加工作时,李白看得很仔细,字斟句酌,一个标点都不落。后来,李白开始一行一行地看,再后来,就发展到一目十行。李白在这个岗位上已经整整干了十年。现在,李白一般只看标题。一上午的活半个小时完成。这就是效率。事实证明,这样做是对的,单位的工作从没因此出过什么纰漏。

马拉还陷在沙发中吗?他老婆只穿了睡衣冷不冷啊?他们一定忘记开空调了。该发个短信提醒他一下吗?当然不行。作为朋友,李白自然希望马拉夫妻和睦家庭幸福。有次跟老婆聊起,李白曾经断言过,四家子中马拉那家子是最牢固的。都说七年之痒,已经过了那个坎,要出事早就出了。可是作为男人,说实话,李白骨子里是挺希望马拉干成点什么坏事的。我们都干不成,那么就让马拉去干吧。像马拉这样有才华的人这辈子不留下一点什么风流韵事,简直天理不容。另外,马拉要么别干,要干就得跟赵四小姐那个档次的人干,否则我们也跟着掉价。

当然,具体到昨晚上,这么个时间段,孤男寡女,不干好事能干什么坏事?

李白就想到了另外两位目击证人:黄皮和毕大师。先打黄皮,关机。再打毕大师,居然也关机。李白很扫兴,于是又开始在电脑前发怔。

真的是他吗？是的,是帕瓦罗蒂。他的全球告别巡演之中国行明明只安排了上海和北京两站,但在无数个演出公司一层接一层的不可告人的交易的操纵下,他的助手、经纪人兼保镖——长得富有明星气质的罗伯特·琥珀,居然真的把他连哄带骗地弄到了这个在中国地图上找不到地儿的小城市。谁都没想到帕瓦罗蒂会有这么胖这么馋这么懒。在他下榻的贝斯特大酒店,为了能让他顺利通过,酒店的工人不得不把通向总统套房的门凿宽了三尺。应他的要求,酒店还专门在他的房间里配备了一套五星级饭店专用的肉类切片机。帕瓦罗蒂对经理解释说,他每次出门都带着意大利家乡小镇特选的肉,有了这家伙他就能随时为自己准备一顿美餐。演出当晚,主办方专门为他在人民大剧院的后台安装了一部国内最先进的液压升降机,这样他就可以直接从豪华汽车到达舞台,他甚至还提出从后台到前台的步行距离最多不能超过二十步。老帕的确是老了,由于年龄和体重的原因,舞台上的帕瓦罗蒂明显有些力不从心,他自始至终都坐在钢琴后面没站起来,每唱完一首就得停下来,歇歇气,喝上两口农夫山泉。据专业人士说:"开场的那几首,老帕偷懒了!"还有人说:"他在《今夜无人入眠》最后的高音 C 上降了半个音。"但这些都不重要,重要的是在场的所有观众(包括李白)终于亲眼看见了老帕的风采,当"高音C之王"的最后一个高音在天际消失后,李白相信,所谓的天籁已在这个世界上绝迹。而更为重要的是,作为少数几个幸运儿之一,他见证了珍稀动物的灭绝。

演出结束了,老帕乘着他的豪华轿车走了,带走了这个城市所有的鲜花和掌声。他们被孤独地掷在人民大剧院门口涌动的人海里。一般情况,"他们"指的是四个人:李白、马拉、黄皮、毕大师。四个男人就好像是马拉那辆又破又脏的"7086"的四个轮子。但这次,很显然,"他们"得指五个人,四加一,另外那人是赵四小姐。"赵小姐姓赵,是赵钱孙李的那个赵。"反正张楚就是这么唱的。"7086"就停在剧院外不远处的狗不理包子店门口。他们都不想回家。那个高音C把他们弄得很沮丧。跟它比起来,李白的后后现代诗是狗屎,马拉的先锋小说是狗屎,黄皮的"驴行天下"论坛总盟主是狗屎,毕大师的"江南根雕毕"是狗屎,赵姑娘的"草桥县第一女高音"应该也是狗屎。还有那个今晚要回的窝、明天要亲密接触的生活,都是他娘的狗屎。今夜无人入眠。今夜当然不应该这样草草收场。有人提议去府山的星子峰亭喝茶,但马上被否定了:这种天气上山,喝西北风还差不多。最后决定去根据地酒吧喝酒。李白、黄皮和毕大师都没车,他们习惯坐马拉的"7086"。赵四小姐本来开了一辆车来,他们让她挤挤得了,她也就上了马拉的副驾驶座。

根据地门口有个白胡子的外国老头在迎接,都意外。赵四小姐说:"你们不知道吗?今晚是平安夜。"是吗?老帕可真会选时间。"欢迎光临,圣诞快乐!""圣诞快乐,欢迎光临!"柜身里外的服务生都戴上了尖尖的圣诞帽。快乐就像禽流感,身处这暖洋洋的童话王国,哪怕白痴、哪怕外星人也会被感染。四个男人一块鬼混了这么多年,还从没在一起过过平安夜呢。加上还有一个女人。加上这个女人又漂亮。加上她的漂亮又是建立在高雅艺术的基础上。

啤酒上来了,烟点着了,天开聊了,于是他们就跟着傻乎乎地快乐起来。赵四小姐开始不肯喝酒,但终于还是喝了。赵四小姐开始不肯抽烟,但最后还是抽了。其实她能把满杯啤酒干得不留泡沫。其实她的烟圈吐得比毕大师都漂亮。这个城市太小了,小得连隐私也像厕所一样是公共的。其实他们对她都有足够的了解,之所以一次次在大街上擦肩而过,缺少的仅仅是一个认识的机会。这个机会就像干啤酒前必需的那个启瓶器。酒精和尼古丁能让软掉的××变硬,也能让僵硬的舌头变得无比柔软。那个"高音C"早已被那辆狗日的豪华轿车接走。泡沫在暗暗地扛着他们,男人们一个个又重新变得牛哄哄。

啤酒一打一打地送上来,烟灰缸在一次次地撤换,客人在一批批地离去。又破又脏的"7086"载着"他们"在高速公路上飞驶。李白、黄皮、毕大师都是其中的一个轮子。加速。加速。他们只有一个念头。

坐在办公室的电脑前,李白的身体又回到了乱糟糟的酒吧。

自己说过什么话,他已经一句都记不起来了。他只记得自己、黄皮、毕大师,一直在说话,高潮迭起,妙趣横生,声音夹杂在背景音乐中,像钓鱼线上的浮子一样浮浮沉沉。但问题是,他们把另一个轮子给忽略了。马拉根本就没说过什么话。他几次拿手机看时间,后来干脆把手机掷到桌上:"操!没电了。"11点多的时候,他像是找到了一个难得的空隙:"怎么样?喝光手上的酒……"但他的话刚出口,就被黄皮拦腰截断了:"早着呢!今夜无人入眠!"长夜漫漫,长得仿佛没有彼岸。我们都像黄皮一样讨厌那个该死的被窝,于是继续喝酒、抽烟、巧舌如簧。这之后还有过一次机会:音乐停下来,钟声敲了十二下,服务生上来说圣诞快乐,并送上了礼物。但毕大师没给第四个轮子机会,他又抢着拾起了被打断的话题。最后,如果赵四小姐不先站起来,这辆又破又脏的"7086"不知道会奔驰到什么时候。

漫长的聚会终于结束,马拉提前把车靠到了人行道边,于是商量谁先谁后。毕大师像是有点心事,他说:"你们开路吧,我走回家。"他的家就在根据地对面不远。于是剩下几个人上了车,赵四小姐还是坐了副驾驶座。李白照例是第一站。按路线第二个应该是赵四小姐,因为她的车还在剧院门口。黄皮是最后一个。车子启动后,赵四小姐说:"这么晚了,你们谁总得送我一下吧?"自然,这话除了毕大师,他们都听见了。赵四小姐在城郊的一所中学教音乐,好像在跟家里那位闹离婚(也有人说早已经离了),反正就一个人搬出来住在学校的宿舍里。

后来李白就下了车,他只知道,那个时候"7086"里还有马拉、黄皮和赵四小姐三个人。

2. 毕大师

毕大师横穿过马路回家。从空调间出来,闷头闷脑一阵冷风,胃里的酒就泛了上来。喝了多少百威?不知道。在看演出之前,他还赶了场婚宴,攒了半斤高度烧的底。酒从胃里泛上来,他压了几次,到底还是压不住,于是撑在路边的墙上开始呕吐。吐的时候,毕大师想,胃真是了不起,居然可以装这么多的东西。吃啊喝啊的时候,人们并不记得有个胃,但现在当胃开始反抗时,人们终于想起了它。胃就像女人。

毕大师继续沿着人行道走。大街上很安静,半天才有一辆小车甲虫样驰过。人行道踩上去轻飘飘的,像铺了一块块带条纹的橡皮。再转个弯,家就到了。但毕大师回不去,他已经有半年多没回家了。自从有了那个女人之后,不,应该是自从老婆知道他有了那个女人之后,他就再没回过家。那个女人欢迎他上床,却不允许他过夜。女人在床上很撩人,但床上是床上。干完活后,不管多迟,女人都会撵他出门。"你把婚离掉再说吧。"女人说。现在她好像只会说一句话了。以前可不是,以前她的话很多。女人在绣衣坊开了家时装店。毕大师在她门口等人,没事就转悠进了店里。"你长得像一个人。"女人说,嘴里嗑着瓜子。"像谁?"毕大师不看衣服了,开始看她的脸。"说了也白说,反正你又不是他。"声音跟瓜子一样脆,跟人说话并没有影响她嗑瓜子的速度,瓜子从嘴里进进出出,她的牙齿忽隐忽现的,很白。"你认识他?"毕大师问。"不认识,电视上见过。"女人说话有一搭没一搭的,也没拿正眼瞧人。后来,毕大师的手机响了,他等的人正在橱窗外给他打电话。毕大师从架子上挑出件衣服,付清钱,就扭头出了门。女人从里面追出来:"嘿,你的衣服。"毕大师朝她笑笑,掷了一句话:"是那个人送给你的。"后来他们就上了床。她知道他是有妇之夫,这在上床前似乎不是个原则问题,但现在忽然是了。

毕大师吃不准该不该去找她,就去摸兜里的手机。他想看看时间。但手机不见了。

丢哪了?脑子里雾腾腾的。在酒吧聊天时好像接过一个电话,记不清是谁的,但手机八成在酒吧。毕大师离开那摊巨大的呕吐物,开始往回走。吐完后,脑子清醒多了。这半年多来,毕大师几乎碰不得酒杯,一碰就醉。醉了之后就落东西。拎包啊钥匙啊手机啊外套啊,什么都落。就差头上那脑袋了。当然,还有脑袋上的那顶帽子。全城的人都认识毕大师那顶帽子。帽子在脑袋就在。艺术家嘛。别人都这么说。只有毕大师自己知道,这事其实跟艺术不沾边。他戴帽子只是为了遮盖脑瓜上的头发。头发每天都在掉,已经稀拉得不成样子。每次面对镜子,毕大师就会恐慌。他觉得自己正在一天天地老去。这跟年龄无关,但跟创造力有关。"我年华虚度,空有一身的疲惫。"这句话李白经常在念叨,好像是他崇拜的哪位诗人的诗句。李白当然只是无病呻吟,但毕大师觉得用在自己身上是那么贴切。曾经(像李白一样年轻时),毕大师对自己的才华是那么的骄傲和自信。但是现在,他的骄傲和自信躲在帽子底下,已经所剩无几,并且每天还在流失。他已经再也离不开那顶帽子了。那顶帽子是什么?是他曾经视为狗屎的所谓的荣誉,全国美协会员、省民间文艺家理事、国家一级画师、民间工艺大师等等。

  在坐过的椅子上,毕大师找到了手机。有两条新短信。一条是在外地寄宿制学校读高中的儿子发来的:"老爸,圣诞快乐!"另一条是女人发来的:"别过来了,我睡了。"看得出来,儿子很高兴。这么晚了,他还在外面跟女同学鬼混吗?也看得出来,女人不高兴。生活中充满了矛盾。女人跟儿子就是一对矛盾。儿子暑假回来摔断了腿,他必须去医院看护。但他之前已答应女人,当夜陪她去省城进货。他狠狠心撂下儿子去了省城。女人要求他离婚,想想儿子,到底还是下不了手,于是只好有上顿没下顿地拖。

  女人跟帕瓦罗蒂也是一对矛盾。女人想跟他过平安夜,虽然没说,但他知道。他当然不想让女人不高兴,但是他更不想错过老帕。平安夜明年还有,但老帕就要告别艺术舞台了,就算不告别就算他再唱一百年一千年,他也绝不会第二次来这个狗屎样的小城。说实话,在认识马拉之前,毕大师根本就不知道帕瓦罗蒂,当然更不知道什么歌剧、咏叹调、连续9个高音C和《今夜无人入眠》。但问题是他后来认识了马拉,更为严重的是,他开始一次又一次地坐马拉的"7086"。刚开始那段时间,搭马拉的车是他最怕的事情之一。当马拉把车钥匙插进去后,一个吊嗓子的男人会立马钻出来,直奔你的耳朵。吊嗓子并不可怕,可怕的是那男人的嗓子一直吊着,上去,上去,再上去,千辛万苦地,终于等到他下来了,下来了,这下总该着地了吧?可是颤一颤,他又上去了,上去上去再上去。毕大师根本就没听到他在唱些什么,他只看到一根喉管被人从嘴里吐出来,一截一截又一截,长得无穷无尽,长得无休无止。就在他觉得自己快要疯了的时候,马拉会靠近他的耳根跟他唠叨说,这是意大利的谁谁谁,二十世纪最伟大的三大男高音歌唱家之一,与谁谁谁和谁谁谁齐名,擅长演唱谁谁谁和谁谁谁的歌剧,某某某几项歌唱大奖得主,某某某主题歌的演唱者,复活了欧洲的传统古典歌剧,作为意大利美声唱法的一座高峰,至今还无人能逾越,等等等等。马拉唠叨起来时,毕大师真想一拳头把那个喇叭砸碎,他真想立马往车窗外跳。他对自己说,够了够了,这是最后一次。但问题是,毕大师一直没买成只属于自己的可以由他决定听不听帕瓦罗蒂的小车。于是他不得不一次又一次地搭乘马拉那辆又破又脏的"7086"去野营,去爬山,去骑马,去唱歌,去参加各种莫名其妙的酒会晚会宴会和文艺沙龙,然后一次又一次地听凭那个该死的帕瓦罗蒂来践踏他的神经。但人是一种最犯贱的动物。

后来,慢慢地,毕大师中了毒。先是耳朵被收买,接着心脏也里通外国。上了"7086"如果听不到帕瓦罗蒂,毕大师就会骨头发痒,身体发软,像做爱时隔了只安全套,再怎么倒腾也进不了状态。再后来,在"7086"上听听已经不杀瘾,毕大师跑遍草桥县大大小小的音像店找来了所有跟帕瓦罗蒂有关的带子。

现在,帕瓦罗蒂居然来了,毕大师怎么可能错过这个千载难逢的机会呢?别说一个女人,就是一卡车女人拦他也没用。

老帕要来演出的消息,本地媒体提前半个月就开始炒了。各种小道消息层出不穷。据说帕瓦罗蒂这次全球范围的巡回演出除了"告别艺术舞台"的意义之外,还有一个现实原因。五年前帕瓦罗蒂和前妻阿杜瓦正式离婚,为此他付出了高额的分手费,之后帕瓦罗蒂一直存在着经济压力,举办这次全球巡演很大程度上也是为了刚刚两岁半的女儿。读这则花边新闻时,毕大师就想起了一句话:女人都差不多,男人都一样。这话是以前写先锋小说后来改写畅销小说的女作家皮皮在一个访谈中说的。八十年代时毕大师曾经看过她的一个短篇叫《全世界都八岁》,于是就记住了这个名字。这句话应该跟一个叫马原的男人有关。据马拉说,马原也是个作家,跟皮皮一块在西藏待过,名气比皮皮大得多了。其实,有名气没名气,男人都一样。帕大师就没比毕大师好到哪儿去。在跟前妻离婚之前,老帕一定也像老毕一样举步维艰过。但最终老帕做出了抉择(这是他比老毕伟大的地方)。可这个代价是不是太大了?居然到这种鬼地方来演出，想想都让男人心酸。如果老毕做出抉择，那么他要承受的，除了经济压力，还有良心的谴责。草桥县的人都知道，在结识领带老板刘玄德的宝贝女儿刘美丽之前，毕大师只是一个整天在街头游荡的小混混，除了裤裆里那根××和一肚子自以为是的才华，毕大师一文不名。"我欠着那女人，没有她我早就死了。"这句话毕大师已经跟其他三个轮子说了很多遍，醉了就说。

演出的票子，黄牛们很早就开始炒了，票价一直像垃圾股一样在涨。但是毕大师做了决定，再怎么高也得掏腰包去买一张。算是一个可怜的男人支持一下另一个可怜的男人吧。让人没料想到的是，马拉居然弄到了票。"老是让你们听带子，这回让你们见见老帕。"马拉说话的神情比发表就职演说时的县长还牛×。那段时间，毕大师、黄皮还有李白天天都争着请马拉下馆子、泡歌厅、洗桑拿，谁都生怕马拉一不高兴反悔。演出当天的早晨，毕大师还在被窝里，就收到了马拉的短信："晚上七点半，剧院门口等。别迟到。关掉手机。"于是，事情变得越加郑重其事起来。

那晚，毕大师破天荒提早十分钟到了剧院门口，在出租车上他真的关掉了手机。可马拉在门口已经等急了："怎么这么迟？别人早到了。"剧院的灯光已经暗下，四个轮子顺利在座位上会合，但是轮子中间夹了个女人。开始毕大师以为那女人是黄皮老婆。黄皮老婆叫倪萍，草桥县著名的钢琴师，开了家琴行，业余带着帮孩子。她当然配听老帕。按照国际惯例,演出一半中场休息。灯一亮,毕大师才发觉,那女人不是倪老师。毕大师认识赵四小姐。草桥县那么小,都算是文艺界有头有脸的人,难免不时凑在一块。但李白、黄皮与赵四小姐显然不熟,马拉在忙着介绍。赵四小姐来看老帕,当然也配。但是马拉把她和他们倒腾到一块来,毕大师还是有点纳闷。女人是女人,朋友是朋友。水乳不相融。这是毕大师的原则。

家回不了,女人那又去不成,毕大师就只好回他那冷飕飕的根雕毕工作室了。工作室刚刚搬到草桥县艺术村里面,离酒吧有三四站路。街上的出租车已经很少,毕大师就沿着官河路慢腾腾地走,边走边回头瞅过往的车。

毕大师结果是走回去的,他一直没有拦到的士。在中国银行门口的石狮子底下,他倒是看见了一个乞丐像条狗一样缩着,似睡非睡。不知道为什么,毕大师经过乞丐时,仔细地看了半天,好像在看一块刚买来的树根。

回到工作室,毕大师泡了包方便面,又从破纸箱里找出那床棉被。木沙发很硌腰板,棉被已经有点霉味。毕大师就想到了那个乞丐。他好歹还像条狗,可我连条狗都不如。这样一想,毕大师就有点酸。但毕大师很快就睡着了,还做起了梦。他梦见自己在太阳底下晒棉被,棉被被支在那把藤椅上,怪兽一样贪婪地吸纳着冬日暖阳。他又梦见一帮工人七手八脚地在工作室里给他安装空调。空调,空调,他想这狗日的空调已经想了一个冬天。

但是后来,振铃声把毕大师的美梦给搅黄了。手机不知放在哪,半天才摸到。铃声一直在响,就是老帕的那首《今夜无人入眠》。毕大师没看号码就接了,他以为是那女人。

谁知不是。

"你睡了?"对方说。

"早睡了!"毕大师没听出是谁。

"你们喝酒了?"对方又问。

"喝了。"毕大师还是没听出声音。

"马拉喝得多吗?"

"马拉?"毕大师听出来了,是李警官。

"他到现在还没回家!"李警官说。

毕大师从床上蹦了起来,他的酒醒了一半。棉被完了,空调也完了。"马拉喝多了吗?"在酒吧时,他只顾着自己喝,根本就没留意马拉。糟了,马拉还开了"7086"。

"你打他手机了吗?"

"一直关机。我刚才还打了李白,无人接听。你几点回的家?"

"我离开酒吧应该是12点多吧。"

"你们晚上不是看演出吗?"

"对啊,去看老帕。"

"看完演出后去喝酒了?"

"喝了!"

"去哪喝了?"

"根据地!"

"哪几个人去了?"

"就我、马拉、李白、黄皮。对了,还有一个女的!"

"女的?谁?"李警官的平静露了馅。

天,女人——赵四小姐。毕大师的酒终于彻底醒了。该死的马拉,干吗偏偏要追求水乳交融呢?但问题是,他已经说漏了嘴。马拉怎么可能喝醉酒呢?凭他的酒量,凭他的性格。这么多年真是白混了!李警官是刑侦大队的业务骨干,据说草桥县那桩著名的"2830"连环杀人案就是她破的。警察就是警察。通话一开始,她就掌握了主动权,先用酒误导你,然后顺藤摸瓜。

"我不认识她。看演出时她正好坐我们旁边,有可能不是跟我们一块去的吧?"毕大师开始补嘴。

"喝酒她也去了吧?"馅又包了皮。

"去是去了,不过,好像是李白邀请她的。"毕大师开始撒谎。

"他喝了这么多酒,还开车。是他送你们回家的吧?"李警官可真沉得住气。

"我没坐他的车,我是从酒吧走回来的,我的家不是离根据地近吗?他们怎么回的家我也不清楚。"毕大师觉得这一句不能算撒谎。

"你睡吧,我再等等看。"李警官就挂了电话。

毕大师看了看时间,凌晨2点35分。看来事儿闹大了,怎么办呢?一个轮子打滑,就得靠其他三个轮子补救。赶紧跟黄皮通个气吧。按常理,应该是他最后下的车,只有他信息最全面。但是电话占线,李警官已经先了一步。再试着拨马拉手机,是一个电脑小姐的声音:你拨打的电话已关机。你拨打的电话已关机……

3. 黄皮

凌晨3点差5分的时候,黄皮开始起来穿衣服。他的嘴里嘟囔着。穿一件就嘟囔一句:我真倒霉。因为习惯裸睡,所以冬天他穿起衣服比谁都复杂。

"为什么是我?"黄皮说,他找到了内裤。

"他们凭什么可以呼呼大睡?"黄皮说,他穿好了保暖内衣。

"人家老公丢了,为什么要我去找?"黄皮说,他开始拉牛仔裤的拉链。

"活该!"倪老师说。倪老师半躺在床上看书。黄皮从酒吧回家时,她就这样坐着。黄皮从卫生间冲了澡出来,她也这样坐着。黄皮躺下睡觉时,她还这样坐着。她连个姿势都没换,那本书在她弓起的膝盖上一页都没翻动。"还没睡?"进门时黄皮问她。她没回答。"太迟了,睡吧。"冲完澡黄皮跟她说。她也没回答。黄皮就自己倒头睡了。半夜三更黄皮被电话吵醒。翻个身起来,发现倪老师还菩萨一样坐着,连电话都没接。黄皮火大了,但终于还是忍了。黄皮不想吵架,这么多年过来他已经吵够了。电话通了很长时间,是李警官打来的,说是马拉失踪了。黄皮是最后一个下的车,下车时"7086"上只有马拉,但赵四小姐的车跟在后面。马拉说他再送一下赵四。那时应该是凌晨1点差一刻。李警官打来电话时,黄皮看过时间,是2点35分。马拉送赵四得送2个小时?以前黄皮只知道马拉与赵四很熟,他曾在马拉的办公室见过赵四两次,另外还凑巧撞见过马拉跟赵四单独在咖啡馆。也就朋友吧。老夫老妻一屋子关那么多年,香炉对着蜡烛台,审美疲劳了,跟另外的异性接触接触,有什么好大惊小怪的呢?黄皮就有不少这样的异性朋友:一个在殡仪馆上班的高复班同学,一个大学刚刚毕业对黄皮崇拜得要命的超级嫩驴,一个QQ名为"百分百处女"的加拿大籍网友,一个在健身房认识的骨感得需要增肥的单身少妇。平时发发短信,能见的偶尔找个机会见见,不能见的网上打打情骂骂俏。说是普通朋友吧,似乎要暧昧得多;说是情人吧,当然没到那个份上。不是挺好吗?寡淡了,想放纵一下,可以跨出去一步两步;觉得过了,踩地雷了,又随时能收回脚。当然,这一切都是瞒着倪老师的。也不是有什么见不得人,只是觉得没这个必要。但是接了李警官的电话之后,黄皮就有了另外的想法。所以,他开始在电话里给马拉补漏洞。他说他回家也就半个小时,他说去看演出再喝酒也就四个男人,他还说马拉会不会把车停在路边休息,因为马拉真的喝了不少的酒。挂了电话后,他马上打了马拉手机。关机。于是他就开始穿衣服。他得找到马拉。撒了谎就得把谎给圆上,这事没谁逼他,但是也没谁会替他去做。这期间,倪老师依然没吭声。黄皮给牛仔裤拉拉链时,她终于憋不住,于是骂了句"活该"。

"别人老公丢了你会去找,自己老婆丢了你还不一定会去找呢。"倪老师说。

倪老师一开腔,黄皮就松了口气。他不怕别的,就怕老婆一声不吭。最久的一次,倪老师三天三夜没吭声,黄皮都快被她逼疯了。黄皮当然清楚老婆这次怄气是为了什么。倪老师知道老帕来草桥,倪老师也知道他们几个去看了老帕。黄皮当然想带老婆一块去。但是该死的马拉只给他一张票。黄皮不心疼那几个钱,可如果去给老婆再买一张,马拉的脸面就会过不去。黄皮很想跟老婆说明白这道理,但老婆不提这事,他无从启口啊。老婆现在说话了,本是个解释的机会。但黄皮现在没时间了,他必须先找到马拉。

"你先睡吧,回头跟你说这事。"黄皮就出了门。

在去车棚拉自行车时,黄皮的手机响了。是毕大师打来的。黄皮马上就有了不祥的预感。他忘了还有另外两只轮子,该死!果然,毕大师已经提前把他给出卖了。当他自作聪明地在电话跟李警官撒那些谎时,李警官一定在冷笑。"你怎么这么笨啊?

你应该立马给我打电话啊。"黄皮真是火大了。"我是放下电话就给你打啊,可还是她抢先了一步,谁叫她是个警察啊!"毕大师在电话里很委屈地申辩。"好了好了,我去找人,你睡你的大觉吧。"黄皮啪地关了手机。黄皮拉了自行车待在车棚门口。事情已经被越搅越浑。还有去找马拉的必要吗?开始是怕马拉有事,所以他才撒谎。而现在,马拉即使没事,也已经跳进黄河都洗不清了。在李警官眼里,我们都是一丘之貉。那么,就这样回去睡觉,让马拉去自作自受?万一的万一,马拉真没干坏事,只是酒喝多了车子出了事怎么办呢?

我一定是天底下最倒霉的人。这样嘟囔着,黄皮终于还是拉着自行车出了门。

让黄皮没想到的是,不知什么时候,天上已经飘起了雪。看来,连老天爷也被好心人黄皮给感动了,于是给了他一份意料不到的礼物。黄皮已经有很多很多年没有看到雪了。"你们这帮蠢猪都睡吧。明天起来雪就会融化。只有我一个人知道今年的圣诞节曾经下过一场雪。"于是黄皮就高兴起来。

但是黄皮高兴得太早了。先是从家里出发,沿着医院路,过东桥,再顺着307省道,找到赵四的学校。没人,也没车,只有满天飞舞的雪花。再从赵四学校出发,顺着环城路,过西桥,穿长春路,找到马拉家门口。没人,也没车,只有满天飞舞的雪花。雪越下越大,黄皮越来越冷,出门时他忘了戴帽子和手套,手僵了,脚木了,耳朵冻没了,落到他的颈项里的雪开始融化,并慢慢向下蠕动。现在,他早已看烦了雪,他只想把这份礼物连本带利送还给老天爷。一路上黄皮都在不停地打电话。先是给马拉打,一直关机。后来就想到了给赵四打。赵四的手机没关,音乐一直响着(居然也是那首《今夜无人入眠》,老帕来草桥的消息传开后,把手机铃声换成这首歌已经成为一种时尚),但是一直无人接听。不会真出什么事吧?第三趟,黄皮是从马拉家出发,沿滨江路,过剡湖桥,经医院路,找到人民医院。看了所有的急诊病房,问了所有的医生护士,都说没这号人。

赵四小姐为什么不接电话呢?如果她在睡觉,那么就是死人也被吵醒了,哪个死人受得了帕瓦罗蒂的嗓门?那么是因为她不熟悉我的号码?不会吧?她以前不是偶尔给我发短信吗?节日问候啊,稀奇古怪的成人笑话啊。

那么是因为她与马拉在一块?他们还在鬼混?在她宿舍的床上?在他或她的车上?或者在雪地上?对,一定是在雪地上。赵四说,我很冷。马拉说,我会让你热起来的。于是他们开始在雪地上忙乎。怎么做呢?躺着?坐着?或者站着?应该是站着吧,至少马拉是站着的。而赵四就挂在他的身上。脸对着脸,双手圈住马拉的脖子(马拉的脖子是足够粗壮的),叉开修长的双腿。只要找到支点,即使马拉站着,她也照样能骑到他的身上。对,赵四穿了条裙子。这个时候,裙子比裤子可方便多了。赵四说,我的手机响了。马拉说,别理它。马拉微微屈了屈腿,大腿就贴着了赵四的屁股。赵四说,我的手机又响了。马拉说,一机不能两用。马拉又向下蹲了蹲,支点的活动余地更大了。赵四说,我的手机又响了。马拉说,管它呢,别忘了我的手机还在通话中。马拉的马步功夫很好。这点黄皮知道。

黄皮开始给赵四发短信。我是黄皮。发送。知道马拉在哪吗?发送。他老婆正找他。发送。我跟她说。发送。四个男人看演出。发送。喝酒。发送。说他。发送。酒喝多了。发送。可能。发送。在车上休息。发送。

他们不冷了,他们早已做得汗水淋淋。黄皮却摔了一跤。人摔了个狗吃屎,自行车的链条也掉了。从雪地上爬起来时,黄皮的手机响了。很意外,是赵四!老帕没影响他们,但是,气喘吁吁的短信把他们给吵醒了。也许按照国际惯例,他们正好中场休息。

"不会吧,他把我送到就走了。你都找了?学校也来过了?你找的是前门吧?我学校有两个门,他是从后门走的。"赵四小姐说,听不出气喘吁吁的迹象。

于是黄皮开始跑第四趟,从医院出发,重新沿医院路,过东桥,顺307省道,一路找到赵四的学校。路上,黄皮还给马拉家打了个电话,求证马拉是否在他找的时间段回了家。因为完全存在这样一种可能,赵四撒了谎,他们一直在一块,只是没工夫接电话,后来事完了,马拉走了,于是赵四才得空回话。雪已经积了起来,自行车在黄皮背后留下两条很不规则的麻花小辫,但在黄皮面前,马路像一张白纸,什么车辙,连一个浅浅的野猫的脚印都没有。

就在黄皮快要彻底绝望的时候,感谢上帝,他看到了一辆小车。那车子就停在学校的后门口,只露了个屁股。黄皮抖擞精神,脚底加加劲,把自行车踩了过去。

但是非常遗憾,那不是马拉的"7086"。黄皮只是个药剂师,不是魔术师,他没办法把一辆白色的现代跑车调包成马拉那辆黑色的桑塔纳2000。

4. 马拉

我很想跟赵四上床,从认识她的第一天起就想。

你们不想听从前的事,你们最关心的是那个晚上,那我就直接说那晚上的事吧。我不知道自己能不能说清。我真的一点都没把握。

黄皮下车后,赵四的车子就超了上来。超过去时,赵四拉下车窗跟我说过一句:跟着我的车。于是我就跟着她的车。她把车子开得很慢,我跟在后面,一直保持着五十米左右的距离。我不知道那个时候几点了,我想看看时间,但是我的手机没电了,喝酒那会就没了,这个你们知道。我车上的表也坏了,这个你们也知道。于是沿医院路,过东桥,再顺着307省道跑,一路上没碰见一个人,也没碰见一辆车。狗娘养的夜晚安静得就好像只剩下了一个男人和一个女人。后来就到了赵四的学校。赵四的学校有两个门。正门就在307省道边上,早已经关了。我们走的是后门,走后门得转个弯再走两百米路。路的一边就是学校的围墙,另一边是一条灌溉渠。路是水泥路,不宽,碰到车技差的,两车交会有一定难度。后门的铁栅门像是坏了,黑嘴洞开。赵四跨着门停下车,把头从车窗探出来:"你回吧,没事了。"我说:"不急,送佛送上天。"反正外面也倒不了车。我对自己说。就没点别的蠢蠢欲动的念头?不瞒你们,有。我就跟着赵四的车进去了。进去是一个操场,赵四的宿舍在操场另一边。

赵四把车子停进一个自行车棚,走过来了。

"你回吧。"她说。

"不急!"我说。

"你不会想把我陪上楼吧?"她说,声音有点夸张。

"你需要我就陪啊。"我说。

"你要真陪我上去,那我可就不让你下来了。"赵四说。

发动机没熄火,借着车灯的光能隐约看见赵四的脸。我得说实话,赵四说那话时很迷人。当她以这样的口气跟我说话时,总是很迷人。我们平时发短信,她回复很快。有次我夸她:"你打字的速度真快,服了你。"回复立马就过来了:"我也有慢的时候,你会更服。"那短信的确让我想入非非了。她在车灯下说那句话效果更理想。你们面前我就不说假话了。

"你要这么说,我可真陪你上去了。"我说。这是真心话。我挺想跟她上楼,然后上床。

但没等她回答,我的嘴立马又补了一句:"不早了,你上去吧!"

我的嘴有时并不听我使唤。相比之下,它似乎更听别人的,比如我老婆。它知道什么时候该踩刹车,这一点很像我的脚。我的嘴不想给她回答的机会。于是,之前的话变成了很有分寸的戏谑。

她挥挥手进了楼。楼梯的灯亮了。一会儿,三楼的一个窗口亮了,再一会儿,楼梯灯熄了。

就这样,我蠢蠢欲动的念头熄了,你们等待的好戏也收场了。我不得不像往常一样,掷掉烟蒂,拉上车窗,松开手刹,踩下油门,方向盘死命一打,让"7086"在操场画出一条漂亮而又伤心的圆弧,离开了学校。

我知道你们很失望。其实我比你们更失望。

我刚才说了,我很想跟赵四上床,从认识她的第一天起就想。但问题是,我从没跟她上过床。我连她的一头发丝都没碰过。以前没有。那个晚上也没有。

我知道你们不相信。我知道你们有很多疑问。你们的疑问就是我老婆的疑问。这么多年来,上帝给过我很多次机会。每次都是这样,我把边鼓敲得很响,但是该把那层纸捅破时,我的手指头就软了。我怕什么呢?我当然怕老婆,但这不是主要原因。如果让你们跟一个警察在一张床上睡二十多年,你们也会在侦破中学会反侦破。我觉得我就是《手机》里的那个费老。

275

"左思右想,右思左想,最后改在茶室坐而论道。"像费老一样,我也怕"麻烦"。我不就请她看了场演出吗?结果呢?

不过,我想跟你们说的不是这些。从赵四学校回家,我不可能开上三四个小时的车。我回家后看过时间,凌晨4点差10分。我想跟你们说的,是发生在后面那几个小时的事。但我必须先说前面这些。只有相信了前面这些,你们才有可能相信后面的事不是我编的。我不知道自己能不能说清。我真的一点都没把握。如果连我自己都没信心,那么我又怎么能期望你们相信它呢?

那个晚上,你们(包括我老婆)认为我跟一个女人在一块。

事实上,我一直跟一个男人在一块。

我还是继续从头说吧。

就在我刚刚打了转向灯准备转出校门时,一辆车子不知从什么地方冒了出来。它开了锃亮的远灯,简直是在朝我撞过来。我下意识地踩了一脚刹车。对方到底也踩了刹车。我以为撞上了,但是没有。两辆车像公牛一样对头对脑地顶在一块,估计中间最多也就插一只打火机。

那个人下了车,没关车门,一步一步朝我走来。

你们一定猜到他是谁了。兄弟们,你们跟我想到了一块。

当时,我的脑子有点蒙。跟一个女人上没上过床这种事,你说三言两语能说清吗,尤其是跟她的丈夫?

我下意识地跟着下了车,但我把车门关上了。你们知道,我有这习惯。

在我的车屁股后面,我们迎面遭遇了。借着车灯的光,能感觉他的个头比我小,像是理了个平头。但我来不及看清他的脸,因为对方的拳头已经过来了。

我的右下颌结结实实地挨了一记。

很爽。真的很爽。

他没跟我废话,这挺好。

他的拳头告诉我,他受过专业训练。他的拳头还告诉我,他是个左撇子。这也很好。

容不得我多想,他的右腿已经朝我跨下踢了过来。对那个晚上来说,这是最最重要的一脚。如果我没有躲开那一脚,那么可能现在我就没机会坐在这里跟你们喝酒了。是的,我侧身躲过并撩到了他的脚,顺势一掀,他重重地摔到了地上。说时迟那时快,只见一个漂亮的鲤鱼打挺,他的拳头又影子一样跟了过来。

雪就是这个时候开始下的。你们看见那晚的雪了吗?太美了。当然,作为当事人我那会没心思欣赏雪景。

是的,那个晚上我太想跟人干一架了,是谁不重要,棋逢对手当然更好。要知道,我还从没跟一个受过专业训练的左撇子交过手呢。我的斗志被激了出来,但我的手早已生疏。你们看见过我书桌墙上挂的那对拳击手套吗?它已经积满了灰尘。幸亏我们还在驴行野营,夏天骑骑马,冬天裸裸泳什么的。深挖洞,广积粮。果然这个时候就用上了。

他的攻势很猛,有点急于求成。我基本取守势,防守加反击,因为我不想把事情闹大。

雪越下越大。夜静得出奇。我们就像两只斗得难解难分的斗鸡。他的长处是身体比我灵活,腿功好,拳脚配合密切。估计除了拳击他还学过散打。我的优势是气长,内力还行,块头又比他大。所以,除了开始时猝不及防外,后来我就没再吃什么大亏。虽然我身上的落点比他多得多,但后来他落到我身上的拳脚已经越来越不让我觉得爽了。

我们的嘴都闭得紧紧的,自始至终都没说过一句话。这一点挺好理解。我知道你们是怎么想的。对他来说,事实就摆在那里,已经用不着问了;对我来说,什么都没干过,又有什么好解释的呢?对。后来我跟我老婆就是这么解释的。

他忽然停了下来,回身朝后车厢走。我有点慌,他去拿什么呢?刀啊棍的?我想到了自己座位底下的那把军刀——那刀你们不是看见过吗?是我上次作家节从龙泉买回来的。我该去拿出来吗?我说了,我不想把事情闹大,但这并不意味着我愿意有名无实地死在一个所谓的情敌手上。其实,即使我想拿也已经来不及了。他已经拿出来了。

他没拿刀也没拿棍。他翻出了一瓶矿泉水。

他开始拧开盖子朝嘴里倒水,头上雾气腾腾的,像刚揭开的蒸笼。我的口更渴了。

他看看我,再次回身朝后车厢走。

他朝我走过来,把另一瓶矿泉水递给了我。

是农夫山泉,小瓶装的,就是帕瓦罗蒂在演唱会上喝的那款。

我有点羞愧,为自己想到刀啊棍啊什么的。接过那瓶矿泉水时,我真想说声谢谢。我当然没说。我很清楚,谁先开口谁就会落个下风。但我的确很意外也很感动。如果换个场合相见,我想我跟他一定会成为朋友,甚至兄弟,就像我跟你们一样。因为我们有一样的口味,比如小瓶装的农夫山泉。你们知道的,如果我的后车厢里有水,那么一定是农夫山泉,因为我喜欢他们那句有点甜的广告词,而且还是小瓶装的。谈到口味,你们一定会说,也不仅仅是矿泉水啊,还有赵四呢。他喜欢赵四,这跟离没离婚没有关系;我也喜欢赵四,这跟上没上床也没关系。对,我当时就是这么想的。但这一点我没跟我老婆说。

接下去的事我也没跟我老婆说,但我必须跟你们说,否则我会死不瞑目的。

他喝光矿泉水,把空瓶掷到雪地上,我也跟着掷掉了空瓶。

他拍了拍衣服和头发上的雪,这个动作是多余的。我也跟着拍了拍身上头上的雪,我的动作当然也是多余的。

几点了?我的手机早已没电。

雪还在继续下。寒气像蛇一样笔直地从脚底朝上钻,我的斗志由冰化成了水,下颌也开始隐隐作痛,我已精疲力竭。我想他也不会好到哪里去。

重新开始吗？继续打下去吗？

我不知道。当时我挺想抽根烟，或许他也挺想。于是我就去车里拿香烟。你们都知道我把香烟放在哪个位置。拿烟时我顺手把音乐开关拧高了，这次我也没关车门。

帕瓦罗蒂的嗓门破窗而出。荒唐，又是那首该死的《今夜无人入眠》。

但是，且慢。

我突然被镇住了——当老帕熟悉的嗓门传入耳朵。我想跟你们说的就是这个。醍醐灌顶。也许就是那感觉。听了这么多年的帕瓦罗蒂，可那一刻，我成了个白痴，就觉得自己是第一次听到帕瓦罗蒂。以前所有的感觉和记忆都被抹去，我听到了根本不可能是从喉咙里出来的声音。可那不是从喉咙里出来的声音又是什么？不知道，反正我他妈的眼泪都流出来了。我搞不懂这是为什么。对，可能跟那晚的雪有关。也许，还跟那一架有关。说真的，那一架来得太及时了。我挺感激那个理平头的先出左拳的小个子男人，虽然我到现在也没搞清他是不是赵四的丈夫。

他是谁的丈夫真那么重要吗？

对，那晚的结局就这么平淡。打完架后，我们在一起抽了根烟，之后，就各自掉头回家了。

西凉

送快递的小伙子长得很帅。

有一次跟卡卡在QQ上聊,饭粒就顺嘴说了。

饭粒只是顺嘴一赞,卡卡却不依不饶了。

是吗?

有多帅?

动心了吧?

主动约啊——反正我也鞭长莫及。

好啊。饭粒说。

对话框还开着,饭粒直接点个右键离了线。

QQ是挂在电脑上的,一会儿她干脆又关了手机。

知道是玩笑,可饭粒依然生气。

凭什么啊? 就凭他还没忘记每年送一份生日礼物?

饭粒正在给玻璃缸里的鱼喂食,楼下的对讲机响了。

姐,您的快递。是那小伙子。

那时候饭粒还穿了睡衣,等到门铃响时,她已经换了身衣服。有这个必要吗,就为接一个快递?

进来坐会吧。饭粒打开了防盗门。

不麻烦了,姐,您签个收我就走。小伙子规规矩矩站在门外,把快递袋子和一张单子递给了饭粒。

进来喝杯水,顺便,帮我个忙。饭粒说。那语气是毋庸置疑的。

小伙子就犹犹疑疑地进了屋。

饭粒去冰箱倒了杯橙汁,递过去时忍不住多看了两眼——因为卡卡?小伙子二十六七岁,瘦高个,鼻梁挺挺的,眉眼间带点腼腆,如果摘掉眼镜,挺像韩剧里的某个男星,是谁饭粒一下没想起来。

印象中上门的快递员都会有点邋遢,但他没有,一身天蓝色的工装干干净净的,那个帆布挎包也是。

后来呢?你让他帮什么忙啊?卡卡在 QQ 上追问。

这已经是一个月之后的事了。那一个月里,他们谁都没有理睬谁。直到某个凌晨,卡卡打来电话,说他想死她了。卡卡又喝醉了酒。听到卡卡的声音,饭粒硬了一个月的心肠瞬间就软了,仿佛一块冷藏的巧克力被谁含到嘴里。

后来?还能怎么样?照你说的——勾引他啊。饭粒说。

那么——你真的跟他上床了?卡卡问。

是的。饭粒说。敲这两个字的时候,饭粒一点都没犹豫。

这时,单位的男同事叼根烟晃了进来,饭粒只好把对话框最小化了。饭粒在一家文化公司做网站策划,一周坐两天班。男同事快六十了,每次逢饭粒上班都会来办公室蹭一会,并没什么事,闲聊几句,开开不算过分的荤玩笑,把续上的烟抽完,便会心满意足地离开。搭讪的时候,饭粒猜测,卡卡的头像应该已经灰了。他那小心眼受不了这个,他会愤然下线,消失,然后,直到下一次喝醉,像例假似的跟饭粒说,他想死她了。

但是这次没有。等饭粒重新打开对话框,卡卡的头像还亮着。

说说你是怎么勾引一个二十七八岁的帅小伙的。那个头像挺有耐心地等着。

饭粒盯着那句话足足有两分钟,然后开始键走如飞:

我跟他说,我的影碟机坏了,能不能帮我看看。

对了,我想起来了,小伙子长得像李敏镐,我们就叫他李敏镐吧。

李敏镐说,我看看吧。他把挎包放到茶几上,就开始倒腾起我的影碟机。

你知道,事实上我的影碟机没坏,我只是松开了某个插头。

所以,就算李敏镐再笨,他也帮得上我这个忙。

果然,没一会李敏镐就把影碟机修好了。对了,我事先还在影碟机里放了一张碟。

那张碟我们一块看过的——《安娜的所有事情》,也有人译成——《安娜的情欲史》。

李敏镐按下播放键时说,姐,应该修好了——然后他就怔在那边了。

VCD播的就是格莱·贝饰演的安娜与前男友约翰在厨房激情那一段,你没忘记吧?厨房里到处都是碍手碍脚的瓶瓶罐罐,另一边是醉醺醺的弗兰克,蹲在卫生间的马桶上喊,安娜,知道手纸在哪吗?

然后,隔着一张茶几,我也在背后喊了:李敏镐,再帮姐一个忙,好吗?

李敏镐忙着的时候,我也没闲着。沙发上,我的全身都已松动,仿佛另一只等待修理的影碟机。

饭粒挪了把椅子。小伙子没坐下,端着杯子用眼角的余光扫了遍屋子,冒失地问了一句,这么大的屋子,姐一个人住啊?饭粒嗯了一声。是啊,这么一大套搁在三环内,谁见了都羡慕。但这屋的主人并不是饭粒,房子是小姨和她老公的。差不多十年前为了逃离一段无望的恋情饭粒自南京漂到北京,曾有过短暂的租房生涯,逼仄的终日不见阳光的房间,合用卫生间合用厨房合用客厅。小姨实在看不过去,某一天就哭着把她的一箱子书和一箱子衣服拖回了自己的家。小姨和她同龄,打小一块长大。小姨一直没孩子,可她还有老公呢。二人世界,凭空插进一个第三者。种种不便,种种隐忍。可总比与陌生人合用一个抽水马桶强吧?小姨老公的脾气很好,唯独有一次,两夫妻吵架,饭粒上去劝,小姨老公搡了她一把,冒出一句,你是谁啊?凭什么在我家?三年后,小姨老公去了欧洲,随后小姨也跟着去了。偌大的屋子就剩下她一个人,再也没有什么不便和隐忍了。可饭粒依然觉得自己是个寄居者,那是一种深入骨髓的第三者的耻辱感。

你是西北人?饭粒问。小伙子的普通话里有很浓重的口音。

我是甘肃武威的,就是以前的西凉。小伙子说。

西凉啊?!饭粒惊叫起来,那是产汗血宝马的地方。

干吗改成武威啊?西凉多好——大漠孤烟直,长河落日圆。葡萄美酒夜光杯,欲饮琵琶马上催——饭粒说。

我也觉得西凉好。小伙子说。

对了,我想让你帮我换一下鱼缸的水。饭粒说。

那个玻璃缸就搁在餐桌上。像一个地球仪,底座削去了一小块,上面削去了一大块。云在青天水在瓶。几条二指宽的红鲤在水里悠悠地游。除了鱼,缸底还有一些漂亮的鹅卵石。那是饭粒在青岛的海滩上捡的。与卡卡分开两年,他们唯一一次见面就在青岛。卡卡给饭粒打电话,我在青岛呢,傍晚的海滩好美啊。那我过来看你?好啊,不开玩笑?不开。饭粒真的飞蛾扑火似的去了,带给卡卡一脸惊诧。鹅卵石捡来了却没地方装,卡卡让饭粒掷掉得了,饭粒不肯。后来卡卡就在柜子里找出了一只装一次性拖鞋的塑料袋。分手时说好一年至少见两次面。但他们只见了这一次,此后一直没再见面。偶尔有的联系就是手机和电脑。相见欢,可别离太痛。所以卡卡说,他宁可不要这样的相见。

好漂亮的小鱼儿,是叫锦鲤吧?小伙子说。

不是锦鲤,是红鲤。饭粒说。

红鲤和锦鲤不一样吗?小伙子问。

不一样。饭粒就絮叨开了:红鲤其实就是鲤鱼,只不过它是红色的,红色多喜庆啊,所以中国的阔人就像养小老婆一样养红鲤。据说作为观赏鱼,红鲤在明代已非常普及。而锦鲤已经是红鲤的变种了。大约两百年前红鲤传入日本,日本人发现红鲤容易色变,于是选种、改良,种种折腾,培育出了新的品种。这种新品种色彩鲜艳、花色似锦,所以得名锦鲤。锦鲤的种类很多,专家说有十三大类一百多种。

是这样啊——姐真有学问。小伙子客气地说。

学什么问啊?不懂问度娘呗。饭粒自嘲了一句。

饭粒忽然有点讨厌起自己,什么汗血宝马欲饮琵琶,什么红鲤锦鲤日本人小老婆,一个女孩,在陌生男生面前瞎扯那么多,怎么看都显得轻佻。独个儿在屋子里一憋一整天,饭粒只是太想找个人说说话而已。可练嘴皮子,也得挑挑对象啊,人家的帆布挎包里还有一大沓待签的单子呢。

哎呀,不耽搁你了,帮我换水吧。饭粒说。

小伙子像得了赦,赶紧放下杯子去搬那只玻璃缸。

姐,怎么换啊?得把小鱼儿先捞出来吗?小伙子端着缸问。

不用不用,倒掉三分之一的水,再续上就行。那鱼缸太沉了。饭粒说。后面一句变成了解释,不必要的解释。其实鱼缸再沉,饭粒自己也能换。这之前不是一直自己换的吗?把旧水一勺一勺地舀出来,再把新水一杯一杯地注进去。像蜗牛一样,慢一点,笨拙一点,可自己多得没法打发的不正是这漫漫时光吗?哆哆嗦嗦爬上扶梯换发闪的日光灯管,照着网上的帖子亦步亦趋地疏通厨房堵塞的下水管,半夜三更飘飘忽忽地拖着发烫的身体去社区医院打吊针,那个时候有哪个该死的男人来帮过一把呢?

换好水,签好单,小伙子就走了。

就这些吗?就这些。对了,走之前他还喝了那杯橙汁。

可是,就算她真跟李敏镐上床,又怎么了?对,与卡卡分手半年后,她的确又与田一楷冤家聚头了,虽然很快闹翻。可李敏镐也好,田一楷也好,不管她跟谁上床,轮得到你卡卡来指手画脚吗?

玻璃缸重新回到了餐桌上。水面的光影慢慢停止了晃动。

鹅卵石在缸底安安静静的。三条红鲤又开始钟摆一样悠悠地游弋。一圈。一圈。一圈。

饭粒曾经养过一只猫。一只半大的虎皮猫。饭粒叫它拖鞋。

拖鞋也喜欢蹲在餐桌上一眨不眨地观察那几条红鲤,那神情颇难捉摸。

饭粒每天出门前给它喂猫粮,临睡给自己洗澡前总是先给它擦洗爪子。没几天拖鞋就学会了在沙堆里撒尿拉屎。大多数时候,拖鞋都很乖,饭粒读书、看碟或练钢琴时,它总安静地待地一边,从不打扰。也有闯祸的时候,饭粒呵斥它,它会撒娇:四脚朝天仰头看着饭粒,慢慢地扭动身体,翻过去,再把头倏地转过来。那动作很滑稽,每每让饭粒忍俊不禁,拖鞋便会乘机跑过来蹭到饭粒身上,彼此就算是和好了。此外,拖鞋还喜欢大摇大摆又悄无声息地在房间里逡巡,角角落落都不放过,仿佛一个称职的小区保安,空荡荡的屋子便添了生机。在外头的时候,饭粒似乎也有了牵挂。饭粒的社交活动很少,但偶尔也有老乡聚个餐,同事唱个KTV,谁谁约着看个话剧什么的,局才一结束,饭粒就会想着赶紧回家,仿佛有谁在热被窝里等着她似的。坐在出租车上,夜晚的风拂过脸颊,饭粒感觉自己粗粝的内心也每每变得柔顺。

拖鞋很快就长成了一只成年猫。但是有一天,拖鞋突然不见了。饭粒把钥匙插入防盗锁,锁舌啪地响过之后,拖鞋没有像往常一样出现在她的面前。屋子里一团漆黑,饭粒打开了所有的灯,喵——喵——所有的房间,所有的旮旯都找遍了,甚至橱柜、洗衣机、冰箱都打开查找过了。但是没有。客厅的电视机不知为何是开着的,上面正在播一部跟外星人有关的科幻片。长方形的显示屏仿佛是另一世界的入口,一只软体动物的触角悄悄伸出来,缠住了拖鞋,甚至来不及呼喊,拖鞋就被拖入了时间的黑洞。那一天窗外下着暴雨,饭粒怔怔地站在客厅里,她似乎看到了这一切,但是无法阻止。

拖鞋消失了,毫无预兆,也没有惜别。如同那些男人,他们一个个在饭粒的生命中出现,靠近她,弄乱她的头发,进入她身体最隐秘的地方,把她的内心搞得汤汤水水一塌糊涂,然后有一天,忽然抽身而去,只留下一个兵荒马乱的战场。

饭粒把购物点固定在了那一家网站。

时不时地,饭粒就会用鼠标点击点什么。仔细一想,其实都是可有可无的东西。有一次,饭粒就看上了一个全金属的红酒启瓶器。买这个干吗?饭粒又不在家喝酒。更无厘头的是,过一阵子饭粒居然又下单了两瓶进口红酒。就为了让那个漂亮的启瓶器派上用处?

现在小伙子不再规规矩矩站在门外了。

对了,小伙子不叫李敏镐,他叫马家俊。下单后网站会同步提示订单状态,订单已扫描已打包已分拣已配送,然后每条后面还跟着经手人的姓名和联系电话。

等饭粒打开防盗门,马家俊会大大方方地走进来,直接把货物单和签收单放到餐桌上,然后问一句,姐,今天要换水吗?

花鸟市场那个长得像蚕宝宝似的东北大姐交代过饭粒,热天一周,冷天半月。所以,凑不得那么巧,马家俊每次来都能换。

换不成水,马家俊会俯下身子痴痴呆呆地看一会鱼。

鹅卵石在缸底安安静静的。三条红鲤钟摆一样一圈一圈悠悠地游弋着。

姐,小鱼儿可真快乐。马家俊说。

姐,有人说,鱼儿快乐是因为记忆特别短暂。可是,没有记忆的人怎么会快乐呢?马家俊说。玻璃缸反射了窗外的阳光,马家俊的脸毛茸茸的。

等马家俊走后,饭粒会接着坐到餐椅上傻乎乎地看一会鱼。鱼儿快乐吗?饭粒问自己。子非鱼,焉知鱼之乐?子非我,焉知我不知鱼之乐?

记得以前拖鞋也喜欢蹲在餐桌上神情古怪地观察那几条红鲤。那时候,它在想些什么呢?

饭粒曾经在网上看到过一个古怪的词:鱼七猫九。什么意思?度娘说是鱼忘七秒,猫死九命。然后出来一个更古怪的问题:如果猫与鱼相爱,结果会怎样?

不是猫淹死,就是鱼渴死,总之,谁主动谁死。这是理科生田一楷的回答。

后来饭粒也拿这问题问过卡卡。卡卡说,鱼上不了岸,猫下不得水。盈盈一水间,脉脉不得语。所以,倒是会长久。卡卡还说,人靠得太近,相互就会变成刺猬。话听着深刻,其实却是借口。卡卡有他自己幸福的蜗牛壳,妻如玉女儿似花。所以他可以爱,只是爱,没有任何承诺。鱼也好,猫也好,注定这辈子他都不会为谁纵身一跃。

演奏完一曲,饭粒回过身,看见钢琴老师已经点上了一根烟。

看来自己弹得不错。钢琴课半月一次,在上新课前是汇报演出。如果听得满意,老师就会在身后不自觉地点上一根烟。

果然,老师表扬了,好,演绎得很到位。老师又贪婪地深吸了一口,然后把烟从嘴里舒畅地吐了出来。淡蓝的烟雾在房间里袅袅上升。卡卡也抽烟,但与老师抽得别样。烟从他嘴里丝丝缕缕滑出来,会滴水不漏地钻入两个鼻孔,然后再从嘴里做柱状徐徐而出。卡卡说,抽烟享受的就是这个过程。

老师站起来,拧灭了烟蒂。

巴赫不是莫扎特,巴赫不是贝多芬,巴赫也不是柴可夫斯基,巴赫就是巴赫。老师说。这听上去就像一句废话。老师的话很少,偶尔有几句也常常是类似的废话。学钢琴就两条,用心听,用心练。这是饭粒第一次去时老师说的话。

你再听我演奏一次,老师说,注意开头和结尾,当然,还有中间。又一句废话。

饭粒起身,老师坐下。琴声重又响起。

老师五十挂零,花白长发,喜欢穿格子的灯芯绒,脖子上总是挂一块长长的围巾。时代狂飙突进,可他依然故我地活在二十世纪八十年代。除了钢琴和音乐,他们很少有交流。记得那段时间,卡卡总是一课不落地来陪练。饭粒在里面跟老师学琴,卡卡就坐在教室外的走廊里看书或者刷屏。偶尔抬起头朝外瞥一眼,无论目光对上还是没对上,饭粒都能感觉到自己的那颗心,它就在该在的地方,踏实又甜蜜。第二次陪练,饭粒跟老师告别,老师朝外面努努嘴,很意外地问了句,男朋友?饭粒迟疑片刻,用力地点了点头。老师笑笑,没话了。卡卡总共陪了七次,该到第八次的时候,突然就没了第八次,甚至连之前的七次也没了。培训大楼熙熙攘攘,进进出出的都是乐童,星期八变成了星期一,而饭粒又变成了一个没家长陪练的学生。轮到饭粒了,饭粒进去关上门,看见老师朝外面瞥了一眼。饭粒等着老师问那一句——你男朋友没来?但老师没问,一直到说拜拜时也没问。老师为什么不问呢?饭粒挺纳闷。可老师为什么要问这个呢?

课时结束了,饭粒收拾谱架上的曲谱,听见老师又点了根烟。

有个叫格伦·古尔德的钢琴家听说过吗?老师说。

格伦·古尔德？没。饭粒说。

你可以听听他是怎么演绎《哥德堡变奏曲》的,老师说,网上有视频,挺有意思一家伙。

嗯,我找找吧。饭粒说。

跟男朋友分手了？老师却很突兀地插入一句。

饭粒抬起头看老师。老师终于还是问了。分手都已经两年,老师的耐心可真好啊。

饭粒等着老师再说点什么。既然问了,那么,就不应该只有这一句。我只是个钢琴师,不提供心理咨询。老师说。这话有点硬。唯有音乐不离不弃。老师说。对,也许这腔调更适合老师。

但老师什么都没再说,于是饭粒就推开门走了出来。

对讲机响过五分钟之后,门铃响了。

饭粒打开防盗门。一样的天蓝色工装,一样的帆布挎包,但站在门外的人不是马家俊。

送货的是一个脑门半秃的大叔。

饭粒接过包装盒,问了一句,你们换人了？

嗯,这周刚新派我的线路。大叔说。

饭粒把签收单递出去,又问了一句,原来那小伙呢？好像姓马。

不认识。公司几千号人呢——大叔说。

也许走人了吧,谁知道呢。大叔耐着性子又加了一句。

半秃脑门进了电梯,饭粒在门口怔了好一会,才想起关上防盗门。

像小马这样给网站送货的,全北京城有几万吧,也许几十万呢,每天都有人像炒股样进来出去,谁有空闲关心这事啊?

饭粒把包装盒掷进垃圾筒,坐回到方凳上继续练琴。

可不知为何,心却躁了起来,一行五线谱总也捋不顺。

走人?什么意思?是换了份工作?要不,是离开北京回西凉了?也许他是生病了,会不会出什么意外呢?

饭粒翻下琴盖,忽然生起自己的气。不就一个送货的吗?萍水相逢,只是拉扯过几句,只是长得有点帅而已。其实也称不上帅,谁能肯定那一点点帅不是因年轻而给人的错觉呢?再说了,帅翻天又怎样?关自己什么事?

这之后,卡卡一直没主动跟饭粒联系。

也许卡卡已经戒了酒,所以也就不会来例假了。这应该是一个或迟或早都会来的结果。

出梅入夏。某一个抓狂的晚上,辗转反侧的饭粒一发狠,起床拉黑了他的QQ,删除了他的手机号。

卡卡却忽然给饭粒来了电话。没显示姓名,可饭粒认得。只迟疑三秒,饭粒就接听了。

吞吐半天,卡卡才告诉饭粒他出差在京,已经来了三天。

你住在哪？我马上过来。饭粒说。

我只是想给你打个电话。卡卡说。

又吞吐半天,饭粒才明白他已经人在机场,就要离开北京。

你等我,我马上赶过去。饭粒说。

那天饭粒碰巧上班。电梯口单位那男同事堵住了她。

我有急事。饭粒一边说一边就把男同事关在了电梯门外。

雨雾天,去机场的路堵得一塌糊涂。

等饭粒赶到候机大厅,卡卡已经登完机,进了舱。

飞机就快起飞了,卡卡的手机还开着。

你为什么还要给我打电话,为什么为什么为什么？饭粒对着电话号叫,她的声音是那么地肆无忌惮,磁铁一样吸引了候机大厅里无数的目光。

当天晚上,饭粒改变主意又去见了个男人。

他们约在一家叫北海道的日式料理店。饭粒掐着表迟到了五分钟。

一个壮实的男人站起来相迎,那一身藏不住的疙瘩肉让方方正正的格子间变得更狭小了。

他已经点了一桌子菜,还要了一壶清酒。饭粒刚坐下,男人就把菜单递了过来。

牵线的徐姐夸赞过他的身体条件,看来不假。双方年龄看上去也确实相当。听说男人离异过,但徐姐没说原因。

不会是因为家暴吧？但饭粒的念头很快就被否决了。

简单的寒暄后，是自我介绍。饭粒先把自己清汤寡水地过了一遍。面对一张陌生的异性面孔，你又有多少东西可以说道呢？

然后轮到男人介绍。这中间，菜陆续上来了，清酒也打开了。男人酒量不错，饭粒也礼节性地倒了一杯，却只小口抿着。

介绍到自己婚姻时，男人的话稠了起来。说他和前妻如何如何相识，如何如何热恋，如何如何两地鸿雁，如何如何克服九九八十一难修成正果。

饭粒耐心地听着，越听越别扭，但是没完。

清酒见底了，男人又要了一壶，然后话锋一转，说他有一次出差提早回家，如何如何地捉奸在床，他是如何如何地痛不欲生，后来又是如何如何地委曲求全。

饭粒听得鸡皮疙瘩都出来了，但是依然没完。

受害者正说到动情处呢，他自己跟自己又干了一杯。然后又说，他老婆是如何如何一意孤行，他是如何如何苦苦挽留，最后又是如何如何净身出户成人之美。

男人说着说着终于哭了起来，全身的肌肉堆在桌子上一抽一抽的，每一块都是那么无辜，那么值得怜悯。

从格子间出来，饭粒抢着埋了单。

肌肉男上了出租。再见的意思就是永不再见。

而饭粒还得赶最后一趟地铁。

这些年来,饭粒见过很多男人。一次次,都是她在为男人埋单,然后背回一堆记忆的垃圾。见一次就不会再有第二次。见一次就是羞辱自己一次。

风擦身而过,但眼睛从不回收泪水。

饭粒给红鲤喂食。

绿莹莹的鱼食浮在水面上,红鲤静悄悄地潜上来,快到水面了,噗的一声,一粒鱼食进入鱼嘴。再一丢尾巴,鱼儿重又潜入水中。红鲤不争食,各自找目标下嘴,然后慢悠悠地嚼着,得过很久才想起还有下一粒。吃完食,红鲤又开始悠悠地游弋。透明到几近于无的尾巴,像过长的裙摆,让落在鱼缸里的时光,也跟着慢了下来。

时光慢下去,记忆就浮上来。

马家俊的脸又在眼前晃了一下。

姐,小鱼儿可真快乐。马家俊说。

玻璃缸反射了窗外的阳光,马家俊的脸毛茸茸的。

想到马家俊,隐隐的不安便会浮上来。如果是他主动离开快递公司,无论是换工作还是离开北京,他都应该会说一声,或者道个别什么的。凭什么啊?不凭什么,饭粒只是觉得他会。有一次,饭粒忍不住就拨打了他的手机。结果电脑提示:你拨打的号码已关机。这一拨,隐隐的不安又增了一层。一个外乡人在北京,举目无亲的,什么事不会发生啊?

最后一次见到马家俊是什么时候呢？对了，那一次，马家俊不是来送货的。

那天傍晚时分，饭粒刚刚炒了几个菜，她难得有这份心情。门铃奇怪地响了——以前总是楼下的对讲机先响。饭粒以为是对门的邻居。对门住着一对中年夫妇，老是半夜吵架，来按过两次门铃。

打开防盗门，却是马家俊。我没记得网购过什么啊，饭粒诧异。

马家俊给楼上的住户送货，电梯下来，顺道就按了饭粒的门铃。

一块吃吧，我正巧做了几道菜。饭粒说。其实也只是客套一句。

不用不用——那哪成？！马家俊推辞，然后像是突然想起来似的问了句，姐，今天要换水吗？

当然不用。饭粒下午刚刚换过。

对了，我还有红酒呢。饭粒忽然想到了那个漂亮的启瓶器，购回后放着结灰尘，一次都没用过呢。

别客气了，就当是陪姐喝点吧。饭粒说。这回不再是客套。

饭粒很快从储藏间里找出了那瓶红酒，又去厨房拿了两只杯子，然后把启瓶器递给马家俊。还是你来开吧。

客厅茶几上的手机凑巧响了起来。

是田一楷。饭粒示意马家俊先开吃，就进了房间接电话。

电话挺长的。说着说着,饭粒就把外面的马家俊给忘了。等到饭粒接好电话从房间出来,红酒已经启开,还斟了两个浅杯,但马家俊已经不见了。

田一楷很悲伤,他是在站火车出口处给饭粒打的电话。他的妈妈去世了,他刚刚奔丧归来。他说这个世界上他再也没有亲人了,他无助得就像一个婴孩。

容不得多想,饭粒拿上钥匙就匆匆出了门。

对了,那一次马家俊不是来送货的。那么,他是顺道来告个别的吗?

某一天,饭粒意外碰见了拖鞋。

饭粒上完钢琴课走回家,经过小区附近那座公园时,在路的另一边,不经意就瞥见了一只虎皮猫。那时天色将黑未黑,距离又有点远,那猫与拖鞋长得挺像,到底不敢肯定。饭粒就紧走几步,边走边试着喊了两声,拖鞋,拖鞋。猫本来慢腾腾踱着步,停下了,然后觅声回过头来。四目相对——的确是拖鞋!只是比之前更瘦了。饭粒的心都快碎了。对视了那么几秒,拖鞋扭回头,走得比之前快了,它拐进了公园的大门。饭粒快步追上去,又唤了两声,拖鞋,拖鞋!在朝上延伸的台阶中央,拖鞋再次收住步并回过头来。这一次已经看不见对方的眼睛,他们中间隔了更浓的夜色。之后,拖鞋再也没有回头,直到身影在台阶尽头消失。

饭粒曾经跟卡卡提起过拖鞋,卡卡安慰她说,猫有九命,那只是皮囊,拖鞋其实没死。

但是拖鞋到底还是死了。前世今生,再熟悉的呼唤也不过是似曾相识。

大概是拖鞋失踪之后的一个多月吧。天气刚开始转凉,饭粒百无聊赖地伏在窗台上,游走的目光无意间就落到了楼下住户的空调外机上。她看到了一坨古怪的东西。辨识了很久,饭粒认出来了,是失踪的拖鞋。被夏天的烈日烧灼了一个多月后,猫尸已几近风干。那么,那天的南窗是开着的吗?谁还记得确切啊?!胃里有什么在一股脑儿朝上翻,饭粒赶紧关上窗,扣了锁。还不够,她甚至掩耳盗铃般地拉上了厚厚的落地窗帘。

但是,没用。它依然在那里,像哽在喉咙的一根刺。

饭粒感觉自己快要崩溃了。

那时候能求助的只有田一楷。半年前两人大吵一场,田一楷摔门而去,话都已经说绝了的。这电话不该打,可饭粒还是打了。田一楷没问什么事,就匆匆赶来了。之后田一楷不知从哪弄来了一杆老长的捞鱼的网兜。整个清理的过程饭粒都没看见,她一直躲在房间里没出来。等到她再次从房间出来时,那杆鱼兜连同那坨风干物都不见了,但田一楷却留了下来。用不着征得饭粒同意,田一楷已经系上围裙,在厨房忙开了。田一楷又变得像羔羊一样温顺。饭粒知道,饭菜上桌后,田一楷会解下围裙,端起酒杯,然后请求她原谅。七八年间,他们分分合合过几回,那么这桥段就上演过几回。你没有什么不对,一切都是我的错。我会慢慢成长的,我不会再犯同样的错误了。这些年来我从来没有找过别的女人,其实你也知道,我的心里只有你。从今往后,我们一起好好地过吧。这些台词饭粒都能背诵了。但他的忏悔是那么真诚,每一句都不容置疑。听着听着,饭粒会慢慢滋生起一种负罪感,一张张男人的面孔晃过,落到道德的白纸上变成一个个大大小小的污点。于是他们又一次重归于好,然后是饭粒一天天重新拾掇内心的碎片。某一天,饭粒几乎就要看到那面人们称之为幸福的铜镜了,羔羊却忽然遁形为恶狼,道德上的优越感转化成为歇斯底里的忌恨,等待饭粒的是最恶毒的咒骂、最无情的羞辱,然后是拳脚相加。

　　据说食肉动物中,猫的平衡能力是最强的。那么,当拖鞋从窗台掉到空调外机上时,并不会摔死。在上不着天、下不着地的狭窄空间里,恐惧和死亡只会被无限拉长和放大。那段时间,饭粒总是做着同样的噩梦:田一楷拉开窗户,指着窗外朝自己吼,你跳啊,你干吗不跳?窗外雷电交加,拖鞋扒在空调外机上发出凄厉又无助的叫声——

　　长夜漫漫,长得让人心慌,让人无端地抓狂。

　　长假就要来了,似乎所有人都有着或远或近的出行计划。但饭粒没有,她不知道该干吗。也许应该回趟老家,看看父母?可饭粒最受不了的就是父母和亲友们关切的目光,话说不了三句,不约而同都会着落到同一件事上。

饭粒慢腾腾地给鱼缸换水,把旧水一勺一勺地舀出来,再把新水一杯一杯地注进去。

这段时间,卡卡和田一楷都打来过电话,卡卡三次,田一楷两次。也许,是卡卡两次,田一楷三次,但饭粒都没接。饭粒似乎是在暗暗较劲,不是跟对方,而是跟自己。

较什么劲呢?饭粒却答不上。

她又一次梦见了拖鞋,扒在悬空的空调外机上,发出凄厉的叫声。风雨声太大,无情地吞噬了它的声音。与往常不同的是,这一次拖鞋停止了它徒劳无益的呼救,它探出头朝外面看了看,然后做出了一个让饭粒心惊肉跳的决定。在拖鞋的纵身一跃中,黑梦薄冰一样碎了,饭粒惊醒过来。

换完水,练完琴,饭粒下了趟楼。

她是去掷垃圾,垃圾箱成排放在公寓外面。

折回时,饭粒顺便查看了下一楼过道里的信箱。

信箱里有两本杂志,还有一份邮政快递件。

快递件摸上去硬邦邦的。饭粒看了看地址,居然是甘肃武威。

看来没有什么意外,马家俊的确离开北京回了西凉。

可是,马家俊给自己寄了什么呢?

等电梯的时候,饭粒忍不住就把快递件撕开了。

包裹着的旧报纸被一层层揭开——一个亮锃锃的全金属启

瓶器。

对,就是饭粒从网上购的,后来怎么找也找不着的那个。那一瓶红酒开都开了,总不能浪费吧,饭粒便硬着头皮一天一小杯地消化着。喝着喝着,似乎喝出了点什么意思。打算开第二瓶的时候,饭粒才发现启瓶器不见了。

快递袋里还夹了一张明信片。

姐,我回到西凉了。马家俊说。

电梯徐徐上行,饭粒一直悬着的心一点点安妥下来。

姐,那个启瓶器不是我故意拿的。那天走出公寓,才发现自己手上多了件东西,干脆留着做个纪念,我就荒唐地把它带回了西凉。可是不对啊,我怎么能留着不属于自己的东西呢?马家俊说。

电梯停下,门开了。

姐,有机会来西凉给我打电话呵。马家俊说。

开防盗门的时候,饭粒听见屋里的手机在响。

应该是卡卡吧,也许是田一楷。

现在,不管是谁的电话,饭粒都乐意接听。

在徐徐上升的电梯里,饭粒突然有了个出行的念头。

这样的念头,饭粒已经好多年都没有过了。

噢,对了,出门前千万别忘了给钢琴老师告个假,否则老师一准生气。

下了飞机,也许真的可以给马家俊打个电话。

干吗?

不干吗,就是见个面聊聊呗。顺便,顺便把启瓶器送给他吧。